シャーロック・ホームズの事件簿

コナン・ドイル
駒月雅子＝訳

角川文庫
22839

THE CASE-BOOK OF SHERLOCK HOLMES

1927 by Sir Arthur Conan Doyle

シャーロック・ホームズの事件簿

目次

まえがき

シャーロック・ホームズ氏についてわたしが危惧《きぐ》しているのは、全盛期を過ぎてもなお、聴衆が寛大なのをいいことに、過去の栄光にすがって未練がましく引退公演を続ける往年の名テノール歌手のようになってしまうことだ。それだけは是が非でも避けたい。実在する生身の人間であろうと、想像から生みだされた架空の存在であろうと、同氏は人生の舞台に潔く幕を下ろすべきだと考えている。

むろん、想像上の人物には天国でも地獄でもない宙ぶらりんの場所《limbo》にとどまってほしいと望む向きもあろう。その非現実的かつ不可思議な場所では、ヘンリー・フィールディング（訳注：一七〇七―五四年、英国の小説家）の創造した色男がサミュエル・リチャードソン（訳注：一六八九―一七六一年、英国の小説家）の創造した美女に求愛し、ウォルター・スコット（訳注：一七七一―一八三二年、スコットランドの詩人、小説家）の生んだ英雄は意気揚々と闊歩《かっぽ》し、チャールズ・ディケンズ（訳注：一八一二―七〇年、英国の小説家）の底抜けに明るいロンドンっ子は相変わらず笑いを振りまき、ウィリアム・メイクピース・サッカレー（訳注：一八一一―一八六三年、英国の小説家）の描く俗物は性懲りもなく虚栄にとらわれている。確かに、そういう殿堂《Valhalla》とも呼ぶべき特殊な異世界の片隅でなら、シャーロックも親友のワトスンとともに安息できるかもしれない。両氏の抜けた穴は、いずれ誰か別の抜群に明敏な探偵と彼ほどには明敏ではない相棒が埋めてくれるだろう。

　ホームズが探偵として長年活躍していたのは事実だ――しかし、それを誇張されることには抵抗をおぼえる。老いさらばえた紳士の面々に囲まれて、ホームズの冒険譚《たん》は少年時代の愛読書だったと言われても、相手の期待に沿えるような受け答えはできそうにない。自分の生涯年表を雑に扱われたい者がいったいどこにいよう。当然ながら、それはホームズにもあてはまる。客観的事実をあらためて明記しておくと、ホームズは一八八七年に雑誌に発表された『緋《ひ》色《いろ》の研究』で初めて世にお目見えし、一八九〇年発表の『四つの署名』にも登場した。これらのあとを継いだのは長く続いた短編シリーズで、第一作「ボヘミアの醜聞」が〈ストランド〉誌に掲載されたのは一八九一年である。この作品は大きな反響を呼び、短編シリーズは現在に至る三十九年間、続編を望む読者の声に支えられて中断をはさみつつも五十六編が生みだされてきた。それらの大部分はすでに、『シャーロック・ホームズの冒険』、『シャーロック・ホームズの回想』、『シャーロック・ホームズの帰還』、『シャーロック・ホームズ最後の挨拶《あいさつ》』という短編集にまとめられており、このたびはここ数年間の残り十二編を収めた『シャーロック・ホームズの事件簿』が刊行される運びとなった。

　ホームズが冒険の海へと漕《こ》ぎいでたのは、後期ヴィクトリア朝の最も華やかなりし頃で、その後ごく短いエドワード朝を経て近年の激動の時代もなお、ささやかな居場所を維持し続けている。ゆえに、少年時代に初めてホームズの冒険譚に触れた者が同じ雑誌で同じ物語を読む我が子を目にするというのも、ありえない話ではない。英国の読者がいかに辛抱強く忠実であるかを示す好例といえよう。

『シャーロック・ホームズの回想』所収の最終作で、わたしは揺るぎない決意のもとにホームズを葬り去った。創作活動のエネルギーをひとつの方向だけに注ぐべきではないと考えたからだ。当時、わたしの想像力はあの青白く鋭い顔としなやかな身体の持ち主に吸いつくされそうになっていた。枯渇する前に、彼の人生に終止符を打つしかなかった。しかしながら、検死官による遺体の確認はなされなかったことが幸いし、わたしは世間におだてられるまま長い空白期間ののちにさしたる苦労もなくホームズを復活させ、自らの無分別な行為を取り繕うことができた。これに関して後悔の念はひとかけらもない。その種の軽い読み物を書き続けても、史書や詩、歴史小説、心霊研究書、戯曲といった執筆活動の妨げにはならないと悟ったからである。これらの硬い著作で文学界における地位を確立していくにはホームズの存在は少々厄介ではあったが、もしも彼がいなかったら、わたしはこれほど多くの作品は生みだせなかっただろう。

さあ、読者諸君、いよいよシャーロック・ホームズに別れを告げる時だ！　長らくのご愛読に心から感謝したい。彼の生きる冒険活劇の世界が、諸君にとって煩雑な日常生活の気晴らしになったのならば幸甚《こうじん》である。

アーサー・コナン・ドイル

マザリンの宝石

ベイカー街の二階の散らかった部屋を訪れたワトスン博士は、数々の胸躍る冒険の出発点となった場所に再び立つ喜びを嚙《か》みしめた。室内を見回せば、目に映るのはなじみのあるものばかりだ。壁に貼られた科学の図表、酸の焦げ跡がついた化学薬品の台、部屋の隅に立てかけてあるヴァイオリンのケース、パイプと煙草の葉をしまっていた石炭入れ、そして、生き生きとしたビリーの笑顔。ビリーは若いのにとても機転が利く有能な給仕《page》（訳注：主に来客の案内役を務める使用人）で、むっつりした偉大な名探偵を孤独と孤立からかろうじて救ってくれている。

「なにもかもそのままだね、ビリー。きみもちっとも変わらないよ。彼もそうであってほしいが、どうしているかな？」

ビリーは寝室の閉まったドアのほうを気遣わしげに見やった。

「まだぐっすりお休みのようです」

時刻は午後七時、心地よい夏の夕べだった。親友の不規則な暮らしぶりはさんざん目にしているので、そう聞かされてもワトスン博士はべつだん驚かなかった。

「ということは、なにか事件を抱えているわけか」

「はい、このところ大忙しなので、身体を壊してしまわないか心配です。顔色は悪いし、ますます痩《や》せていくのに、なにも口に入れようとしません。『夕食は何時になさいますか、ホームズさん？』とハドスンさんが尋ねても、『七時半だ、明後日《あさって》の』なんて答える始末で。事件に入れこんでるときのホームズさんがどんなふうかは、よくご存じでしょう？」

「もちろんだとも、ビリー」

「誰かを追いかけてる真っ最中なんです。昨日は仕事にあぶれた職人の恰好《かっこう》で出かけ、今日はお婆さんに扮《ふん》してました。ぼくでさえ完全にだまされたくらい本物そっくりでしたよ。ああいうのには慣れっこのつもりだったんですけど」ビリーは苦笑し、ソファに立てかけてある派手にふくらんだパラソルを指差した。「あれもお婆さんの変装道具のひとつです」

「どういう事件なんだい、ビリー？」

　ビリーは声をひそめ、国家機密でも明かそうとするような口ぶりになった。「ワトスンさんなのでお答えしますが、ここだけの話にしてくださいね。実を言うと、王冠のダイヤモンドの事件なんです」

「まさか——あの十万ポンド相当の盗難事件かい？」

「はい。なにがなんでも取り返さなければと、首相と内務大臣がじきじきに相談に来られたんです。ちょうどそこのソファにおかけになりました。ホームズさんは丁寧に話を聞いたあと、全力を挙げて調査しますのでご安心ください、と約束したんですが、横からカントルミア卿《きょう》が――」

「なんと、彼もいたのか！」

「はい、事情はお察しのとおりです。はっきり言って、すごく傲慢《ごうまん》な方ですね。首相と内務大臣は礼儀正しくて感じのいい方々でしたが、カントルミア卿には我慢なりません。ホームズさんもそう感じたはずです。向こうはあからさまに見下した態度で、ホームズさんに事件を依頼することに反対してました。失敗すればいいのにと思ってるんですよ、きっと」

「ホームズもそれに気づいているのかい？」

「気づくべきことには、いつだってちゃんと気づくのがホームズさんです」

「頼もしいね。彼が成功して、カントルミア卿に一泡吹かせてやるのを祈るとしよう。ところで、ビリー、あそこの窓のカーテンはなんだい？」

「ホームズさんが三日前にかけました。裏側に面白いものがあるんです」

ビリーは張り出し窓に近づくと、壁のくぼみの前に下がっているカーテンをめくった。

ワトスン博士はぎょっとして思わず叫んだ。そこにあったのは、親友と瓜二《うりふた》つの人形だった。顔を窓のほうへ斜めに向け、ドレッシング・ガウン姿で肘掛《ひじかけ》椅子に深々と座っている。ありもしない本を読んでいるような、うつむき加減の姿勢だ。ビリーは人形の頭をはずして掲げ持った。

「角度をいろいろと変えてるんですよ。本物らしく見えるように。でも、動かすのはブラインドが下りてるときだけです。上がってるあいだは通りの向こうから丸見えになりますので」

「以前にもこういうのを使ったことがあるよ」

「ぼくがまだいなかった頃でしょう？」ビリーはそう言いながら、ブラインドを少し開けて外の様子をうかがった。「道の反対側からこっちを監視してるんです。向こうの窓に男が一人見えますね。ほら、あそこです」

ワトスンが一歩進みでたとき、寝室のドアが開いて、背の高い細身のホームズが姿を現わした。顔こそげっそりとやつれて青白いが、足取りも身のこなしも持ち前の敏捷《びんしょう》さを保っている。すばやく窓へ駆け寄ると、開いていたブラインドを下ろした。

「危ないところだった」とホームズ。「ビリー、気をつけないと命を落とすぞ。きみがいなくなったら僕はどうすればいいんだい？　やあ、ワトスン、古巣へようこそ。よりによって差し迫った場面に居合わせたね」

「ああ、そのようだ」

「ビリー、ここはもういいよ」ビリーが出ていくと、ホームズは続けた。「なあ、ワトスン、あの子をどうしたものかな。このまま危険につきあわせるのはまずいんじゃないだろうか」

「どういう危険だい？」

「死の危険だよ。今夜あたり、なにか起こりそうな気がするんだ」

「なにかとは？」

「殺されるかもしれない」

「おいおい、冗談だろう！」

「冗談を言いたければ、いくらユーモアに乏しい僕だってもう少しましなことを考えつくよ。とりあえず、しばらくはくつろげるだろうから、一杯やろうじゃないか。ガソジーン(訳注：炭酸水製造器)も葉巻も置き場所は変わっていない。さあ、昔懐かしい肘掛椅子に座っている姿を見せてくれ。パイプと煙草をやらせてもらいたいんだが、かまわないかな。嘆かわしいことに、近頃じゃこれが食事代わりでね」

「なぜまともな食事をとらないんだい？」

「空腹のときのほうが頭が冴《さ》えるからさ。医者のきみなら当然認めるだろうが、消化のほうに血が集まると頭の血流が悪くなる。僕は頭脳なんだ、ワトスン。それ以外はただの付け足しにすぎない。僕にとって最優先にすべきは頭脳ということだ」

「それより、危険とやらが気にかかるよ」

「ああ、わかった。万が一に備えて、殺人者の名前と住所をきみに託しておいたほうがいいだろう。もしもの場合は、僕の別れの挨拶《あいさつ》を添えてスコットランド・ヤードに届けてほしい。殺人者の名はシルヴィアスという――ネグレット・シルヴィアス伯爵だ。さあ、しっかり書き留めておいてくれ。頼んだよ、きみ！　住所はロンドン北西郵便区《NW》ムアサイド・ガーデンズ一三六番地。以上だ」

ワトスンの穏和な顔が不安でこわばった。ホームズならどんな恐ろしい敵にも危険を顧みず立ち向かうのをよく知っているだけに、胸騒ぎをおぼえた。しかも、決して大げさな言い方をしない男がはっきりと危険と呼ぶのだから、相当深刻な事態にちがいない。ワトスンはつねに行動の人だった。ここぞというときに本領を発揮せずにどうする。

「ホームズ、手を貸すよ。二、三日はなにもやることがなくて暇なんだ」

「きみも相変わらずだね、ワトスン。とうとう嘘までつくようになったのかい？　どこから見ても、きみは引く手あまたの多忙な開業医だよ」

「急を要する患者はいない。その危険な男だが、逮捕できないのか？」

「できるよ、ワトスン。それで相手はよけい焦っている」

「逮捕できるのにしないわけは？」

「ダイヤモンドのありかがわからないからさ」

「そうか！　さっきビリーから聞いたよ——王冠のダイヤモンドが盗まれた事件だね」

「ああ、大粒で黄色いマザリンの宝石だ。網を仕掛けたら、まんまと魚がかかった。だが、宝石はまだ取り返していない。それじゃあ犯人どもをつかまえても無意味だよ。連中を牢《ろう》につなげば、多少はましな世の中になるんだろうが、そっちは後回しでいい。なくなった宝石こそが僕の求めている獲物なんだ」

「網にかかった魚の一匹がシルヴィアス伯爵なのかい？」

「そうだ。しかも、やつは普通の魚じゃない。鋭い歯で噛《か》みつく鮫《さめ》だ。ほかにもう一人、面倒なのがいてね。サム・マートンというボクサーで、悪人ではないんだが、伯爵のお先棒を担いでいる。こっちは鮫じゃなくて、簡単に釣れる鯉ってところだろう。図体《ずうたい》ばかり大きくておつむがすかすかの、だまされやすい男だ。僕の網のなかで、飽きもせずぱたぱたはねているよ」

「シルヴィアス伯爵の動きは？」

「今朝はずっと、やつのあとをぴったりと尾《つ》けていた。老女に変装したんだが、今回はこれまでで一番の出来だったよ。なにしろ、落としたパラソルを当の本人に拾ってもらったんだからね。向こうはまるで気づかずに、『ごきげんよう、マダム』と言って立ち去った――イタリア人の血を半分引いているから、機嫌のいいときは南方の人間らしく親切で愛《あい》嬌《きょう》たっぷりなんだ。逆に虫の居所が悪いときは、悪魔の化身さながらになる。人生とはなにが起こるかわからないね、ワトスン」

「一歩間違えば、惨事になっていたかもしれないぞ」

「ああ、確かに。追跡しているうちに、やつはミノリーズ通りのストラウベンジー工場へ入った。そこで造られているのは空気銃だ――それも、かなり精巧な。その銃口がいままさに、向かいの窓からこっちを狙っている気がするよ。僕の替え玉人形は見たね？　ビリーがさっきお披露目したやつだ。あの美しい頭はいつ銃弾に撃ち抜かれるかわからないというわけさ。おや、ビリー、なんだい？」

　トレイに一枚の名刺をのせ、ビリーが再び現われた。ホームズは名刺を一瞥《いちべつ》して驚きの表情に変わり、にやりと笑った。

「ご本人のお出ましだ。これは予想外だったな。だが、こうなったら受けて立とうじゃないか！　ワトスン、肝の据わった手強《てごわ》い敵だぞ。猛獣狩りの名手という噂だからね。僕のような獲物をしとめれば、やつの輝かしい狩猟歴に大いに箔《はく》がつくだろう。こうしてわざわざ訪ねてきたのは、僕がすぐ後ろに迫っていると危機感を抱いた証拠だな」

「警察を呼びにやろう」

「それはあとで。いまはだめだ。ワトスン、窓からこっそり外をのぞいてくれ。うろついているやつはいないか？」

　ワトスンはカーテンの端から慎重に通りを見渡した。

「ああ、いる。玄関の近くに柄の悪いやつが一人」

「たぶんサム・マートンだろう。忠実だが間抜けなサム。ビリー、この名刺の御仁はいまどこに？」

「待合室です」

「呼び鈴を鳴らしたら、ここへ通してくれ」

「はい」

「僕がいなくても、部屋に入ってもらってかまわない」

「承知しました」

ドアが閉まるやいなや、ワトスンは親友に向かって真剣に訴えた。

「ホームズ、どうしてそんな無茶をするんだ？　相手はやけになって、なにをするかわからないんだぞ。きっときみを殺しに来たんだ」

「だとしても驚かない」

「ぼくはきみと一緒にいる」

「邪魔になるだけだ」

「やつの邪魔にだろう？」

「ちがうよ――僕の邪魔になるんだ、ワトスン」

「なんと言われようと、きみのそばを離れるわけにはいかない」

「いや、離れてもらうよ、ワトスン。きみはこれまでつねに理性的に行動してきただろう？　今回もそれを貫きたまえ。あの男はなにか魂胆があって乗りこんできたにちがいない。それを逆手に取るつもりだ」ホームズは手帳を出すと、数行走り書きした。「辻《つじ》馬車を拾って、スコットランド・ヤードまでひとっ走り頼むよ。このメモを犯罪捜査部《CID》のヨール君に渡してほしいんだ。帰りに警官隊を連れてくるのを忘れずに。逮捕はそれからでいい」

「よし、任せてくれ」

「きみが戻ってくる頃には、僕も宝石のありかをつかんでいるだろう」ホームズはそう言って、呼び鈴に手をかけた。「さあ、寝室を通って退場しよう。部屋の出口がもうひとつあるというのは実に便利だね。おかげで、隠れてこっそり鮫の行動を監視できる。知ってのとおり、これも僕なりの流儀だ」

そんなわけで、少し経ってビリーがシルヴィアス伯爵を案内してきたときには、部屋は空っぽだった。狩猟家として名高い、スポーツ好きで道楽者の伯爵は、色の浅黒い大柄な男で、立派な黒々とした口ひげが冷酷そうな薄い唇にかぶさらんばかりだ。鋭く突きだした大きな鉤鼻《かぎばな》は鷲《わし》のくちばしを思わせた。身なりはいいが、派手なネクタイにぴかぴかのタイピン、さらにはいくつもはめた光り輝く指輪が、けばけばしい印象を与えている。ドアが閉まって一人になると、どこかに罠《わな》でも仕掛けられていないかと疑うような目つきで、室内をじろじろと見回した。

やがて、窓際の肘掛《ひじかけ》椅子からのぞいている微動だにしない頭部とドレッシング・ガウンの襟に目を留め、ぎくりとした。その純然たる驚愕《きょうがく》の表情はたちまち狡猾《こうかつ》な色を帯び、残忍そうな黒い目がしめしめとばかりに光った。伯爵は誰かに見られていないかもう一度あたりを確かめてから、太いステッキを半ば掲げ、沈黙している者のほうへ忍び足で近づいていった。が、いよいよ殴りかかろうと身をかがめた瞬間、寝室の開いたドアから冷ややかな皮肉っぽい声が飛んできた。

「おやめなさい、伯爵！　それを壊さないように！」

暗殺者は仰天して顔をひきつらせ、ふらつく足で後ずさった。今度こそ人形ではなく人間を狙おうとばかりに、鉛を仕込んだステッキを振りあげかけたが、相手の険しい灰色の目と冷笑にたじろぎ、途中で手を下ろした。

「よくできているでしょう?」ホームズが人形に歩み寄りながら言った。「タヴェルニエというフランスの模型職人に造らせました。彼の蠟人形《ろうにんぎょう》は天下一ですよ。そうそう、あなたの知り合いのストラウベンジーも空気銃を造るのが大の得意でしたね」

「空気銃? いったいなんの話だか」

「よろしければ、帽子とステッキはサイドテーブルの上に。どうも! さあ、おかけください。ついでにお持ちのリヴォルヴァーも出していただきましょう。ああ、その上に座るんですね。かまいませんよ。それにしても、わざわざご足労いただけるとはありがたい。ぜひとも一度、あなたとお話ししたかったので」

伯爵は牽制《けんせい》するように太い眉《まゆ》をぐっとひそめた。

「ふん、こっちもきみとじっくり話し合おうと思ってな。それでここへ来た。まあ、さっき襲いかかろうとしたことは否定しないがね」

ホームズはテーブルの端に浅く腰かけ、片脚をぶらぶらさせた。

「どうやらそのつもりだったようですね」とホームズ。「しかし、なぜこれほど僕にこだわるんです?」

「よけいなことに首を突っこんで、わたしを煩わせるからだ。きみの手下どもにつけまわされた」

「手下? そんなものはいませんよ」

「しらばくれるな！　妙な連中にしつこくあとを追わせたじゃないか。そっちがその気なら、こっちにも考えがあるぞ、ホームズ！」

「シルヴィアス伯爵、細かいことを言うようですが、〝ミスター〟・ホームズです。呼び捨てではなく、きちんと敬称をつけてもらいませんとね。職業柄、警察の犯罪者写真台帳に入っている面々の半数とは気安い間柄ですが、そうでない相手に例外を認めるのは不公平ですから」

「言い直せばいいんだろう、ミスター・ホームズ」

「大変けっこう！　それはともかく、僕に手下がいるというのは誤解ですよ」

　シルヴィアス伯爵はせせら笑った。

「きみ、洞察力が鋭いのは自分だけだとうぬぼれてはいないかね？　昨日は賭《か》け好きの爺《じい》さんで、今日は婆さん。しつこく尾けまわされた」

「お褒めにあずかり恐縮です。思い返せば、ダウスン老男爵は絞首台にのぼる前夜、こう言っていました。きみが探偵になったのは法の世界にとっては利益だが、演劇界にとっては損失だ、と。そのうえ、こうしてあなたからも僕のささやかな演技力に賛辞を頂戴《ちょうだい》でき、光栄の至りです」

「あれは――きみだったのか？」

　ホームズは肩をすくめた。「あそこの隅にパラソルがありますね。てんで気づいていなかったあなたが、ミノリーズ通りで親切にも僕のために拾ってくださったものです」

「そうとわかっていれば、絶対にきみを――」

「この粗末なねぐらには帰らせなかったのに、とおっしゃりたいんでしょう？　わかっていますよ、それくらい。せっかくの好機を逃して臍《ほぞ》を噛《か》むことは誰にでもあります。たまたまあなたが気づかなかったから、いまわれわれはここにいる。それが現実です！」

伯爵はますます顔をしかめ、太い眉の奥で両眼が怒気をはらんだ。「神経を逆なでするつもりかね。手下ではなくきみ自身の変装だったとは！　まったく、いまいましいおせっかい屋め！　わたしにつきまとっていたことは認めたわけだな。なぜそんなことをする？」

「伯爵はアルジェリアでよくライオン狩りをなさっていましたね」

「それがどうした」

「なぜですか？」

「なぜだと？　娯楽だからだ――興奮と――危険を味わえる！」

「その国のために、害になる猛獣を退治するのも理由のひとつでは？」

「ああ、確かに！」

「僕の理由もそれですよ！」

伯爵はぱっと立ちあがり、尻《しり》ポケットに手をやった。

「お座りなさい、伯爵。さあ、早く！　理由はもうひとつあります。もっと実際的な理由が。あの黄色いダイヤを手に入れたいのです！」

シルヴィアス伯爵は不敵な笑みを浮かべて椅子にふんぞりかえった。

「なるほど！」

「僕がそのためにあなたを追っていたことはご存じだったはずだ。今夜ここへ来たのは、僕がダイヤの件をどこまで知っているか探り、僕を始末する必要があるかどうか見定めたいからでしょう？　まあ、僕があなたの立場なら、早急に始末しますね。僕はある一点を除いて、もうなにもかも知っていますから。その一点については、あなたが教えてくださるでしょう」

「ほほう！　それはなんだね？」

「王冠のダイヤがどこにあるかです」

伯爵はホームズをぎろりとにらんだ。「そうか、それがきみの知りたいことか。あいにくだったな。わたしは宝石のありかなんぞ教えられんよ」

「いいえ、教えられます。ですから必ず教えていただきます」

「ふん！」

「はったりは通用しませんよ、伯爵」ホームズの細められた目が鋭い輝きを放ち、剣の切っ先のごとく相手を威嚇した。「あなたはガラス板のようなもの。腹の内は奥の奥まで見通せます」

「それならダイヤのありかも見えるはずだがな！」

ホームズは手を叩《たた》いて喜び、相手の鼻先に指を突きつけた。「やはりご存じでしたか。たったいま、ご自分で認めましたね！」

「いいや、なにも認めていない」

「いかがでしょう、伯爵、ここは分別を働かせて取引をしませんか？　応じたほうが身のためですよ」

伯爵はさっと天井を仰いだ。「はったりが通用しないと言ったのはどこの誰だ？」

ホームズは最善手を考えているチェスの名人のような目で相手の表情を探った。それからテーブルの抽斗《ひきだし》を開け、分厚い手帳を取りだした。

「ここになにが収められているか、ご存じですか？」

「知らんね！」

「あなたです！」

「わたしだと？」

「ええ、そのとおり！　あなたのすべてがここに記録されている——過去の卑劣きわまりない非道な所業の一切合切が」

「ふざけるな、ホームズ！」目をぎらぎらさせて伯爵が怒鳴る。「我慢にも限度があるぞ！」

「なにもかも漏らさず入っているんですよ、伯爵。たとえば、年老いたハロルド夫人の死の真相。あなたは彼女が遺《のこ》してくれたブライマーの地所をたちまち賭け事で失ってしまいましたね」

「とんだたわごとだ！」

「それから、ミニー・ウォレンダー嬢の生涯についても細部まで」

伯爵は舌打ちした。「それがどうしたというんだ！」

「ほかにもたくさんありましてね。一八九二年二月十三日にリヴィエラ行き豪華列車で発生した強盗事件や、同年のクレディ・リヨネ銀行偽造小切手事件も」

「知らん。それは言いがかりだ」

「では、これ以外は事実とお認めになるんですね！　伯爵、カードをたしなんでおられるならおわかりでしょうが、相手が切り札を全部握っている場合は、さっさと負けを認めたほうが時間の節約になります」

「こんな話がきみの言う宝石となんの関係があるんだ！」

「落ち着いてください、伯爵。焦ってはいけません！　まどろっこしくても、僕なりの方法で説明しているんですから、最後までお聞きなさい。僕はあなたの悪事の証拠を残らずつかんでいます。むろん、王冠のダイヤを盗んだのがあなたと用心棒のボクサーである証拠も」

「ただのこけおどしだ！」

「あなたをホワイトホールまで乗せていった馬車の御者と、帰りの馬車の御者を見つけだしたんです。あなたが陳列ケースのそばにいるのを目撃した守衛も。ダイヤを切り分ける依頼を断ったアイキー・サンダーズとも接触し、洗いざらい吐かせました。もう観念するしかありませんよ」

伯爵のこめかみに青筋が浮いた。浅黒くて毛深い手は左右ともきつく握りしめられ、怒りにぶるぶる震えている。なにか言おうと口を開いたが、言葉は出てこなかった。

「以上が僕の持ち札です。すべてテーブルに広げました。ただし、足りないカードが一枚だけありましてね。ダイヤのキングです。宝石の隠し場所がどうしてもわからない」

「一生わからんだろうよ」

「それはどうでしょう。伯爵、冷静にお考えください。警察につかまれば、二十年は牢《ろう》のなかですよ。サム・マートンも然《しか》り。だったらダイヤなど持っていてもしかたないのでは？　いったいなんの役に立つんです？　宝石を渡してくだされば、警察には黙っていてあげてもいいと考えています。僕の目当てはあなたとサムではなく、宝石ですから。さあ、渡しておしまいなさい。そのうえで今後ずっとおとなしくしていれば、あなたの自由はお約束します。もしもまた悪さをしたら、そのときは一巻の終わりでしょうがね。とにかく、今回は宝石を取り返すことが僕の任務で、あなたをつかまえることではありません」

「拒否したら？」

「残念ですが、当然ながら宝石の代わりにあなたを警察に引き渡すことになります」

ホームズが呼び鈴を鳴らすと、ビリーがやって来た。

「伯爵、この話し合いにはご友人のサムにも加わってもらったほうがいいでしょう。彼の利害にも関わることですので。ビリー、玄関の外に人相の悪い大男がいるはずだから、ここへお連れしてくれ」

「嫌だと言われたら、どうしますか？」

「暴力沙汰《ざた》はなしだよ、ビリー。手荒なまねはしないように。シルヴィアス伯爵がお呼びだと言えば、来るはずだ」

「今度はなにを企《たくら》んでいる？」ビリーが行ってしまうと、伯爵は訊《き》いた。

「ついさっきまで我が友人のワトスン君もここにいましてね。彼にも言ったんですが、僕の網には鮫《さめ》と鯉が一匹ずつかかっています。その網をこれから引き揚げようというんですよ。二匹一緒につかまえるために」

とたんに伯爵が立ちあがり、腰の後ろへ手を回した。ホームズもドレッシング・ガウンのポケットからなにかを抜きかけた。

「寝床では死ねんぞ、ホームズ」

「自分でもたびたびそう思いますが、べつにどうでもいいことです。それより伯爵、あなたのほうこそ横にさえなれず、絞首台にぶら下がってあの世へ旅立つことになりますよ。まあ、しかし、こんなふうに未来をあれこれ予測しても気が滅入《めい》るだけです。お互い、現在を心おきなく楽しもうじゃありませんか」

悪党は凄《すご》みを利かせた黒い目に獰猛《どうもう》な光をひらめかせた。ホームズは身構えて全身に緊張を走らせ、ますます背が高くなったように見えた。

「リヴォルヴァーをいじくりまわしても無駄ですよ、伯爵」ホームズの声が静かに響く。

「そいつを抜く隙を与えてもらったところで、どうせ発砲する度胸はないはずだ。リヴォルヴァーなんて、みっともなくてやかましいだけですよ。空気銃にしておけばよかったのに。おや、軽快な足音が。あなたの頼りになる相棒がおみえのようです。ようこそ、マートンさん。路上は退屈だったでしょう？」

　現われたボクサーの男は、いかつい体格に強情で鈍感そうな平べったい顔の若者で、困惑の表情を浮かべたまま戸口に突っ立っていた。こんなふうに愛想よく迎えられるのは初めてなのか、ホームズの態度にうっすら敵意を感じながらも、どう対処すればいいのかわからないようだ。助けを求めて、自分よりも利口な仲間のほうを振り向いた。

「どうなってるんです、伯爵？　こいつはどういう魂胆なんです？　さっぱりのみこめねえ」低いしわがれ声で言う。

　伯爵は肩をすくめただけで、代わりにホームズが答えた。

「簡潔に言うと、マートンさん、万事休すです」

　ボクサーはなおも仲間に向かって話した。

「こいつはふざけてるんですか？　おれは冗談につきあう気分じゃないんだ」

「無理もない」ホームズが言う。「今夜はこれからもっと機嫌が悪くなるでしょうね。さてと、シルヴィアス伯爵、これでも忙しい身なので時間を無駄にしたくないんです。寝室でお待ちしますので、さっそく二人きりで相談してください。僕がいないほうが気兼ねなく話し合えるでしょう？　待っているあいだ、ヴァイオリンでホフマンの《舟歌》でも弾くとしますか。五分ほど経ったら出てきて、最終的なご回答をいただきます。条件はおわかりですね？　逮捕されるか、宝石を渡すかの二者択一です」

ホームズは部屋の隅のヴァイオリンを手にして、寝室に姿を消した。少しして閉ざされたドアの向こうから、哀調を帯びた、細く引きずるむせび泣きのような音色がかすかに聞こえてきた。

顔を見合わせるなり、マートンは伯爵に尋ねた。「どういうことですか？　あいつ、宝石のことを知ってやがった」

「ああ、詳しくな。事情はなにもかも見抜いているようだ」

「まさか！」ボクサーの土気色の顔がいくぶん青ざめた。

「アイキー・サンダーズが裏切ったんだ」

「あいつが？　あの野郎め、生かしちゃおかねえ。ぶん殴ってやる。それで縛り首になるなら本望だ」

「いまさらそんなことをしても遅い。それより、どうするか早く決めなければ」

「ちょっと待った」ボクサーは寝室のドアを疑わしげに見やった。「抜け目のないやつだから、こっちの話を盗み聞きしてるかもしれねえですよ」

「楽器を弾きながら盗み聞きなどできっこない」

「言われてみりゃそうですね。じゃあ、きっとカーテンの裏側に誰か隠れてるんだ。この部屋ときたら、カーテンだらけじゃないですか」室内を見回したマートンは窓辺の人影に初めて気づき、驚きのあまり声も出ないのか、それを凝視したまま黙って指差した。

「あれはただの人形だ！」伯爵が舌打ちして言う。

「造り物なんですか？　へえ、こいつはたまげた！　マダム・タッソーの蠟人形《ろうにんぎょう》館も顔負けだな。ガウンからなにから本人にそっくりで、生きてるみたいだ。でもカーテンがこんなに多いのは、やっぱり変ですよ！」

「いいから、カーテンのことなど気にするな！　時間がないんだぞ、ぐずぐずしている暇はない。あいつはわれわれを警察に突きだす気だ」

「ちくしょう！」

「宝石のありかを教えれば、見逃してもいいと言っている」

「えっ！　あれを渡せってことですか？　十万ポンドのお宝を？」

「渡さなければ牢獄送りだ」

　マートンは短く刈った頭を掻《か》いた。

「やつはあそこに一人きりです。おれが始末しちまいますよ。あいつさえいなくなりゃ、おれたちは安全だ」

　伯爵は首を振った。

「そうはいかない。向こうも銃を持っているし、警戒しているはずだ。それに、やつの息の根を止めたところで、簡単には逃げられんだろう。やつの集めた証拠がもう警察の手に渡っている可能性もある。おや！　いまのはなんだ？」

　窓のほうから聞こえた小さな物音に二人ともぱっと振り向いたが、室内はしんとしていた。椅子に座っている奇妙な人形を除けば、誰もいない。

「外の通りでしょう」マートンが言う。「それより親分、その優秀な脳みそでうまい方法を考えてくださいよ。おれの拳《こぶし》が役立たねえなら、あんたのおつむに頼るしかねえんですから」

「わたしはな、もっと狡猾《こうかつ》な敵も出し抜いてきた百戦錬磨のつわものなんだ」と伯爵。「宝石はこの隠しポケットにしまって、肌身離さず持ち歩いている。今夜中に国外へ持ちだせば、日曜にはアムステルダムで四つに切り分けられる。ファン・セダーのことまではあの探偵も知るまい」

「ファン・セダーが出発するのは来週かと思ってました」

「その予定だったが、悠長にかまえてはいられん。次の船に乗ってもらう。おまえかわたしが宝石を持ってこっそりライム街へ行き、あいつに指示を出す」

「二重底の仕掛けがまだできてませんぜ」

「しかたない。のるかそるか、そのまま運ばせるとしよう。一刻も無駄にはできんぞ」そのとき、狩猟家ゆえに危険を察知する勘が鋭いのだろう、伯爵は再びはっとして窓のほうを見た。またかすかな物音がしたのだ。やはり外の通りから聞こえたようだった。

「ホームズをだますのは造作ない」伯爵は話を続けた。「あの間抜けは、宝石が手に入ればわれわれをつかまえないと言っている。だったら、宝石のありかを白状してやろうじゃないか。でたらめを並べてな。やつが一杯食わされたと知ったときには、宝石はすでにオランダへ渡って、われわれも国外へ逃げたあとって算段だ」

「そいつは名案ですぜ！」にやりと笑うサム・マートン。

「おまえはあのオランダ人のところへ行って、尻《しり》を叩《たた》いてこい。わたしはへぼ探偵に偽の情報をつかませる。宝石はリヴァプールにあるとでも言っておくか。ちぇっ、それにしても陰気臭い曲だな。ヴァイオリンの音が気にさわってしょうがない！　とにかく、やつがリヴァプールで空振りだと気づく頃には、宝石は四等分にされてるし、われわれは船上の人だ。おい、こっちへ来い。ドアの鍵穴《かぎあな》からのぞかれていないともかぎらんからな。ほら、宝石はここだ」

「よく持ち歩けましたね」

「ほかにもっと安全な場所があるか？　われわれはこれをホワイトホールから失敬したんだ、わたしの家だって盗みに入られるかもしれん」

「ちょっと見せてもらえませんか？」

シルヴィアス伯爵はうろんな目つきで仲間を見て、相手の差しだした汚い手を無視した。

「ひょっとして――おれが持ち逃げすると疑ってんですか？　親分、そういうのはいいかげんにしてもらいてえな」

「まあまあ、かっかしなさんな、サム。仲間割れしている場合じゃないだろう。そんなに宝石を拝みたいなら、窓のそばへ来い。いいか、光にかざすぞ。ほら！」

「これはどうも！」

人形が座っていたはずの椅子からいきなりホームズが躍りでて、二つとない貴重な宝石をしっかりとつかんだ。同時にもう一方の手でリヴォルヴァーをかまえ、伯爵の頭にぴたりと狙いをつける。悪党二人組はあっけにとられて、よろよろと後ずさった。彼らが呆然《ぼうぜん》としている間にホームズは電気仕掛けの呼び鈴を押した。

「暴力はいけませんよ、紳士方。暴力はいけません！　家具が壊れたらどうするんです！　さあ、もう袋の鼠なんですから観念なさい。警察が下でお待ちかねですよ」

伯爵は怒りも恐怖も忘れるほど気が動転していた。

「いったい、これは――」あえぎあえぎ言う。

「驚くのも無理はありません。僕の寝室にカーテンの後ろへ通じる別のドアがあるとはご存じなかったんですから。人形をどける音で感づかれたかと思いましたが、運が味方してくれて事なきを得ました。おかげでお二人の会話をそばで拝聴し、僕に聞かれていると知っていたら決して漏らさなかったであろう、とっておきの情報を入手できたわけです」

伯爵はあきらめの身振りで言った。

「降参だ、ホームズ。きみはまさしく悪魔だよ」

「まあ、そんなようなものかもしれませんね」ホームズは愛想笑いを浮かべた。

頭の回転の遅いサム・マートンにもどうやら事態がのみこめたようだ。ドアの外の階段に重い足音が騒々しく響いたとき、ようやく口を開いた。

「おまわりだ！　いや、妙だな。うっとうしいヴァイオリンの音がまだ聞こえてるぞ。いったいどうなってんだ?」

「おっと!」ホームズが言う。「確かにずっと鳴りっぱなしだ。このままにしておきましょう! 近頃お目見えした蓄音機はすこぶる画期的な発明品ですね」

そこへ警官隊の突入となった。悪党どもは手錠をかけられ、外で待つ馬車へと引っ立てられていった。戻ってきたワトスンは部屋に残り、ホームズがまたひとつ勝利をおさめたことを喜んだ。栄えある月桂冠《げっけいかん》に新たな葉が加えられたのである。だが、彼らの会話はまたもや名刺盆を手に泰然と現われたビリーにさえぎられた。

「カントルミア卿《きょう》がおみえです」

「ここへ通してくれ、ビリー。やんごとなき方の代理人を務める、たいそう偉い貴族だよ」とホームズ。「誠実で立派な人柄だが、考え方がいささか古いのが玉に瑕《きず》でね。ここはひとつ、彼の固い頭をほぐして差しあげようじゃないか。ちょっとばかり、からかってみたいんだ。なにがどうなったのか、まだご存じないだろうからね」

ドアが開いて、厳粛な面持ちの痩《や》せた人物が入ってきた。細くとがった顔に生やしている、真っ黒でつやのあるふさふさした中期ヴィクトリア朝風の頰ひげは、背中を丸めてよぼよぼ歩く姿とは不釣り合いだった。

ホームズは朗らかに出迎えて、乗り気でない相手の手を握った。

「ご機嫌いかがですか、カントルミア卿? この時期にしては寒い日が続いていますが、室内は暖かいのでどうぞおくつろぎください。コートをお預かりしましょう」

「いや、けっこうだ。着たままでいい」

ホームズは客の袖《そで》から手を離そうとしない。

「そうおっしゃらず、どうぞコートを！　我が友人のワトスン博士によれば、急激な温度差は意外と身体にさわるそうですよ」

卿はいらだたしげにホームズの手を振り払った。

「着たままでいいと言っておる。長居するつもりはない。きみが自分で引き受けたがった仕事の進捗《しんちょく》具合を確かめに来ただけだ」

「難解な――非常に難解な事件でして」

「そんなことだろうと思ったよ」

老貴族の言葉遣いと態度には、明らかな軽蔑《けいべつ》がこもっていた。

「誰しもおのれの限界に突きあたるものだ、ホームズ君。慢心を悔い改めるいい機会だろう」

「はい、すっかりお手上げ状態です」

「やはりそうか」

「とりわけ分厚い壁となっている難題がひとつあります。つきましては、貴殿のお知恵を拝借したいのですが」

「いま頃わしに泣きつくとはな。きみにはご自慢の万能な手段があるんじゃなかったのかね？　まあ、しかし、協力してやらんこともないが」

「ではお尋ねしますが、カントルミア卿、盗賊に法の裁きを受けさせることはできますね？」

「つかまえればな」

「ごもっとも。悩みの種は――盗品を受け取った者の扱いなのです」

「そんなことで悩むのはまだ早かろう」

「心の準備も必要かと思いまして。盗まれた宝石を受け取ったという決定的証拠はなんだとお考えですか？」

「宝石を実際に所持していることだ」

「そのような人物を見つけたら、逮捕なさいますか？」

「言うまでもない」

ホームズが大笑いすることなどめったにないのだが、このときの彼は昔からの友であるワトスンもはっとするほど豪快な笑い声をあげた。

「では、はなはだ遺憾ではありますが、卿ご自身を逮捕なさるよう進言いたします」

カントルミア卿は烈火のごとく怒った。頭に血がのぼり、青白い頬がたちまち深紅に染まる。

「なんという無礼な！　奉職して五十年、これほどの侮辱を受けたのは初めてだ。ホームズ君、わしは重要案件を数々任されている多忙の身、そんなばかげた冗談につきあう暇も趣味も持ち合わせておらん。この際はっきり言っておくが、きみの能力などはなから信じていなかった。かねてより、こういう問題は型どおりに警察の手に預けたほうがはるかに安全だと主張していた。それが正しかったことはいまのきみの言動で立証されたわけだ。では、これで失礼する」

すると、ホームズはすばやくドアの前に立ちふさがった。

「お待ちください、閣下」とホームズ。「マザリンの宝石を持ったままお帰りになると、重い罪に問われますよ。一時的に身につけるだけならいざ知らず」

「もうたくさんだ！　そこをどきたまえ」

「コートの右ポケットに手をお入れください」

「なんだと？」

「さあ、早くお願いします」

その直後、卿は棒立ちのまま震えるてのひらに大きな黄色い宝石をのせ、目をしばたたき、口をぱくぱくさせた。

「なんと！　なんと！　ホームズ君、これはいったいどういうことだ？」

「申し訳ありません、カントルミア卿。どうかご寛恕《かんじょ》願います！」ホームズは詫《わ》びた。「ここにいる友人もよく知っているとおり、僕にはいたずらをしたがる悪い癖がありましてね。そのうえ、劇的な場面を演出せずにはいられないんですよ。そんなわけで、つい調子に乗って——大変失礼ながら、先ほどお迎えした際に閣下のポケットに宝石を忍びこませてしまいました」

老貴族は顔を上げ、視線を宝石から目の前のにこやかな笑顔へ移した。

「いやはや、面食らったよ。しかし——うむ、これはまさしくマザリンの宝石だ。でかしたぞ、ホームズ君。大きな借りができたな。確かにこういう度の過ぎたいたずらはいただけないが、きみの能力に対する見解はあらためねばならん。実に驚異的な手腕の持ち主だ。それにしても、どうやって——」

「事件はまだ半分しか解決していません。詳しい説明はもう少しお待ちを。これからやんごとなき方々のもとへお届けになる朗報に免じて、いまの悪ふざけは大目に見ていただけると幸いです。ビリー、閣下がお帰りだ、お見送りするように。ついでにハドソンさんに伝言を頼むよ。二人分の夕食をなるべく早く用意してほしいと」

ソア橋の事件

チャリング・クロスにあるコックス銀行の地下金庫室には、使い古してひどく傷んだブリキの文書箱が眠っており、蓋《ふた》には〝元イギリス領インド陸軍所属、医学博士ジョン・H・ワトスン〟と私の名が記されている。

そこにぎっしり詰まった書類の大半は、シャーロック・ホームズ氏がさまざまな時期に手がけた興味深い事件の詳細な記録だ。そのうちのいくつかはなかなか風変わりにもかかわらず、結果が大失敗に終わったせいでいまだ日の目を見ずにいる。最後の種明かしが欠落していては、物語に仕立てて世に送りだすのは難しい。解答つきでない問題にも喜んでくれるのは研究者くらいなもので、一般の読者は閉口するだけだろう。

そうした未完の物語の例として、まずはジェイムズ・フィリモア氏の事件を挙げたい。同氏は傘を取りに自宅へ戻ったきり、忽然《こつぜん》と消えてしまった。これと並ぶくらい異様なのが、一本マストの小型帆船アリシア号の事件だ。ある春の朝、アリシア号は薄霧のなか出航したが、それきり船も乗組員も二度と戻らず、杳《よう》として消息が知れない。注目すべき事件の三つ目は、有名なジャーナリストで決闘家のイザドラ・ペルサーノに起きた出来事である。完全に正気を失っている状態で発見されたとき、彼の目の前にあったマッチ箱には、いまの科学では知られていない奇妙な蠕虫《ぜんちゅう》が一匹入っていた。

　これら未解決事件のほかに、家庭の秘密がからんでいるため公表していない事件もある。多くの名門と呼ばれる一族は、もしも活字にされたらと考えるだけで生きた心地がしないだろう。むろん、当方には信頼を裏切るようなまねをする気は毛頭ない。我が友人のホームズに時間と気力の余裕ができ次第、それらの記録は残らず抜きだして破棄することになろう。

　ここまでに挙げた以外にも、興味をそそる点が少なくない事件はけっこう残っている。世間を食傷させてしまった場合、私が誰よりも尊敬する人物の評判に傷がつきかねないとの懸念さえなければ、とうに公表していただろう。そのなかには、私自身が関係者としてこの目で見たとおりを語れるものもあれば、私が不在、あるいは出番が極端に少ないため、三人称で語るしかないものもある。これからお読みいただくのは、私自身の体験に基づく物語である。

　荒天に見舞われた十月のある朝、私は身支度を整えながらベイカー街の家の裏庭に目を向け、一本だけ生えた優美なプラタナスの枝から残り少ない葉が舞い落ちるのを眺めていた。相棒はさぞや気が滅入《めい》っているだろう。偉大な芸術家というのは周囲の状況に敏感で、影響を受けやすいものだ。そう思って朝食に下りていくと、すでに朝食を終えようとしていたホームズは予想に反して上機嫌で、喜色満面の様子だった。もっとも、気分が高揚しているときの彼にはままあることだが、いくぶん不吉な陽気さを漂わせていた。

「事件なんだろう、ホームズ？」と私は声をかけた。

「推理の才には伝染力があるようだな、ワトスン」との返事。「きみまでもが僕の心を読み取れるようになったんだから。そのとおり、事件だ。この一ヵ月はつまらないことばかりだったが、停まっていた車輪がようやく動きだしたよ」

「どんな事件か話してくれるかい？」

「わかっていることはあまりないんだが、話すだけ話してみるか。その前に、新しい料理人が腕によりをかけてこしらえた固ゆで卵を二個ともたいらげたまえ。このゆで加減は、昨日玄関のテーブルにあった〈ファミリー・ヘラルド〉誌と無関係ではなさそうだよ。卵をゆでるという簡単な調理でさえ、時間を見誤らないよう集中力を要するわけで、雑誌の恋愛小説を読みながら片手間にできることじゃない」

十五分後、私たちは食器が片付けられたテーブルで向かい合っていた。ホームズはポケットから一通の手紙を取りだした。

「金鉱王ニール・ギブスンのことは知っているだろう？」ホームズは言った。

「アメリカの上院議員の？」

「そう、以前は西部のどこかの州で上院議員をやっていたが、現在は世界一の金鉱王として有名だ」

「ああ、聞いたことがある。しばらく前からイギリスに住んでいるんじゃないかな。確かに有名な男だ」

「五年くらい前にハンプシャー州に広大な土地を買った。じゃあ、彼の奥方が悲劇的な最期を遂げたことも知っているね？」

「もちろんさ。そういえば、それで一気に名が広まったんだった。といっても、詳しい事情はまったく知らないんだが」

ホームズは片手をひと振りして、椅子の上の書類を指した。「まさかその調査依頼が舞いこんでくるとは想像だにしなかったよ。あらかじめ知っていたら、関連情報を集めておいたんだが。実を言うとね、世間は騒ぎ立てていても、さして複雑な事件ではないと思っていたんだ。動かしがたい証拠によって、興味深い人物が容疑者として浮上し、検死審問でも警察裁判所でも、その人物の犯行であるとの評決に達した。次はウィンチェスターの巡回裁判で審理される予定だ。そんなわけで、引き受けたものの徒労に終わるかもしれない。僕には真相を突き止めることはできても、真相を変えることはできないからね。思わぬ新事実が飛びだしてこないかぎり、依頼人に望みはないだろう」

「依頼人とは？」

「ああ、言い忘れていたよ。話を後ろからさかのぼって語る誰かさんの変な癖がうつったらしいぞ、ワトスン。先にこれを読んでもらったほうがよさそうだ」

そう言って彼がこちらによこした手紙には、達筆な肉太の字で次のようにしたためられていた。

クラリッジズ・ホテルにて

十月三日

シャーロック・ホームズ様

拝啓　神の造りたもうたこのうえなく気高い女性が命を脅かされているのに、どうして黙っていられるでしょう。彼女を救うためなら犬馬の労を厭《いと》わない所存です。根拠は説明できない——説明のしようがないのですが、ミス・ダンバーは絶対に無実だと信じています。事件のことはお聞き及びでしょう。国じゅうで噂になっていますから、知らぬ者はいないはずです。にもかかわらず、彼女のために一人も声をあげようとしないとは世も末！　これほど不公平で腹立たしいことがあるでしょうか。誰よりも優しい、蠅一匹殺せない女性だというのに。つきましては、明日の午前十一時に相談にうかがいたく存じます。貴殿が暗闇に光をともしてくださるという一縷《いちる》の望みをかけて。手がかりを持っていながら、わたしが自分でそれに気づいていない可能性もあります。いずれにせよ、彼女を助けていただけるなら、知っていることはなんでも話します。いかなる協力も惜しみません。これまで貴殿が培ってこられた能力を、どうかこの事件で発揮してくださいますようお願い申しあげます。

敬具

J・ニール・ギブスン

「事情はのみこめたね？」ホームズはそう言って、食後の一服にふかしていたパイプから灰を叩《たた》き落とし、新しい煙草を詰めた。「いまはその手紙をよこした紳士を待っているところだ。きみがここにある資料すべてに目を通す時間はないだろうから、事件のあらましは僕がざっと説明しておこう。きっと興味を引かれるよ。

依頼人は世界でも指折りの大富豪だが、血の気が多い短気な性格らしい。既婚者で、妻が今回の悲劇の被害者だ。どんな女性かはよく知らないが、もう女盛りは過ぎていた。彼女にとってさらに不運だったのは、二人の子供の教育係に雇った家庭教師がすこぶる魅力的な女性であること。事件の関係者はこの家庭教師と夫妻の三人で、舞台は我が国の由緒ある地所の中心に建つ、古式ゆかしい堂々たる領主館。で、どういう悲劇かというと、夜遅く、館《やかた》から約半マイル離れた場所で妻が遺体で発見されたんだ。ディナードレスに肩からショールをはおった恰好《かっこう》で倒れ、頭部にリヴォルヴァーの弾丸が貫通していた。だが、被害者のそばに凶器は見当たらず、現場一帯を捜索しても、手がかりになりそうなものはひとつも出てこなかった。いいかい、ワトスン、もう一度繰り返すが、被害者のそばに凶器は見当たらなかったんだ。その晩遅い時刻の犯行と思われる。十一時頃、猟場の番人が被害者を発見した。遺体は警察と医師がその場で調べたあと、館へ運びこまれた。駆け足になってしまったが、ここまでは理解できたかい？」

「ああ、しっかりと。だが、なぜ家庭教師が疑われているんだい？」

「それはね、なによりもまず明確な物的証拠が挙がったからなんだ。一発撃った形跡があるうえ、犯行に用いられた銃弾と口径が一致するリヴォルヴァーが、家庭教師の衣装だんすの底から発見された」そう言ったあとホームズの表情が急にこわばり、言葉が切れ切れに口からこぼれた。「家庭教師の……衣装だんすの……底……から」それきり黙りこんだ。どうやら頭のなかでひとつながりの思考が流れだしたようなので、それを遮断してしまわないよう私も黙っていた。

少しして彼ははっと我に返り、再び快活な調子で話しだした。「そう、発見されたんだよ、ワトスン。確かに有力な証拠だね。陪審もそう判断した。証拠はもうひとつ、亡くなった女性が身につけていた手紙だ。犯行現場となった場所で落ち合う約束をする文面で、家庭教師の署名が入っていた。根拠は充分じゃないか？　しかも、動機までそろっている。ギブスン上院議員は魅力的な人物だ。妻が死ねば、その若い家庭教師が後妻に迎えられるのは当然の成り行きだろう？　誰に聞いても、彼女は雇い主から並々ならぬ関心を寄せられていたそうだからね。愛情、財産、権力、このすべてを左右するのがたった一人の中年女性の命だった。ぞっとする話だよ、ワトスン。とんでもなく物騒な状況だ！」

「ああ、まったくだな、ホームズ」

「おまけに家庭教師にはアリバイがない。ないどころか、ソア橋という悲劇の現場の近くに、それも犯行時刻と推定される頃に居合わせたと本人が認めている。というより、認めざるを得なかった。たまたま通りかかった村人に姿を見られていては、否定できないさ」

「もう決定的だな」

「まだ続きがあるんだ、ワトスン。ソア橋というのは両側に欄干がついた、こちらの端とあちらの端の橋台だけで支えられた石橋で、葦《あし》の茂る深くて細長い池の一番幅が狭い箇所をまたいでいる。池の名はソア池。馬車が通行しているわけだから、橋の上はけっこう広い。被害者はその橋の入口あたりに死んで横たわっていた。おもな事実はこれくらいだろう。おや、もう依頼人が来たのかな。約束の時間よりだいぶ早いが」


ビリーが玄関で応対し、ホームズのもとへ客を取り次ぎに来たが、約束の人物ではなかった。マーロー・ベイツ氏なる名前はホームズも私も初めて聞いた。おびえた目つきの痩《や》せた臆病《おくびょう》そうな男で、おどおどして見るからに落ち着きがなかった。医師である私の見立てでは、深刻な神経衰弱の一歩手前まで追いこまれている。

「かなり慌てておいでのようだ、ベイツさん」ホームズはそう言って客を迎えた。「椅子におかけください。あいにく少ししか時間をとれません。十一時に来客の予定がありますので」

「承知しています」客はあえぎながら言った。息も絶え絶えといった様子で言葉が細切れになる。「ギブスンさんでしょう？　わたしは彼に雇われています。地所の管理人をしています。ホームズさん、あの男は人でなしですよ――冷酷非道な人でなしです」

「これはまたずいぶん辛辣《しんらつ》ですね、ベイッさん」

「言葉を選んではいられんのです、時間がありませんから。ここにいるのを本人に見つかったら大変だ。すぐそこまで来ているかもしれない。もっと早く駆けつけられればよかったんですが、彼の秘書のファーガスンさんから、あなたと会う約束だと聞いたのは今朝のことでしたからね。こんなぎりぎりになってしまった」

「彼のところの管理人だとおっしゃいましたね」

「もう辞表を出しました。あと二週間もすれば、横暴な雇い主に強いられてきた苦役から解放されます。血も涙もない男でしてね、ホームズさん。まわりの者は皆ひどい目に遭っています。ああやって慈善事業に力を入れているのも、私生活での悪行をごまかすためにすぎません。一番の犠牲者は奥様でした。むごい仕打ちばかりして――ええ、まるで牙《きば》をむいた野獣ですよ！　奥様がどんなふうに亡くなったのかは知りませんが、夫のせいで悲惨な生活を送っておられたことはよく知っています。奥様は熱帯地方のご出身で、ブラジル生まれなんです。もちろんご存じでしょう？」

「いえ、初めて聞きました」

「生まれた国だけでなく気性も熱かった。まさに太陽と情熱の申し子。そういう女性なりの愛し方で夫に尽くしてこられたのです。ところが、容色が衰えると――若かりし頃は絶世の美女だったと聞いていますが、その時期を過ぎると、夫の心をつなぎとめられなくなってしまった。わたしどもは奥様が好きでしたから、気の毒でなりませんでしたし、奥様につらくあたるあの男を憎みました。彼は口先だけのずる賢い性格です。これだけはどうしても伝えておきたい。あの男の話を額面どおりに受け取ってはいけません。裏があるはずだと疑ってかかってください。では、もう失礼しなくては。だめです、どうか引き止めないで！　あの男が来てしまう」

風変わりな客はびくびくして時計を見ると、ドアへ向かって駆けだし、あっという間に姿を消した。

「これはこれは！」しばしの静寂をはさんでホームズが口を開いた。「ギブスン氏はずいぶんと忠実な使用人をお持ちのようだ。まあ、しかし、もらった警告は役に立ってくれるだろう。あとはご本人の登場を待つばかりだな」

約束の時刻きっかりに階段をのぼってくる重い足音が聞こえ、いよいよ有名な大富豪が部屋へ案内されてきた。彼がさっきの管理人になぜあれほど恐れられ嫌悪されているのか、また、これまで大勢の商売敵からなぜ激しく非難され恨まれてきたのか、当人を一目見てすっかり腑《ふ》に落ちた。もしも私が彫刻家で、鉄の神経と革の心を持つ冷酷無比な大実業家の像を造りたかったら、迷わずニール・ギブスン氏をモデルに選ぶだろう。長身痩軀《そうく》のいかつい姿が、強欲さと飽くなき野心を放っている。エイブラハム・リンカーンから高潔さやなにかの美点を全部取り除いた感じとでもいおうか。顔は花崗岩《かこうがん》から削りだしたかのようにごつごつと険しく、無慈悲な印象を与える。そこに刻まれた深いしわは、過去の多くの危難が残した傷痕《きずあと》なのかもしれない。ふさふさの眉《まゆ》の下から、冷たい灰色の目がホームズと私に隙のない視線を順に浴びせた。ホームズが私を紹介すると、客はおざなりに頭を下げた。それから高慢な態度で勝手に椅子をホームズのほうへ引き寄せ、骨ばった膝《ひざ》を相手にくっつけんばかりにして腰かけた。

「ホームズさん、単刀直入に言おう」客がいきなり口を開く。「金はいくらでも出す。真相を照らす明かりになるならば、札束を燃やしてくれたってかまわない。あの女性は潔白だ。なんとしても疑いを晴らしてやらねばならん。きみにそれを任せるから、希望の金額を言ってくれ！」

「僕の調査料は一定です」ホームズは冷ややかに答えた。「その時ごとに金額を変えるようなことはしません。まったく受け取らない場合もあります」

「ほう、金には釣られないというわけか。では、名声は？　この事件で成功をおさめれば、イギリスでもアメリカでも新聞が大々的に書き立てるだろう。二つの大陸で世間を沸かせ、大いに脚光を浴びることになる」

「それは光栄なことで。しかし、ギブスンさん、脚光を浴びる必要などないんですよ。意外に思われるでしょうが、誰だか知られずに仕事をするほうが性に合っていますし、意欲をかきたててくれるのは事件そのものなんです。それより時間がもったいない。事実に関する話に入りませんか？」

「おもな事実は新聞で報道されているとおりだ。役に立ちそうな話をつけ加えられるとは思えんが、詳しく知りたいことがあればお答えしよう。まあ、いわば、そのためにここにいるわけだから」

「では、ひとつだけうかがいます」

「なんだね？」

「あなたとミス・ダンバーは実のところどういうご関係ですか？」

金鉱王は憤然と立ちあがりかけたが、すぐに平静を取り戻し、再び椅子にふんぞり返った。

「そういう質問をする権利が自分にある——もっと言えば、それが自分の義務であるとお考えのようだが、ホームズさん」

「おおせのとおりでしょうね」

「では、はっきり申しあげておこう。あの女性とはつねに純然たる雇い主と雇われ人の関係で、顔を合わせるのも言葉を交わすのも彼女がわたしの子供たちと一緒にいるときだけだ」

ホームズは椅子から腰を上げた。

「ギブスンさん、こちらは忙しい身なのです。無駄なおしゃべりに費やす時間はありませんし、そういう趣味もありません。どうぞお引き取りください」

客も立ちあがって、背が高く力のみなぎる身体がホームズのすぐ目の前にそびえていた。剛毛の眉の下にうずくまる両目は怒りでぎらつき、土気色の頬はまだらに赤く染まっている。

「なんのつもりだ！　わたしの依頼を断るというのか、ホームズさん？」

「とにかく、お引き取りください。はっきりそう申しあげたはずですが」

「ああ。しかし、理由がわからない。どういう魂胆だね？　料金をつりあげたいのか、それとも自信がないのか？　こっちには説明してもらう権利がある」

「それもそうですね」とホームズ。「わかりました、説明します。ただでさえ込み入った事件なのに、誤った情報でよけい混乱させられるのはごめんだからです」

「わたしが嘘をついているとでも？」

「角が立たないよう露骨な言い回しは避けたのですが、あなたがご自分でそうおっしゃるなら否定はいたしません」

億万長者がすさまじい形相に変わり、大きな握り拳《こぶし》を振りあげたので、私はすっくと立ちあがった。ホームズのほうはやれやれというように薄笑いを浮かべ、パイプに手を伸ばした。

「どうかお静かに、ギブスンさん。朝食のあとは軽い口論さえも消化の妨げになります。新鮮な朝の空気を吸いながら、のんびり散歩でもなさってはいかがです？　少し頭を冷やしたほうがよろしいでしょう」

金鉱王は怒りをぐっとこらえていた。その姿に、私は舌を巻いた。めらめら燃える憤怒《ふんぬ》をたちまち冷淡な無関心に変えるとは、実に強靭《きょうじん》な自制心の持ち主だ。

「なるほど、そっちの考えはよくわかった。ご自分の商売のやり方は心得ていらっしゃるだろうから、無理やり事件を引き受けさせるわけにもいかん。それにしても、まずいことをしましたね、ホームズさん。あなたよりもはるかに強い敵どもさえ、わたしの手にかかれば赤子同然だった。わたしを怒らせて無事で済んだ者は一人もいない」

「同じような脅し文句はこれまで何度も聞かされてきましたよ」ホームズがにやにや笑って言い返す。「それでも、僕はこのとおりぴんぴんしています。では、ごきげんよう、ギブスンさん。あなたはもっといろいろなことを学ぶべきですよ」

客がやかましく退場したあとも、ホームズは夢想にふけるような目で天井を仰ぎ、黙って悠然とパイプをふかしていた。

「どう思う、ワトスン？」しばらくして尋ねた。

「そうだな、行く手をさえぎるものは容赦なく蹴《け》散《ち》らしていく男だと感じたよ。管理人のベイツが言ったとおり、もしも妻を邪魔でうとましい存在だと思っていたなら、ひょっとすると――」

「そうなんだ、僕も同感だよ」

「本当のところ、あの男と家庭教師の仲はどうなんだろう。きみはなぜ彼が嘘をついていると見破ったんだい？」

「はったりだよ、ワトスン。はったり！　あの男がよこした手紙の文面は事務的ではなく異様に熱がこもっていて、切実な調子だったろう？　本人の堂々とした態度や風貌《ふうぼう》とは対照的じゃないか。特別な感情を抱いているのは火を見るよりも明らかだ。犠牲者の妻よりも容疑者の女性のことで頭がいっぱいなのさ。事件の真相にたどり着くには、三人の関係を正確に把握しなければならないが、僕がああやって質問を正面からぶつけても、相手はびくともしなかった。それで、はったりをかけたんだ。家庭教師との関係について、すでにしっぽをつかんでいるふりをした。本当は怪しいとは思っていても確証はなかったんだがね」

「彼は戻ってくるだろうか」

「必ず戻ってくる。戻ってくるしかない。事件をこのまま放っておくことはできないんだから。おっ！　いまのは呼び鈴の音じゃないか？　やっぱりそうだ、あの男の足音だ。ようこそ、ギブスンさん、ちょうどワトスン博士とあなたの噂をしていたところですよ。やけに遅いんじゃないかとね」

退場のときとはちがって神妙な態度に変わっている金鉱王が、再び入ってきた。自尊心を傷つけられた恨みは怒気を含んだまなざしに居座っていたが、分別を優先させて、目的のためには譲歩するしかないと思い直したのだろう。

「ホームズさん、よく考えたら、わたしは早とちりしたようだ。あなたの言葉を誤解してしまった。なんであろうと事実を徹底的に探ろうとするその姿勢は、まったくもって正しい。だが、それでもわたしの答えは同じです。ミス・ダンバーとの仲は事件と一切関係ありません」

「関係あるかどうかを見極めるのは僕の役目ですが」

「ああ、確かに。あなたは医者のようなもので、診断を下すには症状を残らず訊《き》きだす必要があるんでしょうな」

「そのとおりです。うまいたとえですね。それを拝借するならば、患者が症状を隠すのは、医者をだまそうとしているからですよ」

「そうかもしれん。しかし、女性との関係についてあけすけな質問をぶつけられれば、たいていの男は閉口しますよ。相手の女性に真摯《しんし》な気持ちを抱いていれば、なおさら。男というのは、心の片隅に誰にも侵されたくないささやかな聖域を持っているものだと思うがね。あなたはそこへ無断でずかずかと踏みこんだ。とはいえ、彼女を救おうとしてのことだろうから、大目に見よう。よろしい、わたしの聖域をきみに開放する。思う存分、探検させてあげよう。なにが知りたい？」

「真実です」

金鉱王は考えこんだ。頭のなかを整理したいようだが、難渋しているのか、深いしわのある気難しげな顔が一段と沈鬱《ちんうつ》さを増した。

「では手短にお話ししよう、ホームズさん」しばらくして、ようやく答えが返った。「つらくて話しにくい部分は、要点に触れるだけにさせてもらうがね。妻とはブラジルで金鉱を探し歩いているときに出会った。名はマリア・ピント。マナウス（訳注：ブラジル北部アマゾナス州の州都）の官吏の娘で、とびきりの美人だった。当時のわたしは若くて熱しやすい性格だったが、冷静に客観的な目で振り返っても、たぐいまれな美貌だったよ。外見だけでなく内面の魅力も深みがあって豊かでね。情熱的で一途《いちず》な、熱帯生まれ独特の危なっかしさをはらんだ気性は、それまでに出会ったアメリカの女たちにはないものだった。早い話が、彼女に惚《ほ》れて結婚した。

時は流れ、蜜月《みつげつ》時代が——それなりに長く続いたのだが——ついに終わりを告げると、妻とのあいだに共通するものがなにもないと気づいた。本当にひとつもなかったのだ。わたしの恋は色褪《いろあ》せた。彼女のほうもそうだったのなら、こじれずに済んだろうに。女心とはつくづく不思議だ！　わたしがなにをしようと、妻の気持ちは冷めなかった。まわりから冷酷だと非難されるほど妻につらくあたったのは、彼女がわたしに愛想を尽かして、逆に憎んでくれたほうが、二人とも楽になれると考えたからだ。しかし、それでも妻の心は揺るがなかった。イギリスの森に暮らしていても、二十年前にアマゾン川のほとりで出会ったときと変わらず、わたしに熱い愛情を捧《ささ》げた。なにをされようと、わたしをあがめ続けた。

そこへ現われたのがミス・グレイス・ダンバーだ。こちらが出した求人広告に応募してきて、二人の我が子の家庭教師に採用された。彼女の顔はたぶん新聞でご覧になったかと思うが、たいそうな器量よしだと誰もが言っている。わたしは世間の人々とはちがって聖人君子を気取るつもりはないから、正直に認めよう。彼女とひとつ屋根の下で暮らし、毎日顔を合わせているうちに、特別な感情を抱かずにはいられなくなった。こんなわたしをあなたは責めますか、ホームズさん？」

「特別な感情を抱いたからといって責める気はありませんが、そのことを口に出したのなら話は別です。あなたはその若い女性の、いわば保護者のようなものなんですから」

「まあ、そのとおりだろうな」とがめられて、一瞬だけ億万長者の目に怒りの光が戻ったが、おとなしくそう認めた。「べつに人格者ぶるつもりはない。欲しいと思ったものは迷わず手に入れてきたことも、彼女の愛をなにがなんでも自分のものにしたいと願ったことも事実だ。本人にそう伝えた」

「えっ、伝えたんですか？」

よほど気に食わないのか、ホームズは露骨に顔をしかめた。

「ああ、そうだ。できることなら結婚したいが、わたしの力でどうにかなるものではないと告げた。だからせめて、きみが幸せな満ち足りた人生を送れるよう精一杯のことをさせてもらう、金に糸目はつけない、と」

「ずいぶんと気前のいいことで」ホームズは冷笑まじりに言った。

「いいかね、ホームズさん。わたしがここへ来たのは事実関係を説明するためであって、道徳問題を語り合うためではない。あら探しはやめてもらおう」

「僕が事件について話を聞いているのは、その若い女性を放っておけないからです。ほかのことはどうでもいい」ホームズがきっぱりと言い返す。「彼女がどんな罪に問われようと、あなたがさっきご自分で認めた罪よりも重いとは思えません。あなたは住み込みで働かせている無防備な娘さんを囲い者にして、彼女の名誉を汚そうとしたのです。財力のある男は、道徳に背いても金に物を言わせればもみ消せると考えているようだが、世の中はそれほど甘くないことを一度学んだほうがいい」

意外にも、金鉱王は非難の言葉に甘んじた。

「自分でもそのとおりだと感じているよ。あのとき、わたしの思いどおりにならなくて本当によかった。彼女はわたしの申し出をきっぱりと断り、いますぐ辞めて出ていきたいと答えたのだ」

「出ていかなかった理由はなんですか？」

「なによりもまず、彼女には養わねばならない者たちがいるからだ。生活の糧を捨てて、家族を路頭に迷わせるわけにはいかなかった。わたしが二度と口説くようなまねはしないと誓うと、彼女はそれを信じてとどまってくれることになった。だが、理由はもうひとつある。わたしに対して自分が影響力を持っていることに気づいたからだ。この世でほかのなによりも強い影響力を。彼女はそれを善のために使おうと考えた」

「どういうことですか？」

「つまりだな、彼女は実業家としてのわたしの仕事ぶりを知っていた。並の人間には理解が及ばないほど、大規模な事業を手がけてきたことを。わたしなら作るも壊すも思いのまだ——壊すほうが圧倒的に多いがね。取引先は個人にとどまらず、村や都市、果ては国家にまで及ぶ。商売の世界は弱肉強食で、弱ければ負ける。わたしはこれはと思う勝負にはひるまず挑んできた。弱音を吐いたことは一度もないし、競争相手の泣き言はことごとく無視してきた。だが、彼女はそういうやり方に反対だった。たぶん正しいのは彼女なんだろう。たった一人の勝者が、破滅させられた一万人の敗者を犠牲にして必要以上の富を築くのは間違っている、と言われたよ。それが彼女の物の見方だ。金銭よりも息の長いものがあると信じているんだろう。自分の意見にならわたしが耳を傾けると知った彼女は、わたしを感化することで世の中に貢献できると考えた。それで出ていくのを思いとどまったんだが――こんなことになってしまった」

「事件について、あなたなりのご意見を聞かせてください」

　金鉱王は両手で頭を抱え、しばし考えこんだ。

「彼女に不利な証拠ばかりがそろっている。それは否定のしようがない。どんな女性もわれわれ男には想像も及ばないことを考え、まさかと思うような行動を取るときがある。わたしも最初は動揺するあまり、きっと彼女は普段とはかけ離れた性質に支配され、取り返しのつかない過ちを犯してしまったんだろうと考えた。だが、そのあとで別の見方が思い浮かんだ。ホームズさん、参考になるかもしれんから、それをお話ししておこう。

　妻はかなり嫉妬《しっと》深い性格だった。他者にそなわった心の魅力へのやっかみは、容貌《ようぼう》の魅力へのやっかみと同様、ときとして暴走し、人を血迷わせる。妻は容貌については妬《ねた》んでいなかったように思う――しかたないとあきらめていたんだろう。だが、わたしの考えや行動に対し、あのイギリス人の娘が自分は持ち得なかった影響力を発揮できることに気づくと、心中穏やかではいられなくなった。わたしを善の方向へ導く影響力ではあるが、妻にすればなんの慰めにもなるまい。激しい嫉妬心で正気を失い、生まれ持ったアマゾンの熱い血が騒いだ。それでミス・ダンバーを撃ち殺そうとしたのではないか——いや、家から追いだそうと脅しただけと考えたい。その結果、もみ合いになって弾が発射され、たまたま銃を持っていたほうが撃たれた」

「その可能性は僕も考えました」ホームズは言った。「謀殺以外に成り立つ説明はそれしかありませんので」

「だが、ミス・ダンバーはきっぱりと否定している」

「だから決定的ということにはならないでしょう？　実際にそのような状況に置かれたら、狼狽《ろうばい》のあまり拳銃《けんじゅう》を持って家へ逃げ帰ったとしてもおかしくない。すっかり気が動転していた彼女は、自室に戻るとなにがなんだかわからないまま拳銃を衣装だんすに放りこんだ。それが発見されると、本当のことを話しても信じてもらえるはずがないと思い、事実を隠してすべてを否定した。どうです、この説は？　反証をなにか挙げられますか？」

「ミス・ダンバー本人です」

「なるほど」

ホームズは懐中時計を見やった。「午前中に必要な手続きを済ませて、夕方の汽車でウィンチェスターへ行きましょう。その娘さんに会えれば、僕の調査もきっとはかどるはずです。ただし、あなたのお望みどおりの結論に行き着くとはかぎりませんので、悪しからず」

「正式な許可が下りるまで時間がかかりそうだったため、その日は行き先をウィンチェスターからハンプシャーに変更し、ニール・ギブスン氏の館《やかた》であるソア・プレイスへ向かうことにした。館主は同行しなかったが、最初に捜査にあたった地元警察のコヴェントリー巡査部長の住所を教えてもらい、そこへ訪ねていった。会ってみると、巡査部長はひょろりとした長身の青白い男で、妙に思わせぶりな態度だった。あえて口には出さないが、知っていることや疑っていることがまだいくらでもある、と匂わせるかのように。話し方も変わっていて、ここから先は特に重要だぞとばかりに急に声をひそめるが、実際にはどうでもいい内容ばかりだった。こんなふうに少々癖のある人物に見えたが、じきに根は謙虚で誠実だとわかった。肩肘《かたひじ》を張るつもりはなく、捜査が難航しているのでぜひとも協力を仰ぎたい、と率直に伝えてくれた。

「それに、こちらとしてはあなたのほうがスコットランド・ヤードよりもいいんですよ、ホームズさん」と巡査部長は言った。「連中が乗りこんで来ても、地元警察にはなんの得にもなりません。捜査が成功すれば手柄を奪われ、失敗すれば非難の矢面に立たされる。そこへいくと、あなたは公明正大だと評判ですからね」

「出しゃばる気はこれっぽっちもありませんよ」とホームズが言うと、憂鬱《ゆううつ》そうだった巡査部長の顔に安堵《あんど》の色が広がった。「僕が真相を解明しても、名前をおもてに出していただかなくてけっこうです」

「さすがはホームズさん、太っ腹でいらっしゃる。ご友人のワトスン博士も信頼できる方とうかがっています。では、そろそろ現場へ歩いてご案内しましょう。ところで、ひとつお尋ねしたいことがあるのです。ここだけの話にしていただきたいのですが」他聞をはばかる話のようで、巡査部長はあたりを見回してから続けた。「怪しいのはギブスンさんだと思いませんか？」

「それも考慮に入れていますよ」

「ホームズさんはまだお会いになっていないが、ミス・ダンバーは非の打ち所がない立派な女性です。ギブスンさんが妻を始末しようと考えても不思議はありません。しかも彼はアメリカ人ですから、われわれよりも手軽に拳銃を扱う。犯行に使われたのは彼の拳銃だったわけですし」

「それは確かですか？」

「はい。ギブスンさんが所有する二挺《ちょう》一組のうちのひとつでした」

「二挺一組？　では、残りの一挺は？」

「それが、あの紳士はいろいろな銃をたくさん持っているのですが、凶器の拳銃と同じ型のものは見つかっていません。ただ、収納箱は二挺用です」

「それなら、同じ組の片割れは必ずあるはずだ」

「どうぞご自身で自由にお調べください。館へ行けば、集めた銃が全部並べてありますので」

「のちほどそうさせてもらいます。その前にまずは現場です。悲劇の舞台となった場所を一緒に確認させてください」

この会話が交わされたのは、地元の警察署を兼ねているコヴェントリー巡査部長の質素な家の居間だった。そこを出発して半マイルほど歩き、色褪《いろあ》せたシダとヒースでブロンズ色と黄金色に染まる吹きさらしの原っぱを越え、ソア・プレイスの通用門をくぐり抜けた。さらに小道をたどって雉《きじ》の禁猟区を過ぎると、開けた空地に出た。そこからは、羽を大きく広げたような館が向こうの丘のてっぺんに見えた。全体が半木骨造《ハーフテインバー》だが、半分はチューダー様式、もう半分はジョージアン様式で建てられている。空地のすぐ脇に葦《あし》が生い茂る細長い池があり、真ん中のくびれた部分に馬車道の石橋がかかっていて、欄干の下は両側とも池の幅が丸く広がっている。案内役の巡査部長は橋のたもとで立ち止まると、地面を指差した。

「ギブスン夫人はここに倒れていました。その石は目印に置いたものです」

「遺体が運ばれていく前から現場にいらしたわけですね？」

「はい、すぐにわたしを呼びに来ましたから」

「どなたが？」

「ギブスンさんご本人です。館で知らせを受けると、すぐに何人か連れてここへ駆けつけ、警察が来るまでなにも動かしてはならないと皆に指示したそうです」

「適切な判断ですね。至近距離から撃たれたと新聞に出ていましたが」

「はい、間違いなく至近距離です」

「右のこめかみのあたり？」

「こめかみのすぐ後ろです」

「どんなふうに倒れていました？」

「仰向《あおむ》けの姿勢でした。着衣に目立った乱れはなく、争った形跡も凶器も見当たりませんでした。ただし、左手にミス・ダンバーからの手紙を握りしめていました」

「握りしめていた？」

「はい、かなりきつく。手を開かせるのに苦労しました」

「それはきわめて重大な点ですね。死後に何者かが捜査をかく乱する目的で握らせたという線は完全に消えるわけですから。ふむ、そうか！　手紙の文面は確か、ほんの数語の短いものでしたね。〝九時にソア橋で。G・ダンバー〟。間違いありませんか？」

「ありません」

「ミス・ダンバーはそれを書いたことを認めているんですか？」

「はい」

「それについて本人はどう申し開きを？」

「彼女の弁明は巡回裁判まで保留になっています。いまはなにも話そうとしません」

「これは文句なしに興味深い問題です。手紙の存在理由がきわめて曖昧《あいまい》ですね」

「ううむ、どうでしょう」巡査部長が言いにくそうに続ける。「はばかりながら、その手紙こそが事件全体で唯一明白な証拠に思えるのですが」

ホームズはかぶりを振った。

「手紙が偽造ではなく、本当にミス・ダンバーが書いたものだとしても、夫人はそれを事前に――一、二時間前には受け取っていたはずです。なぜ待ち合わせ場所にまで持ってきたのか腑《ふ》に落ちない。しかも、大事そうに握りしめて。たったこれだけの文面なら、会ったときに確認する必要もなかっただろうに。どうです、おかしいでしょう?」

「まあ、そう言われてみれば確かに」

「少しのあいだ座って、じっくり考えてみることにします」ホームズは石橋の欄干に腰かけ、眼光鋭い灰色の目で周囲のあちこちへ視線を走らせた。そのあと、やにわにぱっと立ちあがって反対側の欄干へ駆け寄り、ポケットから取りだした拡大鏡で石の表面を調べ始めた。

「これは妙だ」とホームズ。

「ああ、そこですね。手すりの出っ張った角が少しだけ削れています。通行人がやったんでしょう」

灰色の石でできた欄干に、一箇所だけ白くなっている部分があった。大きさはせいぜい六ペンス銀貨程度。間近で見たところ、なにか鋭い一撃によって欠けたらしい。

「こうなるにはかなり強い力がかかったはずだ」ホームズは考えこみながら言い、ためしにステッキで欄干を数回叩《たた》いてみた。傷はまったくつかない。「うむ、相当すさまじい力が加えられたようだ。なぜこんなところに？　しかも、上からではなく下から突いている。見てのとおり、欠けているのは欄干の下側のへりです」

「死体からは少なくとも十五フィートは離れていますが」

「そう、死体から約十五フィートの地点。よって事件とは無関係かもしれませんが、ちょっと気になります。さて、ここはもういいでしょう。新しい手がかりは見つかりそうにない。足跡は残っていなかったんですね？」

「鉄みたいに固い地面ですから、残念ながら足跡はひとつも」

「わかりました。では引き揚げましょう。まず館に立ち寄って、全部並べてあるとおっしゃった銃を調べさせてください。それが済んだら、ウィンチェスターへ向かいます。先へ進む前にミス・ダンバーと会っておきたいので」

ニール・ギブスン氏の邸宅へ行くと、主人はまだロンドンから戻っていなかったが、今朝ベイカー街へ訪ねてきた臆病《おくびょう》そうなベイツ氏が応対に現われた。彼は不気味なくらい嬉々《きき》として銃のコレクションを見せてくれた。ギブスン氏がこれまでの危険に満ちた人生で集めてきた銃は、形も大きさもさまざまで、それらがずらりと並べられた光景はかなり迫力があった。

「ギブスンさんは敵の多い方です。あの性格やふるまいを知っている者ならば、容易に想像はつくでしょうがね」とベイツ氏が説明する。「そのため、就寝時は必ずベッド脇の抽斗《ひきだし》に弾を込めたリヴォルヴァーを用意しています。そういう気性の激しい方ですから、わたした使用人は皆たびたび怖い思いをしました。亡くなった気の毒な奥様も、おびえながら過ごしていらしたことでしょう」

「実際に奥さんが夫に暴力をふるわれているのを見たことは？」

「それはありませんが、罵声《ばせい》を浴びせられているのは何度も耳にしました。ギブスンさんは使用人の前だろうと容赦なく罵倒するのです。あんな冷たい残酷な言葉でなじられたら、ぶたれるも同然の苦痛ですよ」

駅への道中、ホームズが言った。「あの億万長者、私生活では難ありだよ。さて、ワトスン、これでいろいろな事実がつかめたね。知らなかったこともいくつか明らかになった。とはいえ、結論に行き着くまでの道のりはまだまだ遠そうだ。雇い主をあれだけ嫌悪しているベイツ氏も、悲劇の知らせが届いたときギブスン氏は確かに書斎にいたと証言している。八時半に夕食が終わり、その時刻までは普段となんら変わりない一日だった。急報が告げられたのはだいぶ夜が更けてからだが、事件発生は例の短い手紙にあった時刻の頃とみていいだろう。その日、ギブスン氏は午後五時にロンドンから帰宅し、そのあと再び外出したという証拠はひとつも挙がっていない。

一方、ミス・ダンバーはギブスン夫人とあの石橋で会う約束だったと認めている。だが、それ以上は明かそうとしない。まだ口をつぐんでいるようにと弁護士に助言されたようだ。彼女にどうしても訊《き》きたい大事な質問が山ほどあるから、本人とじかに会うまではうずうずして落ち着かないよ。正直に言うと、たったひとつ気になる点さえなければ、この事件の犯人は彼女だと断言していただろう」

「気になる点というのは？」

「彼女の衣装だんすから拳銃《けんじゅう》が発見されたことだ」

「なんだって、ホームズ！」私は驚いた。「なにより明白な証拠じゃないか」

「そうは思わないね。それについては、初めに何の気なしに新聞を読んだときから不自然だと感じていたんだ。こうして事件を詳しく調べてみて、希望につながる最後の砦《とりで》はそれしかないと確信するに至った。僕らが求めているのは矛盾のない道理にかなった解釈だ。一貫性に欠ける事実に行きあたったら、鵜呑《うの》みにせず目くらましではないかと疑ってかかる必要がある」

「よくわからないんだが」

「じゃあ、ワトスン、仮にこう考えてみよう。きみは女性で、冷静に隙のない手段を用いて邪魔な恋敵を排除するつもりだ。あらかじめ綿密な計画を立て、標的の女性を手紙で呼びだした。いよいよ犠牲者と指定の場所で落ち合う。きみは武器を持っている。犯罪が実行される。無駄のない鮮やかな手並みだ。ところが、そこまでは上々の首尾だったにもかかわらず、犯行後に自分を疑ってくれと言わんばかりの行動を取った。武器なんか現場近くの葦原にでも投げ捨てれば、見つかりっこないだろうに、なぜわざわざ持ち帰って自分のたんすにしまったんだい？　そこが真っ先に捜索されるのはわかりきったことじゃないか。きみはもともと策士ではないにせよ、こんなとんでもないへまをやるとはとうてい信じられない」

「犯行直後は動転していたんだろう」

「いやいや、それはおかしいよ。ありえない。用意周到に計画した犯罪なら、自分から疑いをそらす方法も抜かりなく用意してあるはずだ。よって、僕らは重大な勘違いをしていると考えるべきじゃないかな」

「だとすれば、説明をつけなければならない点がいくつもあるぞ」

「よし、さっそく取りかかろう。視点を変えれば、のっぴきならない証拠がまさに真相を解き明かす鍵《かぎ》になってくれる。たとえば、拳銃の件だ。ミス・ダンバーはそれについてなにも知らないと言っている。彼女の主張がすべて真実だと仮定すると、本人に覚えのない拳銃がたんすに入っていたわけだ。いったい誰が入れた？　もちろん彼女に罪をかぶせようとする者だ。つまり、その人物こそが真犯人なのでは？　ほら、このとおり、僕らの捜査は最も有望な線にたどり着いたぞ」

　形式的な手続きが済んでいなかったので、その晩はウィンチェスターに泊まらざるを得なかったが、翌朝は無事にダンバー嬢との面会許可が下りた。今回の事件で被告の弁護を務める新進気鋭の法廷弁護士、ジョイス・カミングス氏とともに、その若い女性の独房へ案内された。それまでに聞いていた話で見目麗しい娘だろうとは思っていたが、私の胸にこれほど忘れがたい印象を刻みつけるとは予想だにしなかった。あれほど傲慢《ごうまん》な億万長者が、彼女のなかに自分を教え導く圧倒的な影響力を認め、それに身を委《ゆだ》ねる気になったのもうなずける。目鼻立ちのくっきりした、力強さと繊細さを併せ持った顔立ちからは、生来の崇高な精神が感じられた。こういう女性ならば、たとえ衝動的な行為に及んだとしても、つねに善の道を進んでいくだろう。髪の色は濃く、すらりとした長身の上品な姿で、神々しさすら漂わせている。それでも、黒い目には網にかかった生き物のような無力感が浮かんでいた。もがいても、もがいても、決して逃げられないと観念している目だった。

だが、ホームズを前にすると、天下の名探偵が助けに来たと知った彼女は、青白い頬をほんのり赤く染め、希望の光が宿った瞳《ひとみ》をこちらに向けた。

「ニール・ギブスンさんから、わたくしたちの事情はお聞き及びでしょうか？」低く震える声で彼女は訊いた。

「はい」ホームズが答える。「おつらいのは承知していますから、その話はここで持ちださなくてけっこうですよ。こうしてじかにお目にかかって、ギブスンさんのおっしゃったとおりだと思いました。あなたが彼に影響力を持っていたことにも、お二人が後ろ暗い関係ではなかったことにも、合点《がてん》が行きました。しかし、なぜ法廷で詳しく説明なさらなかったのですか？」

「この状況がここまで長引くとは思ってもみませんでした。捜査が進んで真相が明らかになれば、おのずと疑いは晴れると信じ、それまで待つことにしたのです。家庭内の複雑な問題には立ち入りたくありませんから。でも、いまだに疑いは晴れず、わたくしの立場は苦しくなるばかりです」

「いいですか、お嬢さん、ただ待っていれば解決するなどという幻想は捨ててください」

ホームズが真剣な口調で諭す。「ここにおいでのカミングスさんもきっと同じ意見でしょう。どれもこれも不利な手札ばかりというのが現状です。この劣勢から逆転勝利をおさめるには、手札を決死の覚悟で最大限に活《い》かさなければなりません。あなたの立場は苦しいどころか、きわめて危険です。その事実に見て見ぬふりをすれば、命取りになるでしょう。真相究明のため、どうか全面的な協力をお願いします」

「なんでも包み隠さずお話しするつもりです」

「初めに、ギブスン夫人と実のところどういう間柄だったのか教えてください」

「奥様はわたくしを憎んでいましたわ、ホームズさん。熱帯特有の気性そのままに、とても激しく。中途半端を嫌う極端な面をお持ちでしたから、旦那《だんな》様への愛情が強い分、わたくしへの憎しみも強かったのです。旦那様とわたくしの関係を誤解なさっていたのは間違いないと思います。申しあげにくいことですけれど、奥様は肉体的な愛に情熱を傾けるあまり、世俗を超越した精神的な絆《きずな》の存在を信じられなかったのでしょう。わたくしがお屋敷を出ていかなかったのは、ひとえに旦那様のお力が世のために発揮されることを願ったからですが、奥様にその気持ちは通じなかったようです。いま思えば、わたくしが間違っていました。家庭不和のきっかけになった者が、いつまでもとどまるべきではありませんでした。わたくしがいなくなっても、夫婦仲は元どおりにはならなかったと思いますが」

「ダンバーさん、事件の晩の出来事を詳しく正確に話してください」ホームズが言った。

「知っていることはなにもかもお話ししますが、それが本当だと自分では証明できないのです。いくつか問題が――とても重大な問題があるのに、どう説明したらよいのかわかりません。うまくお伝えする自信がなくて」

「あなたが事実を見つけてくだされば、説明はほかの者が見つけますよ」

「わかりましたわ。あの晩、わたくしがソア橋へ行ったのは、その日の朝にギブスン夫人から手紙を受け取ったからなのです。手紙は教室のテーブルの上にありました。奥様ご自身で置かれたのだと思います。〝大事な話があるから、夕食後にソア橋で会いたい。このやりとりは内緒にしたいので、返事は日時計の上に置いてほしい〟という内容でした。どうして内緒にするのか不思議でしたが、奥様のご希望どおりにして、待ち合わせの約束をしました。手紙は焼却するようにと書き添えてあったため、教室の暖炉で燃やしました。日頃から奥様は旦那様をとても怖がっておいででした。ひどくなじられてばかりいましたから。あまりに度が過ぎるとわたくしも旦那様に再三申しあげたのですが、聞き入れていただけなくて。そういう事情でしたので、奥様は旦那様に知られたくなくて、二人きりで会うことを内緒にしたいのかもしれないと思いました」

「ところが、夫人のほうはあなたの返事を捨てずにとっておいた」

「はい。亡くなったとき手にしっかり握りしめていたと聞いて、我が耳を疑いました」

「続きをどうぞ」

「約束どおり待ち合わせ場所へ出かけていくと、奥様は橋でもう待っていらっしゃいました。そのとき初めて、奥様のわたくしへの憎悪がどれほど激しいか思い知らされました。正気を失ったとしか言いようのない取り乱しようで――ええ、そう、正気を失っていたんですわ。そういう人につきもののずるさなのか、ひそやかにですけれど。でなければ、心底憎んでいる相手と毎日平然と顔を合わせることなどできっこありませんもの。奥様になにを言われたかは伏せておきます。とにかく、怒りにまかせて恨みつらみを容赦なく投げつけてきたのです。わたくしはあまりの恐ろしさに口がきけませんでした――ただ呆然《ぼうぜん》としていました。奥様を見るのさえ怖くて、耳をふさいでその場から逃げだしました。一人残された奥様は、橋のたもとに立ったまま、わたくしの背中に向かってなおも金切り声でののしり続けていました」

「立っていたのは、のちに死体が発見された場所ですか？」

「そこからほんの二、三ヤード離れたところです」

「あなたが去った直後に彼女が死に見舞われたのだとすると、銃声が聞こえたのではありませんか？」

「いいえ、聞こえませんでした。でも、逆上した奥様の姿に気が動転して、早く自分の部屋に戻ろうと無我夢中で走っていましたので、なにか起こったとしても気がつかなかったと思います」

「ご自分の部屋に戻ったのですね。そのあと翌朝までのあいだに、もう一度部屋を出ませんでしたか？」

「出ましたわ。奥様が亡くなったという知らせが入って、ほかの方々と一緒に慌てて飛びだしました」

「そのときギブスンさんの姿を見かけましたか？」

「はい。橋から戻ってこられたところでした。お医者様と警察を呼びにやったとおっしゃいました」

「動揺している様子でしたか？」

「ギブスンさんは人一倍意志が強くて、度胸の据わった方です。めったなことでは人前で弱みを見せません。でも、あの方をよく存じあげているわたくしの目には、かなりおつらそうに見えました」

「では、いよいよ重大な問題に取りかかります。あなたの部屋で発見された拳銃《けんじゅう》についてです。それを以前どこかで見たことはありますか？」

「いいえ、一度も」

「いつ発見されたのですか？」

「翌朝です。警察の捜索で」

「衣類のあいだから？」

「はい、たんすの底の服の下にありました」

「どのくらい前からそこにあったか、心当たりは？」

「前日の朝になかったのは確かです」

「なぜそう言い切れるのですか？」

「たんすの整理をしましたので」

「だったら間違いない。あなたに罪を着せようと、何者かが部屋に忍びこんで拳銃をそこに入れたんですね」

「きっとそうですわ」

「いつだと思いますか？」

「食事のあいだか、でなければ子供たちと教室にいたときでしょう」

「教室というと、夫人の手紙を見つけたときですか？」

「はい。あのあと午前中はずっとそこで過ごしました」

「ありがとうございました、ダンバーさん。ほかに捜査のうえで参考になりそうなことはありませんか？」

「いいえ、なにも」

「あの石橋の欄干に、なにかがぶつかって欠けた箇所が見つかりました——死体のあった場所のちょうど向かい側で、真新しい傷です。思いあたるふしはありませんか？」

「ただの偶然ですわ、きっと」

「おかしいですよ、ダンバーさん。絶対におかしい。よりによって、あのような悲劇が起きたときに、しかもその現場に？　偶然にしてはできすぎている」

「でも、どうして欄干に傷がついたんでしょう？　よほど強い力が加わったとしか考えられませんけれど」

ホームズはなにも答えなかった。青ざめた真剣な顔が急にこわばり、遠くを見る目つきになる。それは天賦の才が発動される前兆だと私は知っていた。彼が思考を極度に集中させているのは見て明らかだったので、ほかの者たちは誰も口をきかなかった。弁護士も被告人も、もちろん私も、ぴんと張りつめた濃密な静寂のなかで彼を見守っていた。しばらくして、ホームズは勢いよく椅子から立ちあがり、闘志満々の顔で武者震いした。行動開始の合図だ。

「よし、行くぞ、ワトスン！」彼が叫ぶ。

「どうなさったんですの、ホームズさん？」

「ご心配なく、お嬢さん。また連絡しますよ、カミングスさん。正義の神のお導きがあれば、あなたは国じゅうに旋風を巻き起こす裁判で名を上げるでしょう。ではダンバーさん、明日には新しい知らせをお届けしますので、希望を捨てないでください。必ず雲は切れ、晴れ間から真相の光が射すと僕は信じています」

ウィンチェスターからソア・プレイスまではたいした道のりではないが、じりじりするほど長い旅に感じられた。ホームズにとってはどうかというと、長い旅を通り越して、永遠に続く果てしない旅に思えたことだろう。その証拠に片時もじっとしていられず、座席のかたわらのクッションをほっそりした長い指で叩《たた》いたり、列車内をあてもなく歩きまわったりしていた。目的地に近づくと、彼は突然私の向かいの席に腰を下ろした。そして——一等車はがらがらで、ほかに客はいなかったのだが——私の両膝《りょうひざ》に片手ずつ置いて身を乗りだし、時折見せるいたずら好きな小悪魔めいた表情でこちらの目をじっとのぞきこんだ。

「ワトスン」と呼びかけてくる。「確かきみは、こういう遠出の際には必ず武器を携帯していたね」

私がそうしているのは、ほかならぬホームズのためだ。彼はひとたび真相を追うのに熱中すると身の安全などおかまいなしになるので、私のリヴォルヴァーに窮地を救われたことがこれまで何度もあった。私ははっきりとそう伝えた。

「ああ、わかっているよ。僕はほかのことに気を取られると、危険に無頓着《むとんちゃく》になるからね。で、リヴォルヴァーは持っているんだろう？」

私は尻《しり》ポケットから拳銃を出した。小型の短銃身で扱いやすいうえに、性能も申し分ない。ホームズは回転式シリンダーを開けて弾を抜き取ったあと、銃をためつすがめつした。

「重いな——けっこう重い」

「ああ、頑丈にできているからね」

拳銃を見つめながら、ホームズは少しのあいだ考えこんだ。

「なあ、ワトスン」あらたまった口調で話し始めた。「僕らが解き明かそうとしている謎に、このリヴォルヴァーは密接に関わることになるよ」

「ホームズ、冗談だろう？」

「いいや、本気で言っているんだ。試したいことがあってね。その実験で、なにもかも明らかになるだろう。きみのこの小さな武器は、成功の鍵《かぎ》を握る重要な実験道具なのさ。弾を一発だけ抜いて、残りの五発は元に戻しておこう。さあ、安全装置もかけた。さっきより重さが増して、再現実験にはよけい好都合だ」

どういう心積もりなのか見当もつかなかったが、彼はそれ以上なにも話そうとせず、黙って思案をめぐらせていた。そうこうするうちに、列車はハンプシャーの小さな駅に停まった。駅からはがたがたの二輪軽馬車に乗りこんで十五分ほど走り、信頼できる新しい友、巡査部長の家に着いた。

「手がかりを見つけた？　ホームズさん、いったいなんです？」

「それはワトスン博士のリヴォルヴァーに訊《き》いてみなければ」と私の友人が答える。「ほら、これです。巡査部長、紐《ひも》を十ヤードほど欲しいんですが」

村の商店で丈夫な太い麻紐をひと玉手に入れた。

「これで必要なものはそろいました」ホームズは言った。「では、さっそく出発しましょう。われわれの旅もこれで終盤を迎えられるはずなんですが」

すでに陽は傾き始め、なだらかに起伏するハンプシャーの荒野には、秋の雄大な景色が見渡すかぎり広がっていた。同行してきた巡査部長はどうやらホームズの正気を疑っているらしく、私の友人に何度も怪訝《けげん》そうな視線を向け、見るからに釈然としない顔つきだった。犯行現場へ近づくにつれ、ホームズの普段どおり落ち着き払った表情の下で興奮が沸き起こっていくのが見て取れた。

「ああ、そうだね」ホームズは私の話に相槌《あいづち》を打った。「きみも知ってのとおり、僕は的外れな方向へ突っ走ることがある。こういう問題には生まれつき勘が働くが、ときどきそれに裏切られてしまう。ウィンチェスターの独房で最初にひらめいたときは、これで決まりだと確信した。だが、活発な頭脳は両刃の剣でね。見当違いな手がかりを追うはめになる、もっともらしい仮説を思いつきかねない。しかし、それでも――そう、それでも、やってみるしかないんだよ、ワトスン」

ホームズは歩きながら、拳銃《けんじゅう》の銃把に紐の一方の端をしっかりと結びつけた。いよいよ悲劇の舞台まで来ると、死体が転がっていた正確な場所を巡査部長に確認し、慎重に印をつけた。次にヒースとシダの茂みをかき分けて、けっこう大きな石を拾ってきた。それを紐のもう一方にくくりつけ、橋の欄干越しに池の上へ垂らす。そこまで済むと、今度は私の拳銃を握ったまま死体のあった位置に立った。橋のたもとから少し離れた地点だ。銃把に結わえつけられた紐は、反対側の欄干の外にぶら下がっている石の重みでぴんと張った。

「さあ、開始！」

ホームズはかけ声と同時に腕を上げ、銃口を自分の頭に向けた。続いて拳銃からぱっと手を離す。石の重みで引っ張られた拳銃は勢いよく宙へ跳ねあがり、鋭い音を立てて欄干に衝突したあと、そこを飛び越えて向こう側の池へ落下した。欄干のそばにひざまずいて、拳銃が水中に沈むのを見届けたホームズは、嬉《うれ》しそうに一声叫んだ。期待どおりの結果が得られたのだろう。

「再現実験は大成功だ！」誇らしげに宣言するホームズ。「見てごらん、ワトスン。きみのリヴォルヴァーが見事に謎を解いてくれた！」彼が指差した欄干の下側のへりには、大きさといい形状といい最初にあったものとそっくりな第二の傷ができていた。

「今夜はこの近くの宿屋に泊まります」立ちあがると、ホームズは唖然《あぜん》としている巡査部長に言った。「鉤《かぎ》のついた道具を用意すれば、僕の友人のリヴォルヴァーは簡単に引き揚げられますよ。それとは別にもう一挺《いっちょう》、紐と重りがついたリヴォルヴァーも見つかるでしょう。嫉妬《しっと》から復讐《ふくしゅう》心を抱いた夫人は、それを使って自分が殺されたように偽装工作し、無実の者を犯人に仕立てあげようとしたのです。ギブスンさんにこうお伝えください。明朝お会いして、ダンバーさんの嫌疑を晴らす手続きに取りかかりましょうと」

その晩遅く、村の宿で二人してパイプをふかしながらくつろいでいるとき、ホームズが今回の事件を次のように振り返った。

「残念ながら、ワトスン、今回の『ソア橋の事件』をきみの事件録に加えてもらっても、僕の評判が高まることにはならないだろうね。思考の働きが停滞気味で、僕の推理術の土台である想像と現実の調合が不充分だった。欄干の表面が欠けていた事実は、それひとつでただちに真相を突き止められるほど重大な手がかりだ。もっと早く気づけなかったことが悔しいよ。

言い訳がましくなるが、不幸な夫人の心の動きは複雑でとらえがたく、そういう人間の企《たくら》みを看破するのは並大抵のことではない。このゆがんだ愛が招いた悲劇は、僕らが過去に挑んだ事件にはない変わった特色を持っているんでね。彼女にすれば、夫婦の仲を脅かすミス・ダンバーは、それが容姿ゆえだろうと人柄ゆえだろうと許せなかった。妻のむきだしの愛情をはねつけるために夫が繰り返した侮辱や冷酷な仕打ちが、すべてなんの罪もない娘のせいにされてしまったわけだ。夫人は自ら命を絶とうと決心した。ここが出発点だ。さらに、ただ自殺するのではなく、それによって憎い女を死よりもはるかに苦しい生き地獄に突き落とそうと目論《もくろ》んだ。

いまなら決行に至るまでの経緯をひとつひとつ明確にたどれる。そこから浮き彫りになるのは、彼女の驚くべき緻《ち》密《みつ》な計算だ。まず、巧みな方法でミス・ダンバーに手紙を書かせた。おかげで相手が待ち合わせの場所と時間を指定してきたように見せかけられる。ただし、念を入れたつもりだろうが、犯行現場で確実に発見されるよう死に際に手紙を握りしめたのは余分だったな。僕はこの段階で疑念をかきたてられて然《しか》るべきだったというのに、まったく不《ふ》甲《が》斐《い》ない。

ミス・ダンバーの手紙の次は、夫のリヴォルヴァーを手に入れた。きみも見たとおり、あの家には銃が大量にあるから、一挺くらい失敬しても目立たない。それと対になった拳銃はあの朝ミス・ダンバーの衣装だんすに隠した。むろん、その前に抜かりなく一発撃って弾を減らしておく——森の奥へでも行けば、誰も銃声に気づかないだろう。あとは約束の時間に橋へ向かえばいい。そこでは実に独創的な方法で凶器を消滅させることになっている。ミス・ダンバーがやって来ると、人生の捨て台詞《ぜりふ》とばかりに罵詈《ばり》雑言を浴びせ、彼女が音の届かない距離まで逃げてから、恐ろしい目的を遂行した。ほら、これですべての環《わ》がはまるべきところにはまって、鎖がきれいにつながった。

そもそも、なぜ池をさらってみなかったのか、新聞はこぞって書き立てるだろうが、あとからならなんとでも言えるさ。いずれにしても、どこでなにを捜せばいいのかはっきりわかっていなくては、葦《あし》の生い茂る広い池をさらうのも容易じゃない。さて、ワトスン、僕らは一人の素晴らしい女性と、一人の侮りがたい男性を救った。この二人が将来力を合わせることは大いにありそうじゃないか。そうなったら、ニール・ギブスン氏は人生の教訓を授ける悲しみという名の教室で確かになにかを学び取ったと財界に知れ渡るかもしれないな」

這《は》う男

シャーロック・ホームズ氏にはかねがね、プレスベリー教授の身に起きた奇々怪々な出来事を世間に発表するよう勧められていた。そうすれば、約二十年前に某大学を騒然とさせ、ロンドンの学術界でも物議を醸した醜聞はきれいに一掃されるはずだから、と。

しかしながら、いろいろと差しさわりがあったせいで、この奇妙な事件の真相は我が友人の冒険譚《たん》を大量に保管してあるブリキ箱の底で長らく眠っていた。いま、それがついに日の目を見る時が来た。ようやく公表の許しを得て、ホームズが引退間際に手がけた事件のうちのひとつをこうして語れることになったのである。とはいえ、思慮分別をもって慎重に扱うべきであるのは現在も変わらない。それほど繊細な問題なのだと前置きしておこう。

ホームズらしいといえばホームズらしい、しごく簡潔な電報を受け取ったのは、一九〇三年九月初旬の日曜の夕方のことだった。

都合が良ければすぐに来い――悪くても来い　SH

当時、友誼《ゆうぎ》を結んでから久しかった私たちは一種独特の間柄にあった。ホームズは習慣を重んじ、慣れ親しんでいるものに囲まれていないと気が済まない性分で、私自身もそこに含まれていた。ホームズにとって私は、ヴァイオリンや刻み煙草、古びた黒いパイプ、索引帳など、普段使いの道具と似たような存在だったのだ。事件の捜査中、腕っぷしが物を言う場面で度胸のある相棒が必要なときは、まさに私の出番到来だった。ほかの形でも役に立っていた。たとえば、優秀な頭脳に磨きをかける砥石《といし》として。思考の刺激になるらしく、ホームズは私の前で声に出して考えるのを好んだ。もっとも、私に聞かせるつもりだったわけではなく、たいていはベッドの枠でも相手にしているような話し方だったが。それが習慣化してからは、私が感想や意見を差しはさんだりすることも一定の効果をもたらすようになった。私の融通が利かない考え方に焦《じ》れたときのホームズは、炎に燃料を注ぎこむがごとく勘や想像力を一段と鮮やかに冴《さ》えわたらせたのだから。こんな具合に、彼との同盟関係において私なりの役目を担っていたのである。

呼び出しに応じてベイカー街を訪ねてみると、ホームズは肘掛《ひじかけ》椅子で両膝《りょうひざ》をそろえて立て、それを両腕で抱えこむような恰好《かっこう》でパイプをくわえていた。眉間《みけん》にしわを寄せて思案にふけっている様子からすると、なにやら難問を抱えて悪戦苦闘しているらしい。懐かしい肘掛椅子を手振りで勧めてくれたものの、それきり私のいることさえ忘れてしまったかのようだった。三十分ほど経った頃、突然我に返ったのか口元にいつもの気まぐれな微笑を浮かべ、古巣へようこそと挨拶《あいさつ》した。

「すまなかったね、ワトスン。うわの空になって。この二十四時間ずっと奇異な問題に没頭しているんだが、そのせいで雑多な想像があとからあとから湧いてくるんだ。探偵術における犬の活用法について、簡単な論文を書いてみようかと真剣に考え始めているよ」

「おや、すでに活用されているはずだけどね、ホームズ。ブラッドハウンドやスルースハウンドなどの警察犬が――」

「ちがうよ、ワトスン。そういう誰の目にも明らかな部分の話じゃない。物事にはもっと見えにくい微妙な面がある。きみが例によって御大層なタイトルをつけた『ぶな屋敷』の事件を思い出してみたまえ。あのとき僕は子供の心理を観察して推理を組み立てていき、世間ではまっとうな父親で通っていた気取り屋の犯罪を暴いてみせた」

「そうだったね、よく覚えているよ」

「僕の犬に関する考察はそれと似ている。犬は飼い主の暮らしぶりを映す鏡なんだ。陰気な家族のところに元気のいい犬はいないし、幸福な家族のところに悲しそうな犬はいないだろう？　怒鳴ってばかりいる連中の犬は吠《ほ》えてばかりいる。飼い主が凶暴だと犬も凶暴になるんだ。むら気な犬がいたら、それはそばにいる人間がむら気なせいだろう」

私は首を振った。「なあ、ホームズ、こじつけじゃないか？」

ホームズはどこ吹く風と聞き流し、パイプに葉を詰め直してから再び椅子に腰かけた。

「この論理はいま手がけている事件に応用できる。もつれた糸束をほどくには、まず糸の端を見つけなければならないから、それに取り組んでいる最中なんだ。解決の糸口がどのあたりにあるのかは見当がついている。おそらく、〝プレスベリー教授が飼っているウルフハウンド犬のロイは、なぜ主人に噛《か》みつこうとするのか？〟という謎に隠れているんだろう」

私はなんだかがっかりして椅子の背に沈みこんだ。仕事を中断して駆けつけたというのに、そんなたわいもない話を聞かされるとは。失望が顔に出たのだろう、ホームズが私をちらりと見た。

「きみは相変わらずだな、ワトスン！　最も重大な事柄は最も些細《ささい》な事柄で決まるということが、まだわかっていないんだね。いいかい、ちょっと考えてみたまえ。真面目な年配の教授は――きみも評判は聞いていると思うが、ケンフォード大学の著名な生理学者、プレスベリー教授のことだ――長年かわいがっている忠実なウルフハウンド犬に最近になって再三襲われているんだ。妙じゃないか？　どう思う？」

「犬は病気なんだろう」

「なるほど、もっともな意見だね。ところが、ほかの人間は襲わないし、主人に牙《きば》をむくのも特別な場合だけときている。絶対におかしいよ、ワトスン――奇妙きてれつだ。ああ、呼び鈴が鳴った。ベネット青年は約束の時間より早くやって来たな。彼と会う前にもう少しきみと雑談を楽しみたかったんだが」

　階段を急いで上がってくる足音が聞こえ、続いてドアに鋭いノックの音がした。まもなく新しい依頼人が姿を現わした。背が高く端整な顔立ちをした三十がらみの青年で、物腰に品があり、身なりもいい。ただ、全体的な印象は世慣れた一人前の男性というより、内気な学生を思わせた。青年はホームズと握手を交わしたあと、少し驚いた顔で私を見た。

「ホームズさん、これはとても扱いの難しい問題です。ぼくがプレスベリー教授に公私ともにお世話になっていることをご考慮ください。第三者の前でこの話を持ちだすわけにはいかないのです」

「心配いりませんよ、ベネットさん。ワトスン博士は誰よりも慎重ですし、この件ではおそらく協力者が一人必要になりますので」

「わかりました、ホームズさん。この件でぼくが表立って行動できないことだけはどうかお忘れなきよう」

「ワトスン、説明がてら紹介するよ。こちらはトレヴァー・ベネットさんだ。科学界の重鎮であるプレスベリー教授の助手で、教授のお宅に住みこんでいる。一人きりの令嬢の婚約者でもある。教授がベネットさんに誠実かつ献身的なふるまいを求めていることは言うまでもない。恩師の期待に応《こた》えるには、この奇怪な謎を解くために手立てを講じるのが最善の道だろう」

「そうできるといいのですが、ホームズさん。とにかく、なんとかして謎を解かなければ。

ワトスン先生にはもう事情をお伝えになったのですか？」

「いや、時間がなかった」

「では、新しい展開についてご相談する前に、これまでの経緯をひととおり説明したほうがいいですね」

「説明は僕がしましょう」ホームズは言った。「今回の出来事が僕の頭に正しい順番で入っているか確認できますから。さっそく始めるよ、ワトスン。プレスベリー教授はヨーロッパにまで名が知れ渡った優秀な学者だけあって、研究一筋の人生を歩んできた。当然ながら、醜聞とはまったく無縁だった。奥さんに先立たれ、家族は一人娘のイーディスだけ。教授の人柄はというと、まだまだ男盛りといった感じで、好戦的な印象を与えがちなほど意気軒昂《けんこう》としている。これがつい数ヵ月前までの状況だ。

その頃を境に、教授の生活は一変した。なんと六十一歳にして、同じ大学で比較解剖学を研究しているモーフィー教授の娘さんと婚約したんだ。それも、人生経験豊かな年配者らしいたしなみのある求愛ではなく、うぶな若者のような一途《いちず》で激しい恋を実らせて。それほど相手の女性に首ったけだという。そのアリス・モーフィーさんは非の打ち所がない才色兼備の女性だから、プレスベリー教授が熱を上げるのも無理からぬことだろう。だが、教授の家族としては諸手《もろて》を挙げて賛成するわけにはいかなかった」

「世間体もありますので」客が横から言った。

「おっしゃるとおり、突拍子もない無茶な話ですよ。しかし、プレスベリー教授は裕福なので、先方の父親は反対しなかった。なにより娘さん本人が父親とは別の理由で乗り気なんだ。それまでにも縁談はいくつかあって、相手はプレスベリー教授ほど社会的地位は高くなくても、年齢では釣り合う好青年たちだった。にもかかわらず、変わり者のプレスベリー教授のほうを選んだ。本気で好きなんだろう。そうなると、問題は歳の差だけだ。同じ頃、教授の規則正しい日常生活を乱す不可解な出来事が起きた。当人が行き先も告げずに出かけたんだ。過去には一度もなかったことで、突然自宅をあとにした。二週間後に旅疲れした様子で帰宅したものの、隠し事をするような人ではなかったのに、どこへ行っていたのかは話そうとしなかった。ところが、偶然とは恐ろしいもので、こちらのベネットさんのもとにプラハにいる学友から手紙が来た。先日せっかくプラハでプレスベリー教授を見かけたのに、話せなくて残念だった、と書かれていた。家族はそれで初めて教授がどこを旅したのか知った。

肝心なのはここからだ。それ以来、教授に奇妙な変化が生じた。こそこそした、胡散臭《うさんくさ》い態度を取るようになったんだ。まるで人が変わったみたいだ、立派な人柄に汚点が生じるのではないか、と周囲の者たちは心配した。知力には影響がなく、以前と変わらず見事な講義を続けている。しかし、これまでにはなかった得体の知れない不吉な雰囲気がまとわりつくようになった。親孝行の娘さんは、以前のような穏やかな家庭を取り戻すため、父親がかぶっている仮面をなんとかしてひきはがそうと苦心した。ベネットさん、あなたもそうでしょうね。だが、なにをやっても効果はなかった。さて、例の郵便物についてはベネットさんから話していただきましょう」

「はい。ワトスン先生、誤解のないよう申しあげておきますが、教授はぼくに隠し立てなどしたことがなかったんです。血のつながった息子か弟がいたとしても、果たしてぼくほど強い信頼を得られたかどうか。教授に届いた郵便物はすべて秘書のぼくが開封し、目を通したあとに整理していました。ところが、教授が旅から戻った直後にその習慣は変更されました。切手の下にバツ印のついた手紙がロンドンから来るはずだから、親展扱いでそのまま自分に渡すように、と教授に指示されたのです。それに該当する手紙が実際に何通かぼくの手を素通りしました。消印はロンドン東中央郵便区《EC》になっていて、宛名の字はどう見ても教養のない者が書いたものでした。教授が返信したかどうかはわかりませんが、ぼくは一通も渡されていませんし、投函《とうかん》用のかごに入っていなかったのも確かです」

「例の箱についてもお願いします」ホームズが促す。

「ああ、そうでした。教授は旅先から木製の小箱を持ち帰りました。ドイツ風の凝った彫刻がほどこされていましたので、ヨーロッパを周遊する旅だったようです。教授はそれを自分の道具棚にしまいました。ある日、ぼくがカニューレ（訳注：体内に挿入できる医療用の管）を捜していて、何の気なしにその箱を手に取ったら、教授はかんかんに怒りだしたのです。勝手なまねをするなと、すさまじい剣幕で怒鳴りました。そんな叱られ方をしたのは初めてでしたから、ぼくは驚くやら悲しいやらで、ひどく傷つきました。はずみで触れただけですと必死で説明しても、なかなか機嫌を直してもらえず、その日は夜までずっと教授の突き刺さるような視線に追いかけられました」ベネット氏はポケットから小さな手帳を取りだした。「これは七月二日のことです」

「頼りになる証人だ。感心しましたよ」ホームズが言った。「あなたが書き留めておいた日付はきっと僕の調査に役立ってくれるでしょう」

「これも恩師であるプレスベリー教授に教わった方法のひとつなんです。教授のふるまいにただごとではないと感じて、経過を追うのは自分の使命だと思いました。それで、七月二日からこうして記録をつけているのですが、その日は書斎から玄関へ下りてきた教授にロイが襲いかかるという出来事もありました。同じことは七月十一日、さらには七月二十日にも起きています。しかたなくロイは馬小屋につないでおくことになりました。主人思いのかわいい犬だったのに――あの、こんな話は退屈ですか?」

ベネット氏がとがめるような口調になったのもむべなるかな、ホームズが話を全然聞いていないのは一目瞭然《りょうぜん》だった。硬い表情で視線を天井にまっすぐ向けたまま、放心の体《てい》だ。しばらく経って、ようやく元に戻った。

「珍しい! 実に奇怪千万!」ホームズはつぶやくように言った。「ベネットさん、いまの細々した話は初耳でした。さあ、おさらいはこれでだいたい終わりました。その後、新しい展開があったとのことでしたが」

苦い記憶がよみがえったとばかりに、依頼人のおっとりした朗らかな顔が急に曇った。

「これからお話しするのは一昨日の夜に起きた出来事です。午前二時頃、寝つけないままベッドで横になっていると、廊下から鈍いくぐもった音が聞こえてきました。すぐにドアを開けて、のぞいてみました。そうだ、その前にお伝えしておくことがあります。教授の寝室は廊下の突きあたりで――」

「日付は？」ホームズが訊《き》く。

調子はずれの質問に話をさえぎられ、依頼人はさも迷惑そうな顔をした。

「さっき申しあげたとおり一昨日の夜ですから、九月四日です」

ホームズは満足げにうなずいた。

「続けてください」

「教授の寝室は廊下の突きあたりですから、階段へ行くには必ずぼくの部屋の前を通ります。ホームズさん、あんなに恐ろしい思いをしたのは生まれて初めてです。それなりに肝は据わっているつもりでしたが、あれを見たときはさすがに震えあがりました。廊下は暗く、真ん中あたりのひとつきりの窓から月光がうっすら射しこんでいるだけでした。そこを奥のほうからこちらに向かって、なにかが近づいてくるではありませんか。しゃがみこんでいるような恰好《かっこう》の黒っぽいものが。月明かりに浮かびあがった瞬間、その正体がわかりました。なんと、教授だったんです。教授が廊下を這《は》っていたんです、ホームズさん！四つん這いではなく、手足の先だけ床につき、首は両腕のあいだにうずめていました。その姿勢で軽々と動いているのです。あまりの異様な光景にぼくは立ちすくみ、やっと足が動いたのは教授が目の前に差しかかったときでした。廊下へ進みでて、手をお貸ししましょうかと声をかけたところ、思いもよらない反応が返ってきました。すっくと立ちあがると、汚い言葉を吐き散らしてぼくの前を急いで通り過ぎ、そのまま階段を下りていってしまったのです。一時間待っても、戻る気配はありませんでした。きっと朝になるまで部屋には戻らなかったのでしょう」

「どうだろう、ワトスン、きみの意見を聞かせてもらえないか？」ホームズの態度は珍しい標本を見せる病理学者を思わせた。

「原因は腰痛だろう。症状の重い患者はそういう歩き方をする。痛みが激しければ、こらえきれずに癇癪《かんしゃく》を起こしてもおかしくない」

「いいぞ、ワトスン！　きみはそうでなくては。僕らが地に足をつけていられるのはきみのおかげだよ。ただし、腰痛という見立てには納得しかねるね。すっくと立ちあがったわけだから」

「教授の健康状態はいたって良好です」ベネット氏が言った。「長いつきあいのぼくから見ても、これまでにないほどお元気そうで。それだけに、ああいう出来事が気になってしかたありません。警察に相談するわけにもいかず、いったいどうすればいいのか思案に暮れています。このままではどんどん悪い方向へ流されて、しまいにはとんでもない災難が降りかかるのではないでしょうか。イーディス――ミス・プレスベリーも不吉な胸騒ぎをおぼえていて、このまま放ってはおけないと言っています」

「ますます好奇心をそそられる。この事件はどこまで奇妙で奥深いんだろう。ワトスン、きみの意見は？」

「医者の立場から言えば、精神科医にお出まし願ったほうがよさそうだ」と私は答えた。「お歳を召した紳士の脳細胞が、熱烈な恋愛によって変調をきたした可能性がある。外国旅行に出かけたのは、たぶん頭を冷やすためだったんだろう。印のついた手紙と木の小箱はこっそり手を出した投資にからんでいるんじゃないかな――箱にはきっと公債や株券がしまってあるんだよ」

「じゃあ、飼い犬はその株取引が気に食わなくて襲いかかったというのかい？　ちがうよ、ワトスン、もっと深いわけがあるはずだ。そうだな、ひとつだけ言えるのは――」

突然ドアが開いて会話がさえぎられたため、ホームズがなにを言おうとしたのかは聞けずじまいだった。部屋に通されてきたのは若い女性で、ベネット氏は彼女を見るなりあっと叫んで飛びあがった。彼がそばに駆け寄って両手を差し伸べると、女性のほうもその手を取った。

「イーディス！　なにかあったんじゃないだろうね？」

「どうしてもあなたのところへ行かなければと思ったの。ああ、ジャック（訳注：原文どおり。以下同）、怖くてたまらなかった。あの家に一人でなんかいられないわ」

「ホームズさん、こちらが教授のお嬢さんです。ぼくの婚約者です」

「そうだろうと思いましたよ。なあ、ワトスン？」ホームズはほほえんで言った。「ミス・プレスベリー、またなにか起こったんですね？　それで知らせに来たんでしょう？」

典型的なイギリス人女性といった活発そうな美しい客は、ホームズに笑顔を向けてベネット氏の隣に腰を下ろした。

「ベネットさんがホテルを出たとわかったので、行き先はこちらにちがいないと思いましたの。もちろん、あなたに相談するつもりだということは彼から聞いていました。ホームズさん、わたしからもお願いします。どうか気の毒な父を助けてください」

「助けて差しあげたいのはやまやまですが、まだ状況がはっきりつかめないのです。ミス・プレスベリー、あなたのお話次第では新たな糸口が見つかるかもしれませんよ」

「お話ししますわ、ホームズさん。昨夜《ゆうべ》の出来事です。父は朝からずっと様子がおかしくて、不思議な夢のなかをさまよっている感じでした。近頃は自分がなにをしたのかまったく覚えていないことがありまして、昨日もまさにそういう日だったんです。わたしがずっと一緒に暮らしてきた父とはまるきり別人でした。姿は父でも、本物ではありません」

「なにが起きたのか教えてください」

「夜中に犬の激しく吠《ほ》える声で目が覚めました。かわいそうですが、ロイはいま馬小屋の近くに鎖でつないでいます。もうひとつ言い添えますと、わたしは毎晩ドアに鍵《かぎ》をかけて休みます。ジャックが——ベネットさんがお伝えしたと思いますが、なにか起こりそうな嫌な予感がするので、用心しているのです。わたしの部屋は三階にあります。たまたま窓のブラインドが開いていて、外は月明かりで輝いていました。横になったまま、犬が激しく吠え立てる声を聞きながら四角い窓の光を眺めていますと、ああ、なんということでしょう、父の顔がひょいとこちらをのぞきこんだのです。驚きのあまり心臓が止まりそうになりました。父は窓ガラスに顔をくっつけて、片手で窓を押しあげようとしているようでした。もしも窓が開いていたら、わたしは二度と正気に戻れなかったでしょう。決して幻などではありませんわ、ホームズさん。どうか信じてください。わたしは凍りついたように動けなくなって、窓ガラスの顔を呆然《ぼうぜん》と見つめることしかできませんでした。そうしたら二十秒くらい経った頃、その恐ろしい顔はふっと消えました。それでも、わたし——すぐにベッドから出て、窓の外を捜すことなどできませんでした。冷えきった身体を横たえて、朝までぶるぶる震えながら過ごしました。朝食の席で顔を合わせた父は、怒りっぽくてよそよそしい態度で、深夜の出来事については一切口にしませんでした。わたしもそのことには触れず、適当な口実を作ってロンドンに来ることにしました。それでここへ」

ホームズはミス・プレスベリーの話に驚き入った様子だ。

「部屋は三階だとおっしゃいましたね。そうすると、庭に長い梯子《はしご》かなにかが置いてあるんでしょうか？」

「いいえ、ホームズさん。そこが不思議なんです。あの高さの窓にはのぼってこられるはずがないのに、父はどうしてあそこに」

「それが九月五日のことか」ホームズがつぶやく。「事態はますます込み入ってきたな」

今度はミス・プレスベリーが驚いた表情になる。ベネット氏が横からこう言った。「ホームズさん、また日付のことを気にされていますが、今回の件となにかつながりがあるんですか？」

「あるでしょうね——大いにあり得ます——といっても、現段階では材料がまだ充分ではないんですよ」

「精神障害と月の満ち欠けとの関係をお考えなのでは？」

「いえ、それは考えていません。まったく別の次元のことです。手帳を僕に預けてくださるなら、日付をじっくり調べてみましょう。ということで、ワトスン、われわれの取るべき行動は決まったね。お嬢さんの話では——彼女の直感に間違いはないだろう——教授にはなにをしたかほとんど覚えていない日があった。その日に面会の約束を取りつけたふりをして、訪ねていこう。自分が約束を忘れたんだと思ってくれるはずだ。なにはともあれ、本人とお目にかかって、じかに観察しないことには始まらないよ」

「名案だとは思いますが、癇癪玉が破裂したときの教授は手がつけられなくなりますので、ご用心ください」ベネット氏が言う。

ホームズは笑顔で答えた。「わけあって——僕の仮説が正しければ、至極もっともな理由から、すぐに訪ねたいんです。ベネットさん、明日《あした》ケンフォードで会いましょう。確かチェッカーズ亭という宿屋があって、そこそこ上等なポートワインとまあまあ清潔なシーツをそろえていた。ワトスン、これから二、三日は少し窮屈な場所で過ごすことになるよ」

月曜の朝、私たちは有名な大学町を目指した――しがらみのない自由なホームズは気軽に旅ができても、私のほうは開業医の仕事がそこそこ忙しい時期だったため、出立前に大慌てで予定を繰り合わせたのだった。目的地に到着し、くだんの古めかしい宿屋に荷物を預けたあと、ようやくホームズの口から事件の話題が出た。

「ワトスン、昼食前に教授をつかまえられるよ。十一時からの講義を終えたら、休憩のためいったん自宅へ戻ると思うんだ」

「どう言えば会ってもらえるだろう」

ホームズは手帳をさっと確認した。

「八月二十六日は教授のいうなれば興奮期だった。本人は自分の言動をほとんど覚えていないはずだから、僕らがその日に交わした約束どおり訪ねてきたと言い張れば、向こうも頭ごなしには否定できまい。強気で押し切ろう。覚悟はいいかい？」

「よし、前進あるのみだ」

「頼もしいじゃないか、ワトスン！　〝たゆまぬ努力〟と〝飽くなき向上心〟の見事な融合だね。前進あるのみ――これが僕らの合言葉だ。それじゃ、誰か地元の親切な人に教授の家まで案内してもらおう」

まさに地元の親切な人が、私たちを軽快な二輪馬車に乗せて目的地へ運んでくれることになった。由緒あるカレッジが建ち並ぶ街路を一気に駆け抜けたあと、馬車は邸内の並木道に入り、やがてプレスベリー教授宅の玄関前に到着した。芝生に囲まれてたたずむ、紫の藤の花に美しく彩られた立派な家だ。ゆとりのある贅沢《ぜいたく》な暮らしぶりがうかがえる。

馬車が停まるやいなや、家の正面の窓に白髪交じりの頭がのぞいた。ぼさぼさの眉《まゆ》の下から二つの険しい眼が、大きな角縁《つのぶち》の眼鏡越しにこちらを見ていた。まもなく無事に教授の書斎へ通された私たちは、ロンドンからこうして乗りこんでくる原因となった相手と、すなわち奇行を繰り返す謎めいた科学者と対面した。見たところ、教授の風貌《ふうぼう》にもしぐさにも特に変わったところはなかった。背が高くて大柄な押し出しのいい人物で、ぱりっとしたフロックコート姿には大勢の前で壇上に立つ者にふさわしい威厳が漂っている。ひときわ目を引くのは眼光の鋭さだ。明敏で注意深く、抜け目のないまなざしは、狡猾《こうかつ》さすら感じさせた。

教授は私たちの名刺を見やった。「どうぞおかけください。で、どういうご用件ですかな？」

ホームズは親しげに笑いかけた。

「こちらもそれをうかがおうと思っていたんです、教授」

「なんですと！」

「どうやら手違いがあったようですね。ケンフォード大学のプレスベリー教授が僕に頼み事があると人づてに聞いたのですが」

「ほほう！」教授の深い灰色の目がよこしまな光を帯びたが、私の気のせいだろうか。

「人づてに、ね。どなたに聞いたのか名前を教えてもらえませんか？」

「それが、あいにく口外しない約束でして。手違いがあったにせよ、実害はなかったようですしね。お手数をおかけして、申し訳ありません」

「いやいや、かまいませんよ。それより、事情をもう少し聞かせてもらいたい。なに、ただの好奇心ですよ。手紙でも電報でもいい、この件について説明できる文書をお持ちですか？」

「いいえ、持っていません」

「まさか、わたしに呼びつけられたとはおっしゃらんでしょうな？」

「なにを訊《き》かれてもお答えできません」

「ふん、そういうつもりか」教授の口調がぞんざいになる。「いいだろう。いまの質問なら、きみの助けがなくても答えを出せる」

　教授は部屋を横切って呼び鈴を鳴らした。それに応《こた》えて現われたのは、ロンドンで会った私たちの友人であるベネット氏だった。

「入りたまえ、ベネット君。こちらのお二人はわたしに呼ばれてロンドンから来たようなことをおっしゃっていてね。わたしがやりとりした手紙はすべてきみが管理している。ホームズという名前宛ての手紙を見た覚えはあるかな？」

「いいえ、先生」ベネット氏は赤くなって答えた。

「これで明らかだ」教授は腹立たしげにホームズをにらみつけた。「そうなると」両手をテーブルに置いて前へ身を乗りだした。「きみはきわめて怪しい人物だと考えざるを得ない」

　ホームズは肩をすくめた。

「ただお詫《わ》びするしかありません。手違いからとんだご迷惑をおかけしました」

「それで片付くわけないだろう、ミスター・ホームズ！」年配の教授は異常なほど激しい敵意をむき出しにして、甲高い声で叫んだ。同時にドアの前に立ちふさがり、私たちに向かって憤然と両手を振りかざした。「謝れば済むと思ったら大間違いだ」怒りに震える顔をひきつらせ、ゆがんだ笑みを浮かべ、支離滅裂な言葉を投げつけてくる。ベネット氏が止めに入らなかったら、部屋を出ようとする私たちと通せんぼする教授とでもみ合いになっていただろう。

「先生、お願いです！」ベネット氏は必死に教授をなだめた。「お立場を考えてください！　大学で悪い評判が広まったりしたら、取り返しがつきません！　ホームズさんは有名な方です。そのような無作法なまねは慎んでいただかないと」

　もてなし役である――そうは呼びがたいが――家の主人は、不承不承、客のためにドアの前をあけた。私たちは幸いにも家から脱出し、静かな並木道に立った。ホームズのほうを見ると、さっきの出来事を心底面白がっている様子だった。

「博学多識な大先生の神経はだいぶ調子が乱れているね」とホームズ。「僕らの急襲作戦は多少強引だったかもしれないが、拝顔の栄に浴すという望みは果たされた。おやおや、ワトスン、ご本人が追いかけてきたようだ。あの怒りんぼめ、僕らにつきまとう気だぞ」

後ろから駆けてくる足音に私も緊張したが、ほっとしたことに、私道のカーブの向こうから現われたのはおっかない教授ではなく彼の助手だった。ベネット氏は息を切らしながら私たちのもとへ来た。

「ホームズさん、先ほどは大変失礼いたしました。一言お詫びをと思いまして」

「いいんですよ、お気遣いなく。僕の職業にこういうことはつきものですから」

「先生があれほど逆上したところは初めて見ました。ひどくなるばかりで、不吉としか言いようがありません。お嬢さんとぼくが心配しているわけはこれでおわかりいただけたかと思います。でも、先生はあれでいて頭ははっきりしているんです」

「ええ、厄介なくらいに！」ホームズが言う。「そこは誤算だった。思っていたよりもずっと記憶力が確かでしたよ。ところで、帰る前にミス・プレスベリーの部屋の窓を確認させてもらえますか？」

ベネット氏が先頭に立って植え込みをかき分けて行き、家の側面が見える場所へまわりこんだ。

「あれがそうです。三階の左です」

「なるほど、簡単にのぼれる高さではありませんね。ただし、あのとおり壁の下のほうに蔓草《つるくさ》が、上のほうには給水管が伸びていて、足がかりになる」

「ぼくにはのぼれそうにありません」とベネット氏。

「のぼれなくて当然ですよ。普通の人間にとっては命がけの無謀な挑戦でしょう」

「実はホームズさん、もうひとつお伝えしたいことがあるんです。プレスベリー教授が例のロンドンの人物に手紙を書いたことがわかりました。今朝のことのようです。インクの吸い取り紙に宛先が残っていたので、このとおり書き写しておきました。信頼されている秘書にあるまじき行為ですが、背に腹は代えられません」

　ホームズは渡された紙切れをちらりと見てからポケットにしまった。

「ドラークか――珍しい名前ですね。おそらくスラブ系でしょう。おかげで、鎖をつなぐために必要不可欠な環《わ》が手に入りましたよ。ベネットさん、僕らは明日の午後にロンドンへ戻ります。ここに残っている理由はひとつもありませんのでね。教授のことはひとまず静観するしかないでしょう。悪事を働いたわけではないので逮捕できませんし、正気を失っている確証はないので拘束もできません。こちらが行動を起こすには時期尚早です」

「では、家の者としてはどうすればいいんでしょう？」

「あと少しの辛抱です、ベネットさん。じきになにか動きがあります。僕の見込み違いでなければ、来週の火曜日が峠でしょう。当日は僕らも必ずケンフォードに来ているようにします。ただ、それまでは落ち着かない状況が続きますので、可能ならば、ミス・プレスベリーはロンドンでの滞在を延ばしたほうが――」

「可能ですとも」

「では、峠を越して危険がなくなるまで、お嬢さんはロンドンにとどまるということに。教授のほうは好きなようにさせてください。刺激してはいけません。彼が上機嫌でいるぶんには、なにも心配はいらないはずです」

「当の本人が！」ベネット氏がはっとして声を押し殺した。植え込み越しにのぞくと、玄関の戸口に長身の人物が立ち、あたりの様子をうかがっている。前かがみの姿勢になって身体の前で両腕をぶらぶらさせ、頭を左右に動かしているようだ。秘書のベネット氏は別れの挨拶《あいさつ》に手をひと振りすると、足早に木々のあいだを遠ざかっていった。まもなく教授のそばに行き、二人は興奮気味に活発な会話を交わしながら家のなかへ入っていった。

「あの老紳士は二と二を足して、結論に達したんじゃないかな」宿へ歩いて向かう途中、ホームズが言った。「短い対面でも圧倒されたほど、とびきり聡明《そうめい》で緻密《ちみつ》な頭脳の持ち主だからね。かっとなりやすいのは事実だが、彼の立場で考えれば、自宅へ押しかけてきた探偵に身辺を嗅《か》ぎまわられていると感じたわけだから、立腹するのも無理はない。いま頃、我らが友人のベネット君は針のむしろに座る思いだろうね」

ホームズは郵便局に立ち寄って、電報を一本打った。その返信が夕方届くと、彼は目を通したあと私に放ってよこした。

　コマーシャル・ロードの住所を訪ねてドラークと会った。感じのいい年配のボヘミア人。大きな日用雑貨店を営んでいる。　　マーサー

「きみとマーサーは入れ違いだったね。細々した用事を手伝わせている便利屋といったと

ころだよ」ホームズが差出人のことをそう説明した。「教授がこっそり手紙をやりとりしている相手がどういう人物か、調べておきたかったんだ。ボヘミア人ということは、教授のプラハ訪問とのつながりが見えたね」

「関連付けができると助かる」私は言った。「色も形もちがう、ばらばらの摩訶《まか》不思議な断片を次から次へと目の前に出されて、すっかり面食らっているんだ。たとえば、突然獰《どう》猛《もう》になるウルフハウンドとボヘミア旅行はどうつながるのか。そのどちらか一方でも、深夜に廊下を這《は》う男と関わりがあるんだろうか。もっとも、一番わからないのは、きみがやけに日付を気にしていることだけどね。それこそが最大の謎だよ」

ホームズは含み笑いして、両手をこすり合わせた。私たちは古めかしい宿の古びた居間で座っていた。二人のあいだのテーブルには、ホームズの言っていた名高いヴィンテージワインが一瓶置かれている。

「わかった。それじゃ、まずは日付について考えよう」ホームズは両手の指先同士をくっつけ、講義するような調子で語り始めた。「優秀な青年秘書の日記によると、七月二日に騒ぎが起きた。以後、僕の知るかぎりでは、たった一度の例外を除いて九日おきに同様のことが繰り返されている。例を挙げれば、最近の発作は九月四日の金曜日で、その前が八月二十六日だから、ぴったり九日周期だ。これがただの偶然であるはずがない」

確かにそのとおりだと思った。

「では次に、教授は九日ごとになにか強い薬を服用したと仮定しよう。一時的とはいえ、きわめて有害な副作用をもたらす薬をね。そのせいで、生まれつき気性の荒い彼はますます怒りっぽくなってしまう。プラハ滞在中にその薬を覚え、帰国後はロンドンのボヘミア人を介して手に入れている。こう考えれば、いろいろとつじつまが合うんだよ、ワトスン！」

「だが、飼い犬のことは？　お嬢さんの部屋の窓をのぞきこんだり、廊下を這ったりしたことは？」

「いいかい、まだ出だしなんだから焦りは禁物だよ。来週にならないと進展はないだろうから、それまではベネット君と連絡を取り合いながら、この魅力的な町の雰囲気を存分に味わおうじゃないか」

翌朝、ベネット氏がこっそり会いに来て、最新情報を伝えてくれた。ホームズの予想どおり、あのあと秘書はいたたまれない思いで過ごした。私たちが訪問したことで面と向かって非難されたわけではないが、憤懣《ふんまん》やるかたない教授につらく当たられ、さんざんきつい言葉をぶつけられたそうだ。しかし、今朝の教授は普段の落ち着きを取り戻して、詰めかけた学生たちを前に相変わらず申し分ない講義を披露したという。

「妙な発作を抜きにすれば、これまでにないほどお元気で、活力がみなぎっていらっしゃいます。頭の働きも一段と素晴らしいんです。ただ、教授らしさが感じられません――ぼくの知っている教授とはまるで別人です」

「まあ、それでも最低一週間は心配ないでしょう」ホームズは言った。「僕は忙しい身で、ワトスン博士も診察を待つ患者を大勢抱えている。次の火曜日にまたここでお会いしましょう。今度別れるときには、あなたの悩みを完全に解消するまでには至らなくても、詳しい説明はお聞かせできるでしょう。それまでのあいだ、状況を随時お知らせください」

それから数日間、私はホームズと一度も顔を合わせなかったが、月曜日になると彼から短い手紙が来て、翌日列車で落ち合うことになった。ケンフォードへの車中で聞かせてもらったところによれば、プレスベリー家の平和は乱れることなく維持されていて、教授本人のふるまいもいたって正常だそうだ。前回と同じチェッカーズ亭へ私たちを訪ねてきたベネット氏の報告も、それとあまり変わらなかった。

「今日、ロンドンの例の相手から教授に郵便物が届きました。手紙一通と小包一個です。どちらにもバツ印がついているので、ぼくは手を触れられません。お伝えできるのはこれだけなんですが」

「それだけわかれば充分ですよ」ホームズは真剣な面持ちで言った。「いいですか、ベネットさん、今夜なんらかの結論に行き着きます。僕の推理に狂いがなければ、真相を一気に解明できるかもしれません。それには教授の動きにつねに目を光らせていなければならない。そこで、ベネットさんに寝ずの番をお願いしたいのです。あなたの部屋の前を教授が通り過ぎたとわかったら、相手に気取られないようこっそりあとをつけてください。ワトスン博士と僕もあまり遠くない場所で待機しています。ところで、前におっしゃっていた教授の小箱の鍵《かぎ》はどこですか？」

「ご本人が懐中時計の鎖につけています」

「調べてみる価値が大いにありそうですね。最悪の場合でも、まったく歯が立たないような難しい錠ではないはずだ。家にはほかに腕力のある人はいますか？」

「御者のマクフェイルがいます」

「寝る場所は？」

「馬小屋の上です」

「たぶん彼の助けも必要になるでしょう。さて、事態が動きだすまではじたばたしても始まらない。いったんお開きとします——朝を迎える前にまた会うことになるでしょうけどね」

　真夜中近く、私たちは教授宅の玄関のすぐ真向いにある植え込みに身を潜めた。晴れているが肌寒い晩だったので、着込んできたコートの暖かさがありがたかった。そよ風が吹いていて、夜空を駆けていく雲で半月の明かりが時折かすんだ。気の滅入《めい》りそうな夜番にも耐えられるのは、この先に待ち受ける展開への期待と興奮があればこそ、そして、好奇心を刺激してやまない一連の不可解な騒動は必ず決着すると我が友が確信していればこそだった。

「九日周期に乱れがなければ、今夜は一番ひどい状態の教授を目の当たりにすることになるだろう」とホームズは言った。「その種の異様な症状は教授がプラハへ行ったあとに始まった。また、教授はプラハにいる何者かの代理人とおぼしきロンドンのボヘミア人店主とひそかに連絡を取り合っている。そして今日、そのボヘミア人から小包が届いた。これらの事実はすべて同じ方向を示しているんだ。どんな薬をなんのために服用しているのかはまだ見当もつかないが、出所がプラハであることは間違いない。教授は定められた用法に従って、九日ごとにそれを摂取している。僕はそこにまず着目したんだ。それにしても、あの症状には度肝を抜かれたよ。教授の指関節に気づいたかい？」

そこはよく見なかった、と私は正直に答えた。

「分厚くて、皮膚が硬くなっていた。ああいうのはこれまでに一度も見たことがない。どんなときも最初に見るべき場所は手だよ、ワトスン。そのあとに袖口《そでぐち》、ズボンの膝《ひざ》、靴と続く。あれはかなり変わった指だったよ。説明できるとすれば、いわゆる進化の一形態――」ホームズは急に口をつぐんだかと思うと、額をてのひらでぽんと叩《たた》いた。「ああ、ワトスン、ワトスン、僕の目は節穴だったよ！　なんたる失態！　信じられない話だが、それが真相にちがいない。すべてが同じ一点を指している。まったく、こんなに重要なつながりをなぜ見落とした？　指だよ、指――あれを見ておきながら、素通りしてしまったとは。手がかりはほかにもあった。犬！　蔓草《つるくさ》！　僕も焼きが回ったかな。そろそろ引退して、念願の小さな農場で暮らしたほうがいいのかもしれない。おっと、ワトスン！　教授が現われた！　いよいよこの目で見られそうだ」

玄関のドアがゆっくりと開いて、ランプの明かりを背景に長身のプレスベリー教授が現われた。ドレッシング・ガウンを着ている。戸口に輪郭が浮かびあがると、姿がはっきり見えた。前回見たときと同様、両足で立ってはいるものの前かがみで、両腕をぶらぶらさせている。

そのあと私道に出てきた教授は、はなはだしく異様な姿に変わっていた。深くしゃがんだ姿勢で両手両足を使い、力がありあまっているかのように威勢よく飛び跳ねながら進んでいくのだ。そのまま家の正面に沿って遠ざかり、やがて角を曲がった。教授の姿が見えなくなったと同時に、ベネット氏が玄関からすばやく出てきて、静かにあとを追った。

「さあ、行くぞ、ワトスン！」ホームズのかけ声とともに、私たちはなるべく音を立てずに植え込みを通り抜け、家の側面が見える地点へ移動した。あたりには半月の光が降り注いでいる。おかげで、壁の下方の蔓草が伸びているあたりに教授がうずくまっているのを見つけた。彼は私たちの目の前で、あっけにとられるほどの敏捷《びんしょう》さで壁をのぼり始めた。しっかりとした足運びと器用な手つきで、蔓草の枝から枝へ軽々と飛び移っていく。なにか目的があるわけではなく、自分の能力に陶酔しているだけといった感じだ。ドレッシング・ガウンの裾《すそ》を左右にはためかせた姿は、家の壁に貼りついた巨大な蝙蝠《こうもり》さながらで、月光に照らされた壁に大きな四角い黒々とした染みをつけている。しばらくするとその遊びにも飽きたのか、蔓草伝いに少しずつ落ちながら地面に下りた。そのあとは再びしゃがみこんで、這《は》うような変わった歩き方で馬小屋のほうへ向かった。

すでにウルフハウンドは激しく吠《ほ》えていたが、近づいてくる飼い主の姿を見てますます興奮した。伸びきった鎖を引きちぎらんばかりにして暴れ、荒々しい怒りに身を震わせている。教授はというと、ずる賢いことに相手が飛びかかれないぎりぎりの距離をあけてしゃがみ、あの手この手で犬を挑発し始めた。私道の砂利をつかんで顔めがけて投げつける、拾ってきた棒切れでつつく、牙《きば》をむきだした口のすぐ前で両手を振り動かす。そうやって、沸点をとうに超えている犬の怒りをいっそう煽《あお》り立てようとするのだった。これまで数多《あまた》の冒険に遭遇してきた私も、これほど不思議な光景は見たことがなかった。まだどこかしら威厳を感じさせる人物が無表情で蛙よろしく地面にしゃがみこみ、後ろ足で立ちあがって猛《たけ》り狂う犬を鼻先で執拗《しつよう》にからかっているとは。

が、そのあとは形勢一変、飼い主はとんだしっぺ返しを食らうことになった！　鎖は持ちこたえたものの、首輪が頭からすっぽり抜けたのだ。首の太いニューファンドランド犬用だったのが運の尽きだった。金属の落ちる音が聞こえた直後、犬と人がひとかたまりになって地面を転がった。一方は怒りに吠えながら、もう一方は恐怖のあまり裏返った声で異様に甲高い悲鳴をあげながら。教授は絶体絶命の危機に陥った。獰猛《どうもう》な獣が喉笛《のどぶえ》に嚙《か》みつき、鋭い牙を深々とうずめている。私たちが飛びだしていって、やっとのことで引き離したときには、教授はすでに意識を失っていた。次は私たちが襲われる番かと思ったが、幸いそこにベネット氏が現われた。彼の声と姿に気づいたとたん、あれだけ凶暴だったウルフハウンドが急におとなしくなった。馬小屋の上で寝ていた力自慢の御者も、騒ぎに気づいて眠い目をこすりながら駆けつけてきた。「前にもこういうことがあった」御者はかぶりを振って言った。「いまにがぶりと嚙みつくんじゃないかと心配してたら、案の定だ」

犬をしっかりつないでから、皆で教授を部屋へ運びあげた。医学の学位を持つベネット氏に手伝ってもらって、私はさっそく傷の応急手当に取りかかった。鋭い犬歯に頸動脈《けいどうみゃく》すれすれのところを切り裂かれ、出血もひどかった。それでも三十分後にはなんとか危険な状態を脱し、モルヒネの注射が効いて教授は深い眠りに落ちた。それを見届けた私たちは、ようやく顔を見合わせ、いまの状況についてじっくり相談することができた。

「一流の外科医に診せたほうがいい」私は言った。

「いけません、それだけは！」ベネット氏が強く反対する。「いまのところ、騒ぎは家の内部におさまっています。知っているのがぼくたちだけなら、隠し通せるでしょう。でも、いったん家の外へ漏れたら、瞬く間に広まってしまう。教授の大学での立場やヨーロッパでの名声はどうなるんですか？　お嬢さんの気持ちもどうか考えてあげてください」

「一理ある」ホームズが同意した。「秘密にしておくのはそう難しくはない。それに、これでこっちは自由に動きまわれるわけだから、再発を防ぐことができる。ベネットさん、懐中時計の鎖から鍵をはずしてください。教授にはしばらくマクフェイルに付き添ってもらって、異変があったら知らせてもらいます。そのあいだに三人で教授の謎の箱を調べましょう」

開けてみると、中身はあまり多くなかったが、謎解きの材料としては充分だった。空の小瓶とほぼ満杯の小瓶が一本ずつ、皮下注射器が一本、そして外国人の字とわかる判読しづらい手紙が数通。封筒にもバツ印がついていたので、秘書の日常業務を乱した例の書状にちがいない。差出人はすべてコマーシャル・ロードの例の商人で、〝A・ドラーク〟とサインが入っていた。中身はプレスベリー教授に宛てた新しい瓶の送付状か、その領収書だった。だが、別にもう一通、教養の高い人物が書いたと思われる封書が見つかった。オーストリアの切手が貼られ、プラハの消印が押してある。「これこそが求めていた材料だ！」と興奮した声をあげ、ホームズはただちにそれを開封した。

拝啓　ご来駕《らいが》を賜ったあと、貴殿の問題について思慮に思慮を重ねました。特別な事情から治療を強く希望されていることは重々承知しておりますが、いま一度慎重にご検討いただきたく存じます。実験結果によれば、ある種の危険が生じかねないというのが現状ですので。

どうしてもというのであれば、類人猿の血清をお試しになってはいかがでしょう。先日ご説明したとおり、当方では標本を入手しやすい黒面ラングールの血清を扱っております。あらゆる面で人間に近い直立歩行の類人猿とは異なり、ラングールは這って歩き、高いところへのぼる習性があります。

なお、これは未発表の療法ですので、外部に漏れることのないよう万全の注意を払ってください。イギリスにはもう一人、同療法の患者がおられまして、お二方のためにドラークという者が小生の代理人を務めることになるでしょう。
週ごとの経過報告をお待ちしております。

敬具

H・ローウェンスタイン

ローウェンスタイン！　その名を聞いて、以前読んだ新聞記事を思い出した。無名の科学者が不老長寿の薬を作ろうと、得体の知れない研究にのめりこんでいるという内容だった。そう、それがプラハのローウェンスタインだ！　目覚ましい効果のある血清を持っていながら、その出所を明かそうとしないため、学者仲間のあいだで鼻つまみ者になっているローウェンスタイン。

私はそのことを手短に伝えた。すると、ベネット氏が本棚から動物学の手引書を持ってきた。「〝ラングール〟」と彼はその項目を読みあげた。「〝ヒマラヤ山麓《さんろく》に生息する、黒い顔を持つ大型の猿。木登りをする猿のなかで最も身体が大きく、最も人間に近い。〟このあとにも詳細な記述が続きます。なるほど、そういうことでしたか。ホームズさん、おかげさまで災いの原因がはっきりしました」

「本当の原因は、老いらくの恋でしょう」ホームズは言った。「のぼせあがった教授は、恋を実らせるには自分が若返るしかないと思いこんだ。自然の摂理を踏み越えようとする者は、必ず突き落とされる定めにあります。どれほど知性の高い人間も運命の道からそれれば、ただの動物に戻ってしまうわけです」

ホームズはガラスの小瓶を取りあげ、中身の透明な液体を見つめたまま物思いにふけった。「これを作った男には僕から手紙を出して、毒物を配る行為は犯罪だと戒めておこう。これ以上、騒ぎが起こらないようにね。だが、この手のことはきっとまた繰り返される。もっと巧妙な手口を思いつく者も出てくるかもしれない。それは脅威となるだろう――人類にとって致命的な脅威に。なあ、ワトスン、考えてもみたまえ。物欲と肉欲しかない身勝手な俗人が生き長らえる一方で、高潔な精神の持ち主は運命に抗《あらが》わず天に召される。適者生存のはずが、不適者ばかりがはびこってしまう。そうなれば、この世は汚水溜《だ》めも同然じゃないか？」

思索家じみたことを言ったホームズは、そのあと急に行動の人に戻り、椅子から勢いよく立ちあがった。

「ベネットさん、これでもうご納得いただけたでしょう。いろいろな出来事があるべきところにきれいにはまって、全体図が鮮明になりました。犬はいち早く飼い主の異変に気づいたのです。人間よりはるかに鼻が利くので、匂いから察知したんでしょう。つまり、ロイは教授ではなく猿に襲いかかった。ロイをからかっていた教授の姿は猿そのものでしたからね。猿は高い場所へのぼるのが好きです。そうやって遊んでいるうちに、たまたまお嬢さんの部屋の窓に近づいてしまった、ということでしょう。ワトスン、早朝にロンドン行きの列車があるんだが、その前にチェッカーズ亭でお茶を一杯楽しむとしよう」

サセックスの吸血鬼

ホームズはこの日の最終便で届いた手紙に丹念に目を通した。それから、くっくっと乾いた声を立て、彼にしては気前のいい笑い方をすると、その手紙を私のほうへぽんと放った。

「現代と中世、現実と荒唐無《む》稽《けい》な空想のごった煮というところかな。これはその最たるものだよ。意見を聞かせてくれないか、ワトスン？」

次のような文面だった。

オールド・ジューリー四六番地

十一月十九日

吸血鬼の件

拝啓　当事務所の顧客であられるミンシング・レーンの茶仲買商、ファーガスン・

アンド・ミュアヘッド商会のロバート・ファーガスン氏より、本日付の書状で吸血鬼に関する問い合わせがございました。当事務所は機械設備評価の実績は豊富ですが、かような問題については門外漢のため、ファーガスン氏には貴殿のもとへ足を運んで相談なさるようお勧めいたしました。

マティルダ・ブリッグス事件における貴殿の見事な活躍ぶりは、いまも強く記憶に残っております。

敬具

モリスン・モリスン・アンド・ドッド法律事務所

担当者　E・J・C

「マティルダ・ブリッグスというのはうら若き乙女の名前じゃないよ、ワトスン」ホームズは懐かしげに言った。「スマトラの大ネズミと関連のある船の名前なんだ。この事件はまだ世間に公表できる段階ではないけどね。それはそうと、いきなり吸血鬼を出されても、僕らだって門外漢だ。ちっとも詳しくない。無聊《ぶりよう》をかこつよりはましだが、グリム童話の世界にでも迷いこんでしまったような気分だよ。ワトスン、そこの索引帳を取ってくれないか？　吸血鬼《vampire》だから、Vの項目を探してみよう」

言われたとおり、私は腕をいっぱいに伸ばして、大きな索引帳を取りだした。ホームズはそれを膝《ひざ》の上で器用に広げ、昔の事件記録や長年集めてきたさまざまな情報をいとおしむような目で調べていった。

「〝グロリア・スコット号の航海《voyage》〟」と声に出して読む。「気の重い事件だった（訳注：短編集『シャーロック・ホームズの回想』所収の「グロリア・スコット号」を参照のこと）。そういえば、きみはこれを本に書いて発表したね。残念ながら、あまりいい出来栄えではなかったが。ほかには偽造者の〝ヴィクター・リンチ〟。ヒラとも呼ばれる〝毒トカゲ《venomous lizard》〟。これは非常に珍しい事件だったよ。それから、〝サーカス団の美女、ヴィットーリア〟。〝ヴァンダービルトと金庫破り〟。〝毒蛇《viper》〟。〝ハマースミスの怪人、ヴィガー〟。次は……おやおや、これは大当たり！　素晴らしい索引帳だな。大変な優れものだよ。いいかい、ワトスン、〝ハンガリーの吸血鬼伝説《vampirism》〟があるんだ。それから、〝トランシルヴァニアの吸血鬼〟というのも」

　張り切ってページをめくりながら、熱心に目を通し始めたホームズだったが、少しするとがっかりした声とともに大きな索引帳を放りだした。

「くだらない！　まったく、嫌になるね。歩く死体？　心臓に杭《くい》を打ちこまないと墓場からよみがえる？　こんなたわごとはまともに取り合う気がしないよ。愚の骨頂だ」

「しかし、吸血鬼は死者とはかぎらないんじゃないか？」私は言った。「生きているのもいるという話だよ。たとえば、前に読んだ本には、若さを保つために若者の生き血を吸う老人が出てきた」

「きみの言うとおりだ、ワトスン。索引帳にも同様の伝説が入っている。だが、僕らがこんなことにまで首を突っこむ理由がどこにあるんだい？　当探偵事務所は地に足をつけた堅実な仕事を続けてきて、今後もそうあるべきだと思っている。この世だけでも広すぎるくらいなんだから、超自然界にまで足を踏み入れることはない。ロバート・ファーガスン氏の件に深入りするのはやめておこう。ああ、これは本人からの手紙かな。どんな悩みを抱えているのか少しはわかるかもしれない」

ホームズはそう言うと、最初の手紙が気になるあまりテーブルに置いたままになっていた二通目の手紙を取りあげた。それを読むうちに、楽しげな余裕の笑みが消え、緊張の走る真剣そのものの表情に変わった。読み終えたあとは手紙を指先でひらひらさせながら、じっと考えこんでいたが、しばらくしてようやく物思いから覚めた。

「ランバリーのチーズマン屋敷か。ランバリーというのはどこだったかな、ワトスン？」

「サセックス州だよ。ホーシャムの南だ」

「じゃあ、それほど遠くないね。チーズマン屋敷のほうに聞き覚えは？」

「実を言うと、あのへんには詳しいんだ。古い家がたくさん残っていて、どれも大昔にそれを建てた者にちなんで名付けられている。オードリー屋敷にハーヴィー荘、キャリトン館という具合にね。人は忘れられても、名は建てた家とともに生き続けている」

「そうだね」ホームズはそっけなく言った。誇り高く、自己満足に浸りやすい性分の彼は、新たな知識に出合うたび即座に吸収して正確に消化するものの、その際に知識の提供者を褒めたりねぎらったりすることはめったにない。「一件落着する頃には、ランバリーのチーズマン屋敷についてうんと詳しくなっているさ。期待どおり、この手紙はロバート・フアーガスンからだったよ。そうそう、きみとは知り合いだと書いてある」

「ぼくと！」

「読んでみたまえ」

ホームズは手紙を私によこした。便箋《びんせん》の上部にはさっき話に出た住所が入っている。そこから下は次のような内容だった。

ホームズ様

弁護士の勧めにより貴殿にご相談したいと望んでおりますが、事は取り扱いがきわめて難しく、どうお伝えすべきか考えあぐねている次第です。実は、ある友人の身辺に起きた問題でして、私が代理人を務めることになりました。この紳士は五年ほど前に、硝石の輸入業で知り合ったペルー商人の娘と結婚しました。たいそう美しい女性ですが、出身国や宗教観のちがいからいつしか双方の心に隔たりができ、夫婦仲に亀《き》裂《れつ》が生じるに至りました。妻への愛情が冷めたいま、友人はこの結婚を後悔しています。妻のなかには、自分とはかけ離れた、どうしても理解しがたい面があると感じているそうです。奥方はいまも妻の鑑《かがみ》ともいうべき献身的で情愛に満ちた女性であるだけに、大変痛ましい状況と言えましょう。

肝心の問題については、じかにお目にかかった際に詳しくご説明いたしますが、まずはここで事情をかいつまんでお伝えし、関心を持っていただけるかどうか貴殿のご意向をうかがいたく存じます。

　事の発端は、心優しい物静かな奥方が、急に人が変わったように不可解な行動を取り始めたことでした。友人のほうは再婚で、死別した前妻とのあいだに息子を一人もうけています。十五歳になる、愛らしく情の深い少年です。かわいそうに、幼少時の事故で怪我を負い、その後遺症がいまも残っています。この長男を、奥方は人に見られているだけで二度、なんの理由もなく折檻《せっかん》したのです。そのうち一度はステッキを振りあげて、腕に大きなみみず腫《ば》れができるほど激しく叩《たた》きました。

　それだけではありません。自分が腹を痛めて産んだ次男には、もっとむごい仕打ちをしたのです。まだ一歳にも満たない、かわいらしい赤ん坊だというのに。それはひと月ほど前、乳母が赤ん坊からほんの数分目を離した隙に起きました。突然、火のついたような泣き声が聞こえ、乳母が慌てて部屋へ戻りますと、あろうことか実の母親が赤ん坊に覆いかぶさり、首筋に噛《か》みついているではありませんか。赤ん坊の首にできた小さな傷から、血がひと筋流れていました。震えあがった乳母はすぐに主人を呼ぼうとしましたが、夫人はそれを必死になって止め、五ポンド札を口止め料として握らせたそうです。結局、本人の口から弁解も説明もないまま、その場はそれでおさまりました。

　恐ろしい光景が頭から離れなかった乳母は、それ以来、夫人の行動に目を光らせ、かわいがっている赤ん坊を一人きりにしないよう気をつけました。夫人のほうも乳母を見張っていて、乳母がやむを得ず赤ん坊のそばを離れる機会を待っているようでした。乳母が昼も夜も赤ん坊を守る一方で、母親は隠れて子羊をねらう狼のごとく昼も夜も用心深く隙をうかがっていたわけです。にわかには信じられないでしょうが、嘘偽りのない事実です。子供の命がかかっています。このままでは友人も正気を失いかねません。二人を救うためにも、どうか信じてください。

乳母はその出来事をしばらくは自分の胸におさめていましたが、ある日とうとう限界が来て、主人に隠しておくわけにはいかなくなりました。神経が張りつめっぱなしで、これ以上黙っていることに耐えきれず、洗いざらい打ち明けることにしたのです。話を聞かされたときの彼の気持ちは、たぶん貴殿がいま感じていらっしゃるとおりでしょう。ばかげた作り話にしか思えなかったはずです。夫人は継子《ままこ》の長男にはつらくあたっていても、根は優しく、つねに良き妻であり良き母親でした。そんな女性がどうして血を分けたかわいい我が子を傷つけるでしょう？主人は乳母に、きっと夢か幻を見ていたのだろうと言い、そこまでとっぴな疑いを抱くなんてどうかしている、雇い主の奥様を侮辱する気か、と叱りつけました。二人がそんなやりとりをしているところへ突如、赤ん坊の苦しげな泣き声が響き渡りました。主人と乳母が急いで子供部屋へ駆けこんだことは言うまでもありません。

ホームズさん、ご想像なさってみてください、その光景を目にした夫の気持ちを。揺りかごのそばでひざまずいていた妻が立ちあがった瞬間、赤ん坊のむきだしになった首とシーツに血が付着しているのが見えたのです。恐ろしさにあっと叫んで、妻の顔を明かりのほうへ向けさせると、口のまわりが血に染まっているではありませんか。これでもう疑いの余地はありません——彼女のしわざです。夫人は哀れな赤ん坊の血をすすっていたのです。

以上が事のあらましです。現在、夫人は自室に閉じこもっています。いまだに一言もわけを話そうとしません。友人はショックで半狂乱の状態です。吸血鬼なんて、彼もわたしもその名称くらいしか知りませんでした。遠い外国の古臭い迷信だと思っていました。それがここイギリスで、サセックス州のど真ん中で——ともかく、詳しいことは明朝じっくりお話しできればと思うのですが、ご都合はいかがでしょうか？貴殿の偉大なるお力で、取り乱している気の毒な友人を救ってやってください。もし引き受けていただけるなら、チーズマン屋敷のファーガスン宛てにご一報願います。それを確認次第、必ず十時までに貴殿のもとへうかがいます。

敬具

ロバート・ファーガスン

追伸

私事で恐縮ですが、ご友人のワトスン氏がブラックヒースのラグビー選手をなさっていた頃、わたしもリッチモンドのスリー・クォーターを務めておりました。

「彼のことならよく覚えているとも」私は手紙を置いて言った。「ビッグ・ボブ・ファーガスンと呼ばれていたんだ。リッチモンドにとってはチーム史上最強のスリー・クォーターだった。いつも気さくな、人のいいやつだったから、こうやって友人の身を真剣に案じているのはいかにも彼らしいよ」

ホームズは私を感慨深げに眺めてから、かぶりを振った。

「きみは意外性に富んだ男だね、ワトスン。僕の知らない面がまだまだありそうだ。さて、ひとつ頼まれてほしいんだが、こういう内容で電報を打ってくれないか？〝貴兄の問題について、喜んで調査いたします〟」

「ファーガスンの問題ってことかい？」

「そのへんの凡庸な探偵事務所と一緒にされたくないからね。これはどこから見てもファーガスン自身に起こったことだよ。さあ、彼に電報を打ったら、この件は明日の朝まで寝かせておこう」

翌朝、ファーガスンは十時きっかりに大股《おおまた》で部屋へ入ってきた。私の記憶のなかの彼は、上背があって手足の柔軟な選手で、自慢の快足と敏捷《びんしょう》性を発揮して敵のバックスを次々と手玉に取っていた。そんな華々しい活躍の時期を知っているだけに、全盛期を過ぎた一流選手の衰えきった姿を見るのは、なんともつらいものだった。筋骨隆々としていた身体はずいぶんしなびて、亜麻色の頭髪もだいぶ薄くなり、背中を丸めてしょぼくれているありさま。たぶん相手もいまの私を見て、似たような気持ちになっているだろう。

「久しぶりだね、ワトスン」そう言った彼の声は昔と変わらず太く、温かみがあった。「オールド・ディア・パーク競技場で、きみをロープ越しに満員の観客めがけて投げ飛ばしてやったのを覚えているが、その頃の面影はあまりないね。こっちもきみのことは言えないよ。見てのとおり、すっかり変わってしまった。この数日でがくっと老けこんだ気がする。ホームズさん、電報は拝見しました。先刻お見通しとは、誰かの代理人のふりをしても無駄だったわけですね」

「直接相談したほうが話は早いですよ」とホームズが答える。

「ごもっともですが、守って支えなければならない女性のことを考えると、二の足を踏んでしまいまして。本当にどうすればよいやら。警察へ行ったところで、こんな奇妙な話を真剣に聞いてもらえるとは思えません。子供たちをこれ以上危険な目に遭わせるわけにはいかないというのに。ホームズさん、妻は正気を失ったんでしょうか？　なにか遺伝上の問題でしょうか？　これまでに似たような事件をご経験なさっていませんか？　万策尽きて、途方に暮れています。どうか助けてください」

「途方に暮れて当然ですよ、ファーガスンさん。とりあえず、おかけになってください。気分が落ち着いたら、いくつか質問に答えていただきます。僕のほうは万策尽きてなどいませんし、必ず解決できると信じていますので、どうぞご安心を。まず、どのような手立てを講じてこられたかうかがいましょう。奥さんはいまもお子さんたちのそばに？」

「あの光景を見たときは背筋が凍りました。ホームズさん、妻ほど気立てのいい女性はいません。身も心も捧《ささ》げ、精一杯ひたむきにわたしを愛してくれています。ですが、この恐ろしく忌まわしい秘密を知られたせいで、妻は心を固く閉ざしました。黙ったまま一言も口をきいてくれません。どんなに問い詰めても返事はなく、あきらめきったような荒《すさ》んだ目つきでわたしを見るだけ。しまいには自分の部屋へ駆けこんで、鍵《かぎ》をかけて閉じこもってしまいました。それきり顔を見せようともしません。結婚前から妻に仕えているメイドがおり、名はドローレスといいますが、使用人というより友人のような存在でして、彼女が妻に食事を運んでいます」

「ならば、幼いお子さんに差し迫った危険はないわけですね」

「はい、乳母のメイスン夫人も一日中そばについていると言っていますので。彼女には全幅の信頼を置いています。それより、いまはかわいそうなジャックのことが心配です。手紙に書いたとおり、妻に二度もひどい目に遭わされました」

「怪我は？」

「ありませんが、激しくぶたれたのです。あの子は身体が少し不自由なものですから、よけい不憫《ふびん》で」ファーガスンのやつれた顔が、長男のことを話すときはいくぶんほころんだ。

「見ているだけで心が和むような子でしてね、ホームズさん。かわいそうに、小さい頃の転落事故で背中が曲がってしまっているのですが、誰よりも心のきれいな優しい息子なんです」

ホームズは昨日の手紙を取りあげて、もう一度目を通した。「ほかにどなたが同居しているのですか、ファーガスンさん？」

「わりあい新しい使用人が二人います。馬小屋で働くマイケルもうちで寝起きしています。あとは妻とわたしに息子のジャック、赤ん坊、ドローレス、メイスン夫人。これで全部です」

「結婚されたときは、奥さんのことをあまりよくご存じなかったようですが」

「知り合ってわずか二、三週間でしたので」

「その時点で、メイドのドローレスはどれくらい前から奥さんのお世話を？」

「数年です」

「では、奥さんの人柄はあなたよりドローレスのほうがよく知っているでしょうね」

「おそらくは」

ホームズはなにやら書き留めた。

「ここでこうしているよりも、ランバリーへ行ったほうがお役に立てそうだ」とホームズ。「これはぜひとも現地でじかに調べたい事件ですからね。奥さんが部屋に閉じこもっておいでなら、お宅にうかがってもさしてご不便をおかけすることはないでしょう。もちろん、夜は宿に泊まりますので」

ファーガスンはほっとした様子だった。

「ありがたいことです、ホームズさん。ご足労いただけるなら、ヴィクトリア駅を二時に出る列車がちょうどいいでしょう」

「喜んでうかがいますよ。いまはほかに抱えている仕事もありませんので、この件に心置きなく専念できます。もちろん、こちらのワトスン君も同行します。さて、出発する前にいくつか確認しておきたいのですが。お話をうかがったところでは、奥さんはお子さん二人ともにひどいことをなさった。自分の産んだ赤ん坊と、あなたの連れ子の長男に」

「そうです」

「ただし、やり方はちがっていますね。長男のほうは叩《たた》いた」

「一度はステッキで、あと一度は手で、強く叩いたそうです」

「なぜそんなことをしたのか、本人からの説明はまったくなかったんですね？」

「はい、憎いと口走った以外は。その言葉を何度も繰り返しました」

「そうですか。継母《ままはは》には珍しいことではないかもしれません。亡くなった前妻に対する後妻のやっかみでしょう。奥さんは嫉妬《しっと》深いほうですか？」

「ええ、かなり――熱帯生まれの女性ですから、愛情が深い分、嫉妬心も激しいのです」

「しかし、息子さんは――もう十五歳ですし、身体が少し不自由ということは、逆に内面はしっかりして大人びているのではありませんか？　なにが理由でそんな目に遭ったのか、本人は話しませんでしたか？」

「なにもしていないのにぶたれたの一点張りです」

「それまでは二人の折り合いは良かったのですか？」

「いいえ、まったくそりが合わないようでした」

「心のきれいな優しい息子だとおっしゃいましたね」

「どこを探しても、あれほどの孝行息子はいません。わたしにとってかけがえのない存在です。とても親思いで、いつもわたしの言うことを熱心に聞いてくれます」

ホームズはまたしてもなにやら書き留めた。

「再婚なさる前から、息子さんとは大の仲良しだったんでしょう？　父と子のあいだに切っても切れない強い絆《きずな》があった」

「おっしゃるとおりです」

「優しくて親思いの息子さんなら、実の母親の思い出をさぞかし大切にしているでしょうね」

「もちろんですとも」

「大変興味深いお子さんのようだ。奥さんのことで、もうひとつうかがいます。赤ん坊と長男に対する折檻《せっかん》は、同じ時期に起きたのですか？」

「一度目はそうでした。突然逆上して我を失い、怒りを二人にぶつけたといった具合で。二度目はジャックに対してだけです。赤ん坊がなにかされたという話はメイスン夫人からも聞いていません」

「ややこしくなってきましたね」とホームズ。

「どういう意味なのか、わかりかねますが」

「無理もありません。人は一度なんらかの仮説を立てると、時の経過や新しい情報によって突き崩されるまでは、そこから離れられないものなんですよ。悪い癖ですが、人間は弱い生き物ですからね、ファーガスンさん。ここにいるあなたの旧友が僕の科学的手法を誇張したせいで、過大な期待を抱かせていないといいのですが。とはいえ、あなたの問題はきっと解決できるでしょう。現時点でお伝えしておきたいのはこれだけです。では、二時にヴィクトリア駅で」

かくして十一月のどんよりした霧深い夕方、ランバリーのチェッカーズ亭に荷物を預けた私たちは、サセックス特有の粘土でできた長く曲がりくねった道に馬車を走らせ、ようやくファーガスン邸に到着した。ぽつんと建つその大きな一軒家は昔の農場の母屋で、建て増しを繰り返したせいで継ぎはぎだらけのように見えた。中央部分はだいぶ古びているが、翼の部分は真新しい。チューダー王朝風の煙突と、苔《こけ》むしたホーシャム石板の急傾斜の屋根がそびえている。玄関前の石段はすり減ってへこみ、ポーチに張られた古いタイルには、この家を建てた者の名前を表わすチーズと男《マン》の判じ紋が描かれている。内部はというと、天井にオーク材の太い梁《はり》が畝《うね》状にわたされ、床はでこぼこして急角度に傾いていた。建物全体に朽ちかけた匂いが充満しているようだった。

ファーガスンが私たちを通したのは、家の中心にあるかなり広い部屋だった。ここには年季の入った大きな暖炉が鎮座し、鉄の囲いの裏に一六七〇という数字が見えたが、いまも薪《まき》のはぜる小気味よい音を立てて勢いよく燃えていた。

あたりを見回すと、時代も土地もまちまちな調度のまじった風変わりな部屋だった。下半分にオーク材の鏡板が張られた壁は、最初の住人である十七世紀の自作農《ヨーマン》を彷彿《ほうふつ》とさせるが、そこにずらりと並んでいる水彩画は粒ぞろいの現代作品だ。鏡板の上の黄色い漆喰《しっくい》部分に飾ってある、南米の道具や武器の立派なコレクションは、二階で閉じこもっているというペルー出身の夫人が持ちこんだものだろう。ホームズはそれに目を留めるなり興味をそそられたらしく、近寄ってためつすがめつした。戻ってきたときはじっと考えこむ表情だったが、ふと思いついたように大声を張りあげた。

「やあ！　おいで、こっちだよ！」

部屋の隅のかごに入っていたスパニエル犬が、飼い主のほうへおぼつかない足取りでよたよたと歩いてきた。後ろ足の動きがふぞろいで、尻尾《しっぽ》も力なく垂れて床にくっつきそうだ。犬はファーガスンの手をぺろぺろなめた。

「ホームズさん、なにか？」

「その犬、元気がないようですね」

「獣医も不思議がっていました。一種の麻痺《まひ》で、髄膜炎が原因だろうとのことですが。幸い快方に向かっているので、じきに治ると思います――そうだろう、カルロ？」

うん、と答えるかのように、犬はだらりと垂れた尻尾を震わせた。それから悲しげな目で私たちを順番に見た。自分のことを話しているのがわかるらしい。

「突然こうなったんですか？」

「たった一晩で」

「いつですか？」

「確か四カ月くらい前だったかと」

「それは耳寄りな情報だ。大いに参考になります」

「どんなところがですか、ホームズさん？」

「僕が考えていたことの裏付けになるんですよ」

「そのお考えとやらをお聞かせ願えませんか、ホームズさん？　あなたにとっては単なる謎解きゲームでも、こっちにすれば生きるか死ぬかの大問題なんです！　妻は人殺しになってしまうかもしれないし、息子も命の危険にさらされている。どうか、じらすのはやめてください。事態は差し迫っています」

　屈強なスリー・クォーターだった元ラグビー選手が全身を震わせていた。ホームズはなだめるように相手の腕に手を置いた。

「ファーガスンさん、どのように決着しても、あなたにとってはつらい結果になるでしょうが、力を惜しまずできるかぎりのことをいたします。さしあたって申しあげられるのはこれだけですが、おいとまするときには必ず明確な答えをつかんでいるはずです」

「そうなりますように！　では、ちょっと失礼して、二階の妻の様子を見てきます。なにか変わりがあったかもしれない」

ファーガスンがその場を離れているあいだ、ホームズは壁に陳列されている珍しいコレクションを再び熱心に鑑賞した。数分後に戻ってきたファーガスンは見るからに意気消沈していて、どうやら状況は芳しくないようだった。彼に連れられて、すらりと背の高い褐色の肌の娘が入ってきた。

「お茶の用意ができているよ、ドローレス」ファーガスンは彼女に言った。「奥様に運んでおやり。欲しいものがあれば、なんでもそろえて差しあげるように」

「奥様、苦しがってる」娘は怒った目で主人に向かって言った。「なにも喉《のど》を通らない。重い病気だから、お医者様が必要。わたし一人でそばにいるのは怖い」

ファーガスンはこちらを問いたげに見た。

「私でよければ、喜んでお役に立とう」

「奥様はワトスン先生に会うだろうか？」ファーガスンが娘に尋ねる。

「わたしが先生を連れていく。奥様のお許し、いらない。お医者様が必要」

「すぐに行きましょう」私は娘に言った。

気持ちがたかぶってわなわな震えている娘の案内で、夫人の部屋へ向かった。階段をのぼり、古めかしい廊下を進んでいくと、突きあたりに鉄金具つきのどっしりとしたドアが待ちかまえていた。それを見て私は圧倒され、たとえファーガスンがドアを破って無理やり入ろうとしても、簡単にはいかないだろうと思った。娘はポケットから鍵《かぎ》を取りだし、分厚いオーク材のドアを開けた。古い蝶番《ちょうつがい》が甲高くきしむ。私がなかへ入ると、娘もすばやくあとに続いてドアを閉め、錠をおろした。

ベッドには明らかに高熱で苦しんでいる女性が横たわっていた。うつらうつらしていたが、誰か入ってきたのに気づくと、はっとして美しい目を上げ、おびえるように私を見つめた。だが、知らない人間だとわかってほっとしたらしく、小さくため息をついて枕に背中を沈めた。私は安心させようと、二言三言話しかけながら歩み寄った。彼女がじっとしてくれているので、脈拍と体温を測った。どちらも高かったが、私の見立てでは身体の病気というより心の不調が原因で、神経が極度に興奮しているようだった。

「奥様、ずっと寝てる。一日前、二日前から。怖い。奥様が死んでしまう」娘が切羽詰まった声で訴える。

夫人は熱に赤くほてった美しい顔を私に向けた。

「夫はどこに？」

「階下です。奥さんに会いたがっていましたよ」

「会いません。会いたくありません」そう答えたあと、夫人は朦朧《もうろう》とした様子でうわごとめいた言葉を繰り返した。「鬼！　悪魔！　ああ、わたしはどうすればいいの？」

「よろしければ、お力になりますよ」

「いいえ。どなたにお願いしても、後の祭りです。なにもかも終わりました。どんなにあがいたって、もう手遅れなんだわ」

この女性はおかしな妄想にとりつかれているのだ。温厚なボブ・ファーガスンのいったいどこが鬼や悪魔に見えるというのか。

「奥さん、ファーガスンはあなたを心から愛しておられます。今回のことをどれほど嘆いていらっしゃることか」

「夫はわたしを愛している――そうですか。ではうかがいますが、わたしはあの人を愛していないとおっしゃいますの？　夫の心を傷つけるくらいならと、身を引き裂かれる思いで自らを犠牲にしても？　わたしはこんなにも愛しているのに、あの人はちっともわかろうとしない。わたしが悪いと決めつけている」

「心痛のあまり混乱して、理解できないだけですよ」

「ええ、理解できないでしょうね。でも、信じることはできたはずです」

「顔を見せてやってもらえませんか？」私はそう言ってみた。

「嫌です、絶対に。あのときのひどい言葉、怖い顔。どうして忘れられるでしょう。もうあの人とは顔を合わせたくありません。どうか、お引き取りください。なにもしていただかなくてけっこうです。ひとつだけ、あの人に伝えてください。赤ちゃんをここに連れてきて、と。母親が我が子のそばにいるのは当然ですもの。あの人に言いたいのはそれだけです」それきり夫人は壁のほうを向いてしまい、一言も口をきかなかった。

私は階下へ戻った。さっきと同様、ファーガスンとホームズは暖炉のそばに座っていた。夫人と会ったときの模様を話すと、ファーガスンは苦悩のにじむ表情で聞いていた。

「あの子を妻のそばに？　そんなことはできっこありませんよ」ファーガスンは言った。

「また奇妙な発作が起こったら、大変なことになる。唇を血に染めた妻が赤ん坊のそばから立ちあがった姿は、いまも脳裏に焼きついているんです」その場面を思い浮かべたのだろう、彼は身震いした。「赤ん坊はメイスン夫人と一緒にいれば安全です。これまでどおりにするしかないでしょう」

　ちょうどそこへ、古いものずくめの家では珍しい現代風の聡明《そうめい》そうなメイドが現われ、お茶を配り始めた。その最中《さなか》にドアが開き、一人の少年が入ってきた。青白い顔に亜麻色の髪の、ぱっと目を引く容貌《ようぼう》だ。ファーガスンに気づくと、薄青色の目をきらきらと輝かせ、一直線に駆け寄った。両腕を伸ばして父親の首っ玉にかじりつく姿は、まるで恋する乙女のようだった。

「お父さん！」少年が興奮して叫ぶ。「もう帰ってたんだね。知らなかったよ。ここでお迎えしたかったのに。でも、嬉《うれ》しいな。会いたかったよ、お父さん！」

　ファーガスンは少々決まり悪そうに少年の腕をそっとほどいた。

「いいかい、坊や」息子の頭をあやすようにぽんと叩《たた》いてファーガスンが言う。「早く帰ってこられたのは、父さんの友達のホームズさんとワトスン先生のおかげなんだよ。相談に乗ってくださることになって、一晩こちらで過ごされるそうだ」

「ホームズさんって、探偵のホームズさんのこと？」

「そうだよ」

　少年は私たちをじっと見た。その射るような視線に敵意が感じられたのは私の気のせいだろうか。

「ファーガスンさん、もう一人のお子さんはどうしていますか?」ホームズが尋ねた。「赤ちゃんとも、ぜひお近づきになりたいのですが」

「坊や、メイスンさんに赤ちゃんを連れてくるように言っておくれ」とファーガスン。

少年は足を引きずるような歩き方で出ていった。医者の目で見れば、脊椎《せきつい》骨に問題があるせいだとわかる。しばらくして戻ってきた少年は、ひょろりと背の高い女性を後ろに従えていた。彼女の腕に抱かれているのは黒い瞳《ひとみ》に金髪の、サクソンとラテンが絶妙に組み合わさった大変かわいらしい赤ん坊だった。ファーガスンは赤ん坊を腕に抱き取ると、目に入れても痛くないとばかりに優しくあやし始めた。

「この子を傷つける者がいるなんて、信じられませんよ」そうつぶやいたファーガスンは、天使のような赤ん坊の喉に残る小さな赤い傷痕《きずあと》を見下ろした。

ちょうどこのとき、ふとホームズのほうを見ると、彼の顔に言いようのない奇妙な興奮が表われていた。父親と赤ん坊を一瞥《いちべつ》してから、古い象牙《ぞうげ》の彫像を思わせるこわばった表情で目を部屋の奥へ向け、好奇心をありありと浮かべてなにかにじっと見入っている。

その視線の先をたどると、窓の外の霧で濡《ぬ》れた陰気な庭を眺めていることだけはわかった。窓の鎧戸《よろいど》が半分閉まっているため景色も半分さえぎられているが、ホームズが神経を集中させているのはその窓にちがいない。やがて表情がゆるんで、視線は赤ん坊へ戻り、ふっくらした首にぽつんと赤く浮きでている傷痕に留まった。ホームズは赤ん坊に歩み寄って、無言のまま傷痕を調べた。最後にもみじのような手を取ると、目の前で小さく振った。

「さようなら、おちびちゃん。人生の初《しょ》っ端《ぱな》で、ずいぶん不思議なことを体験したね。メイスンさん、二人きりでお話ししたいのですが」

ホームズはメイスン夫人を向こうへ連れていき、少しのあいだ熱のこもった口調で話しかけた。私に聞き取れたのは最後のほうだけで、じきに心配はなくなりますよ、と慰めていた。そのあと口数の少ない気難しげな乳母は、赤ん坊を抱いて出ていった。

「メイスン夫人はどんな方ですか？」ホームズは家の主人に尋ねた。

「あのとおり、いささか不愛想な感じですが、思いやりがあって、あの子を心からかわいがってくれています」

「きみはあの人のことが好きかな、ジャック？」ホームズはだしぬけに少年のほうを向いて尋ねた。少年は表情に富む顔を急に曇らせ、首を振った。

「ジャッキーは好き嫌いがはっきりしているんですよ」ファーガスンが息子の身体に腕を回して言う。「幸いなことに、わたしは好きなほうに入っていますが」

少年は甘ったるい声を出して父親の胸に頭をすりつけた。ファーガスンがそれを優しく押し返す。

「ジャッキー、もう向こうへお行き」そう言って、ファーガスンは息子の後ろ姿を愛《いと》おしそうに見送った。

「さて、ホームズさん」少年が出ていったあと、ファーガスンが再び口を開く。「せっかくお越しいただいたのに、無駄足を踏ませてしまったようですね。同情するくらいしかできることはないとお考えなんでしょう？　あなたからご覧になれば、繊細で複雑な手に負えない問題にちがいない」

「確かに繊細ですね」ホームズはにこやかに答えた。「しかし、複雑だから手に負えないとは感じていませんよ。この問題には精緻《せいち》な推理が求められます。出発点で組み立てられた推理は、先へ進むごとに多くの別々の出来事によってひとつひとつ裏付けられていく。その結果、主観的な見解だったものが客観的な事実に変われば、そこが間違いなく目標地点です。実を言うと、僕はベイカー街を出発する前から結論に達していたので、あとは観察して確証をつかみさえすればよかったんですよ」

ファーガスンは大きな手をしわのできた額に当てた。

「どうか、ホームズさん」ファーガスンの声がかすれた。「真相をご存じなら、これ以上わたしを宙ぶらりんにしないでください。もう耐えられない。わたしはどうすればいいんですか？　結論に達したというのが本当なら、そこまでの経緯はどうだろうとかまいません」

「それでも僕には説明する義務がありますので、のちほどお聞かせしましょう。しばらくは僕なりの流儀でやらせていただきます。ワトスン、奥さんとは面会できそうかい？」

「身体は弱っているが、気力は失っていない」

「それはよかった。奥さんの前でなければ、真相を明らかにはできないのでね。これから全員で部屋を訪ねましょう」

「わたしには会ってくれませんよ」とファーガスン。

「いえいえ、会うはずです」ホームズはそう請け合い、紙切れに数行走り書きした。「ワトスン、きみはもう部屋へ入れるわけだから、僕からのメッセージを奥さんに渡してきてくれないか？」

私は再び二階へ行き、警戒しながらドアを開けたドローレスに紙切れを渡した。それを読んだのだろう、室内で大きな声があがった。嬉しさと驚きが入りまじっているように聞こえた。ドローレスが戸口に戻ってきて言った。

「奥様、皆さんに会う。話を聞く」

すぐにファーガスンとホームズを呼んで、一緒に部屋へ入った。夫人はベッドに起きあがっていた。ファーガスンは一、二歩そちらへ行きかけたが、夫人に身振りで止められ、肘掛《ひじかけ》椅子に力なく腰を下ろした。ホームズは夫人の問いたげな視線を受けて一礼したあと、ファーガスンのそばに座った。

「ドローレスさんには席をはずしてもらったほうがよろしいかと」ホームズが口を開く。

「ああ、そうですか。奥さんがお望みなら、このままでけっこうです。さて、ファーガスンさん、僕も依頼人を大勢待たせているので、あまりのんびりはしていられません。単刀直入に行かせてもらいますよ。手術もすばやく済ませたほうが痛みが少ないでしょうしね。

まずは朗報からお伝えします。ご安心ください、奥さんは大変思いやり深い善良な方です。これまでのことはひどい誤解です」

ファーガスンは嬉しそうな声をあげ、居住まいを正した。

「その根拠を詳しく聞かせていただけるなら、一生恩に着ます」

「お聞かせしますとも。ただし、あなたを別の理由で深く傷つけてしまうことになる」

「妻の潔白が証明されるなら、ほかはどうなろうとかまいません。取るに足らないことです」

「わかりました。では、ベイカー街で頭に浮かんだ推理の流れをお話ししましょう。吸血鬼うんぬんの考えはばかげていると思いました。そんなものはイギリスの犯罪事件にそぐわない。一方で、あなたの目撃談は明確でした。赤ん坊のベッドのそばで、奥さんが口を血まみれにして立ちあがるのをご覧になった」

「ええ、そうです」

「出血している傷口を吸うのは、血を飲むこと以外の目的のためとはお考えにならなかったのですか？　イギリスの歴史をさかのぼれば、それと同じ方法で傷口から毒を吸いだした女王がいらっしゃったはずですが（訳注：第八回十字軍遠征でイングランド国王エドワード一世の腕の傷から王妃エリナー（一二四一頃―一二九〇年）が毒を吸いだしたと伝えられている）」

「毒！」

「お宅は南米にゆかりのあるご家族です。毒を仕込んだ武器が家のどこかにあるのではないかと思いあたりました。階下で実物を拝見する前に、直感でわかったのです。むろん、まだ別の可能性も捨てきれませんでしたが。壁に飾られたコレクションを間近で調べて、小型の鳥弓の横に空っぽの小さな矢筒を見つけたときは、やはりこれだったかと思いました。矢の先端にクラーレかなにかの猛毒が塗られていたとしたら、たとえちくりと刺されただけでも、傷口から毒を吸いださないかぎり赤ん坊の命は助からないでしょう。

しかも、犬が！　その毒矢を使おうとする者は、毒の効き目がまだ残っているか確かめるため前もって実験するのでは？　犬のことは予想もしていませんでしたが、あの状態を見てすぐにぴんと来ました。僕の仮説を裏付けてくれたのです。

　もうおわかりでしょう？　奥さんは赤ん坊がそういう目に遭うのを恐れていた。実際にその場面を目撃し、からくも赤ん坊の命を救ったが、事実をあなたに話すことはどうしてもできなかった。あなたが上の息子さんをどんなにかわいがっているか知っていたからです。あなたを悲しませたくなかったからです」

「ジャッキーが！」

「さっき、あなたが赤ん坊をあやしていたとき、僕はそれとなくご長男の様子を観察していました。外側の鎧戸が半分閉まっていたので、窓ガラスにあの子の顔がはっきりと映っていたんですよ。嫉妬《しっと》と憎悪をあれほどむきだしにした表情は見たことがない。人間の顔とは思えないほどのすさまじさでした」

「あのジャッキーが、まさか！」

「事実から目を背けてはいけません、ファーガスンさん。あの子をそのような行動に駆り立てたのがゆがんだ愛情、つまりはあなたや亡き母親への異常に肥大した執着心だと思うと、なおさら痛々しい。自分とはちがって健康なかわいらしい赤ん坊を憎むあまり、とうとう心が壊れてしまったのです」

「なんということだ！　信じられない！」

「事実は僕がいま申しあげたとおりですね、奥さん？」

枕に顔をうずめて、すすり泣いていた夫人が、ようやく夫のほうを見た。

「わたしの口からはどうしても言えなかったのよ。あなたがどんなにショックを受けるかわかっていたから。じっと我慢して、誰かほかの人から伝わるのを待つしかないと思ったの。そうしたら、こちらの紳士がまるで魔法使いのように真実を見抜いて、なにもかもわかっていると書いてくださった。それを見たときはどんなに嬉《うれ》しかったことか」

「ジャッキー君のことですが、僕だったら一年ほど船旅でもさせますね」ホームズは椅子から腰を上げて言った。「ところで、奥さん、まだひとつだけよくわからないのですが。あの子を叩《たた》いた理由はよくわかります。母親とはいえ我慢の限界がありますからね。しかし、大事な赤ちゃんをこの二日間手放しておけたのはなぜでしょう？」

「メイスンさんが万事心得ていましたので。あの人には本当のことを話してあったんです」

「ああ、やはりそうでしたか」

ファーガスンはベッドのかたわらに立ち、嗚咽《おえつ》を漏らしながら震える手を妻に差し伸べた。

「ワトスン、僕らはそろそろ失礼しようか」ホームズが私に耳打ちした。「奥方に忠実すぎるドローレスをどうにかしないといけないから、きみと僕とで肘《ひじ》を片方ずつだな。それっ！」

ドローレスを強引に部屋から連れだすと、ホームズはドアを閉めて言った。「あとのことは夫婦で話し合ってもらえばいい」

この事件について、後日談をひとつ加えたい。ホームズは発端となった最初の手紙に次のような返信をしたためた。

ベイカー街にて
十一月二十一日

吸血鬼の件

拝復　十九日付の貴信に関してですが、貴社の顧客であられるミンシング・レーンの茶仲買商、ファーガスン・アンド・ミュアヘッド商会のロバート・ファーガスン氏の問題を調査いたしました。その結果、満足のいく解決法により一件落着となりましたことをご報告申しあげます。ご推薦に厚く感謝いたします。

敬具

シャーロック・ホームズ

三人のガリデブ

この事件は喜劇でもあり、悲劇でもあったのではないか。一人の男は理性を試され、私は血を流し、もう一人は刑罰を科されたわけだが、どこか喜劇じみていたように思えてならない。ともかく、読者諸賢にご判断いただければと思う。

事の始まりがいつだったかは正確に覚えている。というのも、ちょうど同じ月にホームズが勲爵士《ナイト》の叙任を辞退したからである。これについてはいずれ詳しい経緯《いきさつ》を書き記す時が来るかもしれないが、いまはついでに軽く触れるだけにとどめよう。腹心の友ともいうべき相棒の立場として、不用意な言動は慎まなければならない。話を戻すと、そうした理由から、ボーア戦争が終わって間もない一九〇二年六月末だったと記憶している。ときどき陥る習慣で、何日もベッドで無気力に過ごしていたホームズは、その日の朝ようやく起きだしてきた。手にフールスキャップ判の用箋《ようせん》を持ち、普段は険しい灰色の目に楽しげな輝きをたたえていた。

「ワトスン、ひと儲《もう》けしたいなら絶好の機会だよ」友人は言った。「ガリデブという名前に聞き覚えはあるかい？」

　いいや、と私は答えた。

「それはおあいにくさま。ガリデブというやつを見つけてくれれば、大金が転がりこむんだが」

「どうしてだい？」

「まあ、話せば長くなるし——そもそも、ずいぶんとっぴな話なんだ。僕らはこれまで数々の事件を通して、人間がいかに複雑な生き物かをたっぷり学んできたが、これほど奇抜な例にはお目にかかったことがない。じきに当の依頼人から詳しく聞けるだろうから、話はそのあとにしよう。簡潔に言えば、その名前の人物を探せということらしいけどね」

　脇のテーブルに電話帳があったので、さしたる期待もなくページをめくってみた。すると、あにはからんや、その珍しい名前が載っているではないか。私は得意になって言った。

「あるよ、ホームズ！　ほら、ここに！」

　ホームズは電話帳を受け取った。

「〝N・ガリデブ〟」と彼が読みあげる。「〝ロンドン西郵便区《W》、リトル・ライダー街一三六番地〟か。ワトスン、がっかりさせてすまないが、今回の依頼人だよ。この手紙に書いてある住所と一致する。同姓の別の人物をもう一人探さなくてはならない」

　そこへ、ハドスン夫人が訪問者の名刺をトレイにのせて運んできた。そこにある名前を見て、私はびっくりした。

「ここにもいた！」思わず叫んだ。「頭文字がちがうから別人だろう。ジョン・ガリデブ。アメリカ合衆国はカンザス州、ムーアビルからお越しの法廷弁護士だ」

ホームズが名刺を見て、にやりとする。「惜しかったね、ワトスン。このガリデブ氏もすでに数に入っているんだ。まさか今朝訪ねてくるとは思っていなかったが、僕の知りたいことをたっぷり語ってくれそうだな」

じきに、法廷弁護士だというジョン・ガリデブ氏が部屋へ案内されてきた。いかにもアメリカ人法律家らしく、背は低いが全身に力がみなぎっていて、ふくぶくしい顔はひげをきれいに剃《そ》ってつるりとしている。丸ぽちゃの子供みたいな外見から、朗らかで屈託のない青年という印象を受けるかもしれない。だが、目はかなり特徴的だった。いままで大勢の人に会ってきたが、内心をこれほど能弁に語っている目は見たことがない。明るく澄んでいて隙がなく、考えていることや感じていることに敏感に反応する。口を開くとアメリカ訛《なまり》はあるが、あまり癖のない話し方だった。

「ホームズさんですか？」私たち二人を見比べながら客が尋ねる。「ああ、やっぱりあなただ！　写真の感じと似ていらっしゃるので、そうじゃないかと思いました。わたしと同姓のネイサン・ガリデブ氏から手紙が届いているはずですが」

「どうぞおかけください」ホームズは椅子を勧めた。「長い話になりそうですから」フールスキャップ判の用箋を手に続ける。「もちろん、あなたはここに書いてあるジョン・ガリデブさん本人に間違いないでしょうが、イギリスにはしばらく前からいらっしゃるようですね」

「なぜそう思われるのですか、ホームズさん？」客の表情豊かな目に、さっと疑念の色が差す。

「服装一式がイギリス製ですから」

ガリデブ氏はぎこちない笑みを浮かべた。「あなたのそういう芸当は本で読んで知っていましたが、まさか自分が題材になるとは思ってもみませんでした。種明かしをしてもらえませんか？」

「コートの肩の裁ち方や靴の爪先《つまさき》の形を見れば、誰にだってわかりますよ」

「こりゃまいった。自分の恰好《かっこう》がそこまでイギリス風だとは気づきませんでした。仕事のため少し前からこちらに滞在しているので、おっしゃるとおり、身につけているのはほとんどロンドンでそろえたものです。それより、あなたにとっても時間は貴重でしょうし、ここへうかがったのはわたしの靴下の形について相談するためではないんですから、そろそろ本題に入りませんか？　そこにお持ちになっている手紙の件に」

理由はわからないが、ホームズの態度にいらだったようで、客のまん丸顔は愛想のかけらもない表情になった。

「まあまあ、ガリデブさん、何事も辛抱ですよ」ホームズがなだめ口調で諭す。「ここにいるワトスン博士もよく知っていますが、僕の脱線気味の話が結果的に本題と深く関わっていたということは多々あるのです。それはそうと、なぜネイサン・ガリデブ氏とご一緒ではないのですか？」

「だったら、こっちも訊《き》きたい。なぜあの男はよりにもよってあんたを引っ張りこんだんです？」客が急にいきり立つ。「あんたはなんの関係もない部外者じゃないか。紳士二人のあいだの取引だというのに、一方が無断で探偵に相談するとは何事だ！　今朝あの男に会って、こういうだまし討ちのようなまねをされたと知らされた。それでここへ来たんだ。まったく不愉快きわまりない」

「あなたのことを悪く書いているわけではありませんよ、ガリデブさん。共通の目的を達成するために、あの人なりに努力なさっているだけです。その目的はお二人にとって同じくらい重要なんでしょう？　僕が情報収集に長《た》けているという評判を聞いていれば、相談してみようと思うのは当然です」

客の顔から次第に怒りが引いていく。

「なるほど、それならば話は別だ。今朝彼を訪ねたら、探偵に依頼したと言うので、すぐに住所だけ聞いて飛んできた次第で。個人的な問題だから、警察に首を突っこまれたくない。だが、われわれの人探しを手伝うだけとおっしゃるなら、あなたに協力をお願いしても差しつかえないだろう」

「では、とりあえずそういうことで」とホームズ。「さて、せっかくお越しいただいたのですから、ぜひともあなたご自身から事情を詳しくうかがいたい。友人のワトスン博士はまだなにも知りませんしね」

ガリデブ氏は冷ややかな目で私をじっと見た。

「この人にも話すんですか？」

「僕らはいつも一緒に組んで仕事をしていますので」

「いいでしょう。べつに隠さなけりゃならん理由はありませんから。では、なるべく簡潔に話します。あなたがカンザス州の人間なら、アレグザンダー・ハミルトン・ガリデブのことは説明されるまでもなくご存じのはずだ。不動産業で財を成し、シカゴの小麦相場でさらに儲け、その金でフォート・ドッジの西にあるアーカンザス川沿岸の土地を購入した。この国の州がひとつ丸ごとおさまりそうなほど広大な面積で、牧草地に伐採地、耕作地、おまけに採鉱地までそろっていた。所有者にどんどん大金が入ってくる万能の土地というわけです。

　このガリデブ氏には親類縁者が一人もいなかった――いや、実際はどうだったか知らんが、いるという話は聞いたことがない。ただ、彼は自分の変わった姓をある意味誇りに思っていた。それが縁で、われわれは知り合ったんですよ。わたしは州都のトピーカで弁護士をしていましたが、この老人がある日訪ねてきて、同じガリデブ姓の人間に会えたと大喜びでした。いまはそれが道楽なので、ほかにもガリデブ姓の者がいないか世界中を探すつもりだとも話していました。

〝わしのために、きみも一肌脱いでくれんか〟と老人に言われたんですが、忙しくてガリデブ探しで世界各地を転々とするのは無理だと答えました。すると彼は、〝しかしね、わしの目論見《もくろみ》どおりに事が運べば、きみは進んで探そうとするはずだよ〟と言ったのです。あのときはただの冗談だろうと思いましたが、実は重大な発言だったのだとのちにわかりました。

　老人はそれからわずか一年足らずで亡くなりました。残された遺言は、カンザス州では過去に例を見ない奇抜な内容でした。全財産を三分割し、そのうちのひとつを、もう二人のガリデブと分け合うことを条件にわたしに与える、というものだったんです。三人で分けても一人あたり五百万ドルは下らないでしょうが、わたしも含めてガリデブが三人そろわないかぎり、びた一文もらえません。

　金持ちになる願ってもないチャンスだと思い、弁護士業はそっちのけでガリデブ探しに乗りだしました。ところが、アメリカでは収穫なしに終わりました。国じゅうくまなく、しらみつぶしに調べても、一人も見つかりませんでした。そこで次はイギリスに望みをかけたところ、なんとロンドンの電話帳にその名前が載っているじゃありませんか。二日前にその人を訪ねて、事情をすべて説明しました。しかし、彼もわたしと同じく独身で、親《しん》戚《せき》も女性ばかり。くだんの遺言では成人男性三人と指定されています。早い話が、まだあと一人足りない。われわれに協力して、最後の一人を見つけだしてもらえたら、喜んで調査料をお支払いします」

「どうだい、ワトスン？　とっぴな話だろう？」ホームズはにやりとした。「ガリデブさん、常套《じょうとう》手段として、新聞の私事広告欄をご利用なさるといいでしょう」

「もうやりましたよ、ホームズさん。尋ね人の広告を出しても、反応はさっぱりでした」

「おやおや！ とにかく、これはずいぶん変わり種の案件ですよ。手の空いたときにちょっと調べてみましょう。ところで、トピーカのご出身だそうですが、奇遇ですね。以前、あそこに住んでいる人と手紙をやりとりしていたんですよ。すでに故人でして、ライサンダー・スター博士といいます。一八九〇年に市長をしていました」

「ほう、あのスター博士と！」客が言う。「彼の名はいまも地元で語り継がれていますよ。さてと、ホームズさん、われわれのほうはあなたに進捗《しんちょく》状況を報告することくらいしかできませんが、一両日中にご連絡することになるでしょう」アメリカ人はきっぱりと言い、一礼して出ていった。

ホームズはパイプに火をつけて、しばらく妙な笑いを浮かべて座っていた。

「それで？」私は待ちきれずに訊いた。

「不思議でたまらないよ、ワトスン。つくづく不思議だ！」

「なにがだい？」

「これが不思議でなくてなんだろう。ねえ、ワトスン、あの男はどうしてでたらめばかり言うんだい？ なにを企《たくら》んでいるんだと、もう少しで訊くところだったよ。往々にして、正面突破こそが最善策だからね。まあ、だまされたふりをしたほうがいいと判断して、踏みとどまったんだが。だってきみ、あのイギリス製の服だが、コートは肘《ひじ》が擦れていたし、ズボンも膝《ひざ》が出ていた。たっぷり一年は着ているよ。ところが、ここにある手紙でも本人の話でも、アメリカの田舎から最近ロンドンへ来たことになっている。私事広告欄に尋ね人の広告を出したというのも嘘っぱちだ。きみも知ってのとおり、僕はいつもあの欄を隅々まで読んでいる。面白い事件に網を張るには絶好の場所だからね。小鳥の群れに派手な雉《きじ》がまじっていれば、見逃すわけがない。それから、僕にはトピーカのライサンダー・スター博士なんて知り合いはいないよ。とっさに考えついた架空の人物だ。どうだい、あの男は怪しいところだらけだろう？　アメリカ人なのは本当かもしれないが、アメリカ訛《なまり》が消えかけているくらいロンドン暮らしが長いと見たね。そうなると、あの男のねらいはなんだ？　ガリデブ探しなんていう大ぼらを吹く理由は？　これは目を離せないぞ。あの男が悪人だとすれば、そのへんの単純なごろつきとはちがうからね。知恵の働く手強《てごわ》いやつにちがいない。それじゃ、手紙を送ってきたもう一人のほうもほら吹きかどうか調べてみよう。ワトスン、電話してくれないか？」

　言われたとおりにすると、相手が出て、細く震える声が聞こえてきた。

「ああ、はい、わたしがネイサン・ガリデブです。ホームズさんはそこにいらっしゃいますか？　お話しできるとありがたいんですが」

ホームズが電話を代わった。私は一方だけの切れ切れの会話に耳を傾けた。

「ええ、さっきまでここにいらっしゃいました。彼のことはあまりご存じないんでしょう？……えっ、いつですか？……たった二日前！……ええ、わかりますとも。こんなにうまい話はめったにありませんから。今夜はご在宅ですか？　同名のお仲間が訪ねてきたりはしないでしょうね？……そうですか、それは好都合。では、そちらへうかがいます。あの人抜きで気楽に話しましょう……ワトスン博士も同行します……お手紙からすると、あまり外出なさらないようですね……わかりました、六時頃に。あのアメリカ人弁護士さんには黙っていたほうがいいですよ……大変けっこう。それでは、のちほど！」

　気持ちのいい初夏の黄昏《たそがれ》時だった。エッジウェア・ロードの細い脇道のひとつにあるリトル・ライダー街は、陰気な記憶をとどめる昔のタイバーン・ツリー絞首台から目と鼻の先だが、斜めに降り注ぐ夕陽で美しく金色に輝いていた。目的の住所に建っていたのは、初期ジョージアン様式の大きな家だった。正面はレンガ造りで、一階の二箇所に大きく突きでた張り出し窓を除けば、飾り気がない。依頼人はその一階に住んでいて、二つの張り出し窓は彼が日中過ごす広い部屋の表側にあるのだとわかった。玄関を通り過ぎる際、ホームズは例の珍しい名が刻まれた小さな真鍮《しんちゅう》の表札に注意を促した。

「何年も前からここにあるね、ワトスン」色褪《いろあ》せた表面を指して彼が言う。「本名であることは間違いないわけだ。とりあえず、これは頭に入れておこう」

　階段は共用で、ホールには表札がいくつも並んでいた。個人の名前のほかに事務所らしきものもある。普通の集合住宅とは少しちがう、自由に暮らす独身者たちのねぐらという感じだ。ドアを開けたのは依頼人本人だった。管理人の女性は四時に帰ってしまうので、と申し訳なさそうに言って私たちをなかへ通した。

初めて会うネイサン・ガリデブ氏は、とても背の高いひょろりとした猫背の男で、頭は禿《は》げあがり、歳は六十がらみと見受けられた。顔が青ざめて痩《や》せこけ、肌もくすんでいるので、おそらく運動には日頃なじみがないのだろう。背中を丸めて大きな丸眼鏡をかけ、先がぴんとはねた短い山羊ひげをたくわえている姿は、いかにも好奇心が強そうだ。全体としては、少々変わっているが悪い人ではないという印象だった。

住んでいる人間と同様、部屋も変わっていた。まるで小さな博物館のようだ。間口も奥行もたっぷりある広い部屋に戸棚や整理棚がずらりと並び、そのどれもが地質学や解剖学の標本でぎっしりだった。入口近くの両側には蝶《ちょう》と蛾の陳列ケースが鎮座している。部屋の中央にある大きなテーブルの上にはがらくたじみた雑多な物が散乱し、それらのあいだから高倍率の顕微鏡が長い真鍮の筒を突きだしている。

室内をひと通り見渡して、持ち主の関心の広さに舌を巻いた。古銭の陳列ケースに、火打石の入った整理棚。中央のテーブルの奥には化石を収めた大きな戸棚がしつらえられ、その上に石膏《せっこう》でできた頭蓋骨《とうがいこつ》が並び、それぞれの下に〝ネアンデルタール人〟、〝ハイデルベルク人〟、〝クロマニヨン人〟などのラベルがついている。この部屋の主が多岐にわたる分野の研究者であることはよくわかった。いま私たちの目の前に立っている彼は、古銭を磨いていたのだろう、右手にセーム革の切れ端を持っていた。

「古代ギリシャの植民都市、シラクサのものです――それも最盛期の」彼はそう言って、一枚の古銭を掲げて見せた。「末期にかけては質がかなり落ちましたが、最盛期のものは惚《ほ》れ惚《ぼ》れする出来栄えなんです。もっとも、アレクサンドリア系のほうを好む人もいますがね。ホームズさん、適当にそのへんの椅子をお使いください。すぐに骨の標本を片付けますので。ええと、それから――そうだ、ワトスン博士でしたね。そこにある日本の花瓶は脇へどけていただいてかまいません。ご覧のとおり、人生のささやかな楽しみに囲まれた生活です。医者からは、少しは外出しないと健康に悪いと説教されますが、興味の尽きないものがまわりにこれだけあふれていたら、外出なんかしていられませんよ。なにしろ、戸棚ひとつ分の目録を作るのにも、丁寧にやれば三ヵ月はかかるんですから」

　ホームズは興味深げにあたりを見回した。

「まったく外出なさらないわけではないんでしょう？」

「たまに馬車でサザビーズやクリスティーズのオークションへ出かけるくらいで、ほとんど部屋にこもりきりですね。あまり身体が丈夫じゃありませんし、研究に打ちこんでいて手が離せませんので。ところが、ホームズさん、そんなわたしのもとへ突然とんでもない幸運が舞いこんだわけですから、もう驚いたのなんのって。嬉《うれ》しいのを通り越して怖くなりましたよ。なんでもガリデブをあと一人見つければ、条件が満たされるんだとか。一人くらいなら簡単に見つかるでしょう。わたしには兄弟が一人いたんですが、すでに亡くなっていますし、女性の親戚にはもともと資格がない。それでも世界のどこかに必ずほかのガリデブがいるはずです。

ホームズさんは珍しい事件を手がけておられるそうですね。その評判を聞いて、今回手紙を差しあげたのです。まあ、あのアメリカ人紳士の言うこともっともで、あらかじめ彼に相談すべきだったかもしれませんが、わたしは最善と思ったことを実行したまでして」

「実に賢明な方法をお選びになりましたね」ホームズは言った。「ところで、アメリカに土地を所有したいとお望みなんですか？」

「いいえ、とんでもない。このコレクションと離れ離れになるなんて絶対にお断りです。幸いにも、遺産相続が認められたら、あの人がすぐにわたしの分の土地を買い取ってくれるそうでして。金額にして五百万ドルだとか。ちょうどいま、わたしのコレクションに欠けている十品ほどの標本が売りに出されていますが、たった数百ポンドが融通できないために指をくわえて見ているしかない。五百万ドルもの大金があれば、さぞかしいろんなことができるでしょうな。国立博物館並みの至宝コレクションをそろえられる。現代のハンス・スローン（訳注：一六六〇―一七五三年。アイルランド出身の医師、蒐集家。そのコレクションが大英博物館の所蔵品の土台となった）になるのも夢じゃありませんよ」

そう言って、大きな眼鏡の奥で目を輝かせる。ネイサン・ガリデブ氏は同姓の人間をもう一人探しだすためなら、どんな苦労も厭《いと》わないだろう。

「一度顔合わせをと思い、うかがっただけです。研究の邪魔をするつもりはありません」とホームズ。「仕事の依頼人とはじかにお目にかかっておきたいものですから。このポケットに入っているあなたの手紙で事情はだいたいつかめましたし、不明瞭《ふめいりょう》な点も今朝アメリカの紳士が訪ねてきたときに確認しましたので、残る質問はごくわずかです。あの人のことは今週までまったくご存じなかったんですね？」

「ええ、火曜日に訪ねてこられたときが初対面です」

「彼が今日、僕に会いに来たことは本人から聞いていますか？」

「もちろんです。その足でここへ乗りこんできましたから。たいそうご立腹の様子で」

「どうして腹を立てるんでしょう？」

「面目をつぶされたと思ったんでしょう。まあ、お帰りの際はすっかり機嫌が直っていましたがね」

「これからどうするか言っていましたか？」

「いいや、まったく」

「金品を要求されたり、巻きあげられたりしませんでしたか？」

「まさか！　そんなことは一切ありません」

「なにか腹積もりのありそうな様子は？」

「特に気づきませんでしたな」

「電話でわれわれが会う約束をしたことを彼に話しましたか？」

「ええ、実は」

　ホームズがそこで急に考えこむ。思い悩んでいる表情だ。

「ここのコレクションに特別高価なものは？」

「ひとつもないですな。わたしは金持ちじゃありませんので。いいコレクションではあるが、たいして高価なものじゃない」

「泥棒に入られる心配はないと？」

「ないですとも」

「ここに住んで、どのくらいですか？」

「かれこれ五年です」

そのときホームズの質問をさえぎるように、性急なノックの音が響いた。依頼人がドアの掛け金をはずすが早いか、あのアメリカ人弁護士が興奮もあらわに飛びこんできた。

「ああ、まだいらっしゃいましたね！」新聞を高々と振りながら言った。「間に合ってよかった。まずはネイサン・ガリデブさん、おめでとうございます！　あなたは晴れて大金持ちだ。これでお互い、試練から解放されます。めでたく大成功をおさめて。それからホームズさん、無駄にお手間をとらせてしまい、恐縮の至りです」

新聞を手渡された依頼人は、印がつけられた広告を突っ立ったまま読み始めた。ホームズと私も身を乗りだして彼の肩越しにのぞきこんだ。

ハワード・ガリデブ

農業機械製作業

結束機、刈り取り機、蒸気式および手動式耕耘機《plow》、条播機《すじまき》、砕土機、荷車、軽四輪荷馬車《buckboard》、その他各種機器。

掘り抜き井戸《artesian well》の見積もり、承ります。

お問い合わせはアストンのグロヴナー・ビルまで

「なんと素晴らしい！　三人目が！」依頼人はあえぎあえぎ言った。

「バーミンガムまで捜査網を広げたんですよ」アメリカ人が説明を始める。「そうしたら、向こうの代理人が地元の新聞にこの広告を見つけて、送ってくれたんです。さあ、あとは話をまとめるだけ。大急ぎで取りかかりましょう。さっそくこのガリデブ氏に手紙を出しておきました。明日の午後四時にあなたが事務所へ訪ねていくと伝えてあります」

「わたしがですか？」

「どう思われますか、ホームズさん？　そのほうが手っ取り早いですよね？　なにしろ、わたしはどこの馬の骨か知れないアメリカ人。夢のような話だけに、わたしが持っていっても、まともに取り合ってもらえるかどうか。だが、ガリデブさん、あなたなら身元の確かなれっきとしたイギリス人ですから、向こうも真剣に聞いてくれるでしょう。お望みならば同行したいところですが、あいにく明日は所用がありましてね。といっても、なにか困ったことがあれば、すぐに駆けつけますので」

「しかしねえ、もう長いこと遠出をしていないものですから」

「心配ご無用です、ガリデブさん。段取りはつけておきました。十二時に出発すれば、二時少し過ぎに現地に着きますから、その晩のうちに戻ってこられるでしょう。この人に会って事情を説明し、本人の実在を証明する宣誓供述書を取ってくるだけでいいんです。お願いしますよ、ガリデブさん！」一段と勢いづいて、熱弁をふるう。「わたしはね、遠いアメリカのど真ん中からはるばるやって来たんです。それに比べれば、最後の仕上げにたった百マイル旅するくらい、たいした手間じゃないでしょう」

「ごもっとも」ホームズが横から言った。「こちらの紳士のおっしゃるとおりだと思いますよ」

ネイサン・ガリデブ氏は悄然《しょうぜん》として肩をすくめた。「わかりました、行きましょう。わたしの人生に希望の光をともしてくださった方がそこまでおっしゃるなら、断るわけにはいきませんからな」

「話は決まりましたね」ホームズが口をはさんだ。「首尾については僕にもなるべく早く知らせていただけますか？」

「そういたしましょう」アメリカ人はホームズにそう答えてから、自分の時計を見て続けた。「そろそろ、おいとましなくては。明日また会いましょう、ネイサンさん。バーミンガム行きのお見送りをします。帰り道は同じ方角ですか、ホームズさん？　ああ、ちがうんですね。では、ここで失礼します。明日の晩には朗報をお届けできるでしょう」

アメリカ人が出ていくと、ホームズの顔は目に見えて晴れやかになり、思い悩むような表情はきれいに消え失《う》せた。

「ガリデブさん、コレクションを一度じっくり拝見したいのですが。職業柄、どんな分野の知識も身につけていて損はありませんし、この部屋は格別に素晴らしくて、まさに知識の宝庫ですからね」

依頼人の顔がぱっとほころび、大きな眼鏡の奥で目がきらきら輝いた。

「ホームズさんの博学多才ぶりはかねがねうかがっています。お時間があれば、いまからひととおりご案内しますよ」

「残念ですが、今日はもう失礼しなければ。それに、標本はどれも分類が行き届いて、きちんとラベルがついていますので、わざわざご案内いただくには及ばないでしょう。もし明日立ち寄れたら、室内をざっと見せていただいてもかまいませんか？」

「もちろんですとも、ぜひいらしてください。ご承知のとおり、わたしは留守にしていますが、四時までなら地階にソーンダース夫人がいますので、鍵《かぎ》を開けてくれますよ」

「それはありがたい。明日の午後ならちょうど時間があるんですよ。あなたからもソーンダース夫人に一言伝えておいていただけると助かります。ところで、この家屋はどこの周旋屋が管理しているんですか？」

依頼人は唐突な質問に驚いた。

「エッジウェア・ロードのホロウェイ・アンド・スティール商会ですが、それがなにか？」

「こう見えても、建築物の歴史にはうるさいんですよ」ホームズが笑って答える。「この家はクイーン・アン様式とジョージアン様式のどちらかなと思いまして」

「ジョージアン様式ですよ、間違いなく」

「そうですか。もう少し古いかと思ったんですがね。まあ、容易に確かめられるでしょう。ではガリデブさん、失礼します。バーミンガム行きの成功を祈っていますよ」

周旋屋はすぐ近くだったが、もう閉まっていたので、私たちはそのままベイカー街へ引き揚げた。ホームズが再びこの話題に触れたのは、夕食が済んでからだった。

「今回のささやかな問題も、大詰めに差しかかったね。きみのことだから、全体像はだいたいつかめているんだろう？」

「全体像もなにも、頭と尻尾《しっぽ》すら見分けられないよ」

「頭はもうはっきり見えているし、尻尾のほうも明日になればわかるさ。バーミンガムの新聞広告だが、なにか気づいたことはあるかい？」

「耕耘機《plough》の綴《つづ》りが変だったね。〝plow〟になっていた」

「なかなか鋭いじゃないか。感心、感心。きみは着実に進歩しているね。確かに、イギリス英語では間違いだが、アメリカ英語ではあれでいいんだ。植字工は原稿どおりに活字を組んだだけだろう。軽四輪荷馬車もアメリカのものだし、掘り抜き井戸もイギリスよりアメリカで普及している。というわけで、どこから見ても典型的なアメリカの広告なのに、イギリスの会社が出したことになっている。これをどう思う？」

「あのアメリカ人弁護士が自分で出したとしか思えない。なんのためにそうしたのかはわからないが」

「まあ、ほかの解釈も成り立ちそうだけどね。とにかく、あの男が家に閉じこもっている善良な老人をバーミンガムへおびき出したかったのは確かだ。行っても空振りだよと老人に教えてあげようかと思ったが、気が変わった。だまされたまま外出してもらって、舞台を空っぽにしたほうがよさそうだからね。明日だよ、ワトスン。そう、明日になればひとりでにわかるとも」

翌朝、ホームズは早起きしてどこかへ出かけた。そして昼食時に、ひどく思いつめた顔つきで戻ってきた。

「これは予想していたよりもはるかに剣呑《けんのん》な事件だよ、ワトスン。きみのことだから、ますます張り切って危険に飛びこんでいくだけだとわかっているが、隠しておくわけにもいかないからはっきり伝えておこう。きみの性分はよくわかっている。だけどね、今回は尋常でなく危険なんだ。くれぐれも用心してほしい」

「なんだい、あらたまって。二人で危険を分かち合うのはこれが初めてじゃないだろう、ホームズ？　まあ、最後になってもらっては困るがね。今回はどこがそんなに危険なんだい？」

「敵がとんでもなく手《て》強《ごわ》いんだ。法廷弁護士ジョン・ガリデブ氏の正体を突き止めたよ。冷酷無比な極悪人、〝殺し屋エヴァンズ〟だ」

「そう聞かされても、ぴんと来ないんだが」

「ああ、そうか、きみの職業では『ニューゲイト《Newgate》監獄囚人録《Calendar》』を暗記しておく必要はないんだったね。今朝、スコットランド・ヤードでレストレイド警部に会ってきた。勘が鈍くて想像力に乏しいのは玉に瑕《きず》だが、しぶとい徹底した捜査ぶりでは彼の右に出る者はいない。警察の記録にあたれば、我らがアメリカ人の友人に出会えるんじゃないかと思ってね。

予想は的中したよ。犯罪者写真台帳をめくっていたら、ページのなかからあのまん丸い顔がにっこり笑いかけてきたんだ。下の備考欄にはこうあった。〝ジェイムズ・ウィンター、別名モアクロフト、または殺し屋エヴァンズ〟」ホームズはポケットから封筒を取りだした。「当人の記録からいくつか書き留めてきた。四十四歳。シカゴ生まれ。アメリカ国内で三人を射殺したが、政治的影響力により投獄を免れたのち、一八九三年にロンドンへ。一八九五年一月、ウォータールー・ロードのナイトクラブにて賭《か》けトランプをめぐる喧嘩《けんか》で相手に発砲、死に至らしめた。喧嘩を売ったのは被害者とみられている。この男の身元はシカゴで悪名高い偽造犯および贋金《にせがね》づくりのロジャー・プレスコットと判明する。殺し屋エヴァンズは一九〇一年に刑期を終えて出所。以後、警察の監視下に置かれている。いまのところ、わかっている範囲ではまっとうに暮らしているようだが、このとおり凶悪な男だ。つねに武器を持ち歩いていて、それを使うことをためらわない。ワトスン、僕らが狩ろうとしているのはきわめて危険な鳥だということを忘れないでくれ」

「そんなやつがなにを狙っているんだろう」

「それも明らかになりつつある。例の周旋屋へも行ってきたよ。僕らの依頼人があそこにかれこれ五年住んでいるというのは、本人も言っていたとおりだ。その前は一年間空き部屋で、ガリデブ氏の前の間借り人はウォルドロンという無職の紳士だった。周旋屋がこのウォルドロンをよく覚えていてね。突然いなくなったまま、行方がわからないそうだ。長身で、顎《あご》ひげを生やした色の浅黒い男だったという。奇遇にも、殺し屋エヴァンズが射殺したプレスコットという男も、スコットランド・ヤードの記録によれば長身で顎ひげがあり、色が浅黒い。これで叩《たた》き台としての仮説がひとつ浮かんだ。そのアメリカ人犯罪者プレスコットが、現在は無邪気な老人の私設博物館となっている部屋の元間借り人である、というものだ。ようやく鎖をつなぐ環《わ》が手に入ったな」

「次の環はどこだろう？」

「じゃあ、それをこれから探しに行こう」

　ホームズは抽斗《ひきだし》から拳銃《けんじゅう》を取りだして、私によこした。

「僕には愛用の銃が別にある。開拓精神あふれるアメリカの猛者《もさ》が異名どおりの荒っぽい行動に出たら、応戦しないといけないからね。その前にワトスン、昼寝でもして少し休むといい。一時間後にライダー街の冒険に出発だ」

　ネイサン・ガリデブの風変わりな住居に着いたとき、時刻はきっかり四時だった。管理人のソーンダース夫人はちょうど帰るところだったが、すぐに私たちを室内へ入れてくれた。ドアは閉まると同時にスプリング錠がかかるようになっていた。出るときは閉まったことをきちんと確認する、とホームズが請け合ったので、しばらくすると夫人が玄関を出ていく音がして、彼女のボンネット帽が張り出し窓の前を通り過ぎていった。家の一階にはホームズと私だけになったわけだ。ホームズは室内をてきぱきと調べ始めた。隅の薄暗いところに、戸棚が壁から少し離して置かれていた。その戸棚の裏に二人して隠れることになった。しゃがんだ姿勢のまま、ホームズが小声で考えを明かしてくれた。

「敵は好々爺《こうこうや》の蒐集家《しゅうしゅうか》をここから追い払いたかったんだ――それははっきりしている。ところが、蒐集家がいっこうに外出しないものだから、一計を案じなければならなくなった。ガリデブ氏の遺産分与の件は明らかにそのための作り話だよ。この部屋の住人の珍しい名前に触発された思いつきだとしても、実に創意に富んだ計画だね。これほど巧妙な筋書きをひねり出すとは、恐ろしく悪賢いやつだ」

「それにしても、なにが目的なんだろう」

「そう、僕らがここにいるのはまさにそれを暴くためさ。状況を見たかぎりでは、依頼人はまったく関係ない。関係があるのは殺された男――あいつの犯罪者仲間だった可能性のあるプレスコットのほうだろう。この部屋には後ろ暗い秘密が隠されている。僕はそうにらんだ。初めはコレクションのどれかだと思った。所有者が知らないだけで、本当は大悪党に目をつけられて当然の貴重なお宝がまじっているんだろうとね。だが、新しい事実が浮上して、悪名高い犯罪者のロジャー・プレスコットが以前ここに住んでいたとわかった。だったら、なにかもっと深い事情があるにちがいない。さあ、ワトスン、時機到来となるのを待とうじゃないか。〝忍耐によって、あなたがたは命をかち取りなさい〟（訳注：新約聖書『ルカによる福音書』二十一章十九節より）と言うからね」

運命の時はそれからほどなく訪れた。玄関のドアに開閉音がしたので、暗がりでしゃがんでいた私たちはとっさに身を寄せ合った。続いて、部屋の鍵《かぎ》がカチリと回り、あのアメリカ人が入ってきた。ドアを静かに閉め、鋭い目で室内をさっと確認してからコートを脱ぎ捨てる。そのあと中央のテーブルへきびきびした足取りで近づいていった。これからやるべきこともその手順もすべて心得ている者の身ごなしだ。彼はテーブルを脇へどけると、下に敷いてある四角い絨毯《じゅうたん》をめくって、くるくる巻きながらはがした。次に内ポケットから小型のかなてこを取りだし、床にひざまずいて手早く作業に取りかかる。まもなく板のずれる音とともに、床がぱっくりと四角い口をあけた。マッチを擦って、蠟燭《ろうそく》に火をつけたあと、殺し屋エヴァンズは私たちの視界から姿を消した。

さあ、今度はこちらの出番だ。ホームズが私の手首に触れて合図した直後、開いたままの床の隠し戸へ一緒に忍び寄った。すると、そっと動いたつもりだったが、床板が古いせいできしんだのだろう、不意にアメリカ人が隠し戸から頭を突きだし、眼光鋭くあたりを見回した。私たちに気づくと、憤懣《ふんまん》やるかたない目つきでにらみつけたが、二挺《ちょう》の拳銃に頭を狙われていると知ったとたん、表情を和らげて照れ隠しのような笑いを浮かべた。

「いやあ、まいった！」床へよじのぼりながら、落ち着き払って言う。「やっぱりホームズさんのほうが一枚も二枚も上手《うわて》だったわけか。こっちの魂胆はとっくにお見通しで、最初から罠《わな》にかけるつもりだったんだな？　しょうがない、獲物は譲るよ。この勝負はあんたの勝ちだ――」

電光石火の早業だった。彼は胸元からリヴォルヴァーを抜くなり、二発撃った。その瞬間、私の太ももに焼きごてを押しつけられたような激痛が走った。ホームズがすかさず拳銃で男の頭を殴りつけた。血まみれの顔で床に崩れ落ちた男と、その身体を探って武器がないか確かめるホームズ。そのあと私はホームズの力強い腕に抱えられ、椅子へ運ばれた。

「怪我はないね、ワトスン？　頼むから、怪我はないと言ってくれ！」

これなら怪我のしがいがあるというものだ――ああ、何度だって怪我をしようじゃないか――ホームズの冷ややかな仮面の奥に隠れた、こんなにも深い優しさと愛に触れられるのだから。澄んだ険しい眼が一瞬潤み、ぎゅっと結ばれた唇がふるふると震えた。このとき私は、後にも先にもたった一度だけ、偉大な頭脳の持ち主に宿っている空よりも広い崇高な心を目の当たりにしたのだった。つたなくもひたむきに友を支えてきた長い月日が、この尊い一瞬に最高の輝きを放ったのである。

「なんのこれしき。ほんのかすり傷だよ、ホームズ」

彼はポケットナイフで私のズボンを切り裂いた。

「ああ、よかった」大きく安堵《あんど》のため息をついた。「傷は浅い」それからホームズは、ぼんやりと床に座りこんでいる男を石のごとくこわばった顔でにらみつけた。「ふん、ワトスンに感謝するんだな。もし彼を殺していたら、おまえは生きてはここを出られなかったろうよ。おい、なにか言いたいことがあるなら言ってみろ」

なにもないようだった。悪党はしかめ面で、ただ黙ってじっとしている。私はホームズの腕に寄りかかり、開いたままの隠し戸を一緒にのぞきこんだ。床下の小さな地下室は、エヴァンズが持って下りた蠟燭の炎に照らされていた。そこに見えたものは、錆《さ》びついた大きな機械に太いロール紙、散乱した瓶、そして小さなテーブルにきれいに並べられた大量の小ぶりの紙束だった。

「印刷機か——贋札《にせさつ》製造機だな」ホームズが言う。

「ああ、そうとも」悪党はよろよろと立ちあがり、倒れるようにして椅子に座った。「ロンドンで最高級の贋札製造機だ。プレスコットが作ったのさ。テーブルに載ってるのがプレスコット版の紙幣二千枚で、全部百ポンド札だ。どこでも通用するぜ。欲しけりゃ、あんたらにくれてやるよ。それと引きかえにおれを逃がすってことで手を打たないか？」

ホームズは鼻で笑った。

「お断りだね、エヴァンズ。この国にはおまえが逃げこめる抜け穴はひとつもない。そのプレスコットってやつを撃ったのはおまえじゃないか」

「そのとおりさ、旦那《だんな》。おかげで五年も食らいこんだ。先に手を出したのは向こうだってのに。ちぇっ、五年だぜ、五年——スープ皿くらいのばかでかい勲章をもらったって割に合わねえくらいだ。プレスコットの贋札とイングランド銀行券を見分けられるやつなんか、どこにいる？　おれがあいつを退治しなかったら、いま頃ロンドンは贋札だらけだったんだぜ。贋札をどこで作ってるか知ってたのは世界中でおれ一人だった。知ってのとおり、それがこの部屋に入りたかった理由さ。

ところが、昆虫集めが趣味の変な名前の爺《じい》さんが居座って、ちっとも出ていきやしない。だったら、やつを厄介払いするためにひと芝居打つしかないだろう？　手っ取り早く始末したほうがよかったのかもしれんな。難しい仕事じゃないわけだし。だが、おれはこれでも情け深いほうでね。丸腰の相手を撃つのは気が引ける。それよりホームズさん、おれがどんな悪事を働いたってんだ？　贋札の機械は一度も使ったことがないんだぜ。この部屋の爺さんにも手出ししてない。なにを理由におれをつかまえる気だ？」

「殺人未遂くらいだろうな、いまのところは。が、それはこっちの仕事じゃない。あとは警察に引き渡して、じっくり洗いだしてもらうさ。ワトスン、スコットランド・ヤードに電話してくれないか？　これは向こうにとっても、ありがたい話だろう」


殺し屋エヴァンズと、彼が考えだした三人のガリデブをめぐる独創的な作り話の騒動は、こうして一件落着となった。のちに聞いたところによると、依頼人の老ガリデブ氏は夢が破れたショックからとうとう立ち直れなかったらしい。空中楼閣が崩れ去ると同時に、その瓦礫《がれき》の山に押しつぶされてしまったのだ。ブリクストンの老人ホームに入ったというのが最後に知らされた消息である。

スコットランド・ヤードは、贋札製造機の発見に大喜びだった。というのも、その存在はわかっていたものの、プレスコットが死亡したため、ありかを突き止められずにいたからだ。犯罪捜査部のお偉方が枕を高くして寝られるようになったのは、エヴァンズのおかげとも言えよう。腕のいい贋金づくりは社会の大きな脅威だ。警察にしてみれば、あの悪党が言っていたスープ皿大の勲章を贈ってやることくらい安いものだと思ったろう。もっとも、そういう事情はいっさい通用しない裁判所が大目に見てくれるはずもなく、殺し屋エヴァンズは出てきたばかりの暗い牢獄《ろうごく》へ逆戻りしたのだった。

高名な依頼人

「いまならもう、差しさわりはないだろう」シャーロック・ホームズは言った。

これから記す事件の公表を長年にわたって打診してきた私は、十回目にしてようやく承諾の返事を得られたのだった。こうして許可が下りたおかげで、我が友の探偵人生がある意味で最高潮に達した時期の出来事を晴れて記録に残せる運びとなった。

ホームズも私もトルコ式の蒸し風呂《ぶろ》が大のお気に入りだった。休憩室で一服しながら汗が引くまで心地よい温かさに浸っているときは、普段は口の重いホームズもいくぶん舌がなめらかになり、いつになく人間味のある姿を見せてくれたものだ。ノーサンバーランド・アヴェニューの入浴施設には、上階の隅にほかから離れた一画があり、寝椅子が二つ並んでいた。一九〇二年の九月三日、私たちがそこに寝そべっていた場面からこの物語は始まる。

最近これはと思う面白い出来事はあったかと私が尋ねたところ、ホームズはくるまっていたシーツから筋張った細くて長い腕を突きだし、そばに掛かっているコートの内ポケットから封筒を取りだした。

「うぬぼれ屋のうるさい雑音か、それとも生死にかかわる大問題か」そう言ってホームズが私に手紙を差しだす。「そこに書いてあることしかわからないんでね」

便箋《びんせん》はカールトン・クラブのもので、日付は前の晩だった。以下のような文面である。


シャーロック・ホームズ様におかれましては、ますますご清栄のこととお慶《よろこ》び申しあげます。さて、小生サー・ジェイムズ・デマリーは非常に扱いの難しい重要案件について貴殿の助言を仰ぐため、明日四時半にうかがいたく存じます。拝顔の栄を賜れますよう切に願っております。ご都合のほどをカールトン・クラブに電話でお知らせいただければ幸甚《こうじん》です。


「むろん、面会に応じると返事をしておいたよ、ワトスン」私から手紙を受け取りながらホームズは言った。「このデマリーなる人物について、なにか知っているかい？」

「社交界でおなじみの名前だということくらいかな」

「じゃあ、僕のほうが少しだけ詳しいな。デマリー氏はね、新聞沙汰《ざた》になりそうな微妙な問題を丸く収めることで定評があるんだ。ハマーフォード家の遺言状騒動を覚えているかい？　あのときサー・ジョージ・ルイスとの交渉にあたったのが、このデマリー氏だ。世事に賢い、生まれつきの駆け引き上手というわけさ。今回もただの空騒ぎじゃなくて、僕らが協力に乗りだすに値する難問だといいんだが」

「僕ら？」

「そうだよ。きみさえよければ、ぜひ」

「喜んで」

「決まったね。じゃ、約束の時刻――四時半に。それまではいったんこの件は忘れよう」

当時の私はクイーン・アン街に居を構えていたが、時間に遅れないよう早めにベイカー街を訪ねた。サー・ジェイムズ・デマリー大佐が部屋に案内されてきたのは、本人ご指定の四時半きっかりだった。広く知られた御仁ゆえ、ここで詳しく述べるまでもないだろうが、豪放磊落《らいらく》で真っ正直な人柄がにじみ出た、ひげのない大きな顔と、耳に心地よい深みのある声の持ち主だった。アイルランド人らしい灰色がかった目は誠実さに輝き、微笑をたたえた表情豊かな口元に陽気さがこぼれている。光沢のあるシルクハットに黒いフロックコート、真珠のピン飾りを留めた黒いサテンのクラバット、藤色の洒落《しゃれ》たスパッツの下からのぞくぴかぴかの靴。頭のてっぺんから爪先《つまさき》まで洗練されていて、評判にたがわぬ着道楽ぶりがうかがえる。そうした隙のない身なりの大柄な貴族が、小ぢんまりした部屋を押しつぶしそうなほどの存在感を漂わせ、威厳たっぷりにご登場あそばした。

「やはりワトスン先生ともお会いできましたな」大佐は丁寧にお辞儀をして言った。「ありがたい。きっと先生のお力が必要になるでしょうから。なにしろホームズさん、相手は平気で暴力をふるうような、どんなあくどいこともやりかねない輩《やから》でしてね。ヨーロッパ広しといえども、あれほど危険な男はいません」

「それと同じ形容詞で語られる敵を、これまで何人も相手にしてきましたよ」ホームズは笑顔で言った。「煙草はおやりにならないんですね。僕のほうは失礼して、パイプに火をつけるとしましょう。あなたのお相手が、いまは亡きモリアーティ教授やいまも生存しているセバスチャン・モラン大佐より危険な人物なら、戦いがいがあるというものです。名前を教えていただけませんか？」

「グルーナー男爵の名に聞き覚えはありますかな？」

「オーストリアの殺人鬼の？」

デマリー大佐は子山羊《やぎ》革の手袋をはめた両手を振りあげ、声を立てて笑った。「さすがはホームズさんだ、なにひとつ見逃さない。感服しましたよ！　では、あなたはあの男が殺人者だとすでにご存じなんですね？」

「ヨーロッパ大陸で起きた犯罪を細部まで把握するのも仕事のうちですので。プラハの事件について多少なりとも知っている者なら、あの男の犯行だと信じて疑いませんよ。にもかかわらず、罪を逃れたのは、単に法的な不備と証人の不可解な死が重なったからにすぎません。シュプリューゲン峠での出来事は〝事故〟で片付けられましたが、真相は異なる。あの男が妻を殺したのです。現場をこの目で見たのと同じくらい確信があります。あの男がイギリスに渡ってきたことも耳に入っていましたから、遅かれ早かれ接点を持つことになるだろうと予想していました。で、そのグルーナー男爵が今度はなにをしでかしたんですか？　また同じような悲劇が繰り返されるんじゃないでしょうね？」

「いや、それに輪をかけて深刻な事態です。犯罪に報いを与えるのはもちろん重要だが、未然に防ぐのはもっと重要だ。悪夢のような非道きわまる行為が目の前で起きようとしていて、放っておけば恐ろしく悲惨な結果になることもわかっている。それなのに拱手《こうしゅ》傍観するしかないとは、まさに塗炭の苦しみですよ、ホームズさん。これ以上つらい立場があるでしょうか」

「心中お察しいたします」

「ならば、わたしが代理を務めている依頼人に同情していただけますな」

「ほう、あなたが単なる仲介人だとは意外でした。当事者はどなたですか？」

「ホームズさん、その質問にはお答えしかねます。本人の名誉のため、いかなる場合も名前は持ちださない約束でして、それだけはどうしても守らねばならんのです。その人物は尊い騎士道精神から問題に関わろうと決めましたが、どこの誰なのかは明かしたくないとのことでして。礼はたっぷりはずみますし、自由に行動していただいてかまいません。その点はしっかり保証されるわけですから、依頼人の名前など取るに足らんことでしょう」

「残念ですね」とホームズ。「僕は一方の端だけに謎がある事件は扱い慣れていますが、両端が謎のままではややこしくて手に負えません。サー・ジェイムズ、今回のことはお断りするしかないようです」

客は大いに慌てた。表情の変わりやすい大きな顔がたちまち焦りと落胆に曇る。

「ホームズさんはご自分の態度にどれほど影響力があるか気がついておられないようですな。これじゃあ、わたしは板ばさみだ。なにもかも話せば引き受けていただけるとわかっていても、依頼人との約束があるからそれはできない。とりあえず、差しつかえない範囲で事情を話してもかまわんでしょうか？」

「ええ、どうぞ。ただし、なにも確約できませんよ」

「それは承知のうえです。まず、ド・メルヴィル将軍の名はご存じですね？」

「ええ、カイバル峠の戦いで武勲を立てたド・メルヴィル将軍のことでしたら」

「将軍には令嬢が一人いらっしゃる。名はヴァイオレット・ド・メルヴィル。裕福な家庭に育ち、若くて美しく、高い教養を身につけておられた申し分のない女性です。この純真で可憐《かれん》な娘さんを、悪魔の餌食《えじき》になる前になんとしても救いだしたいのです」

「グルーナー男爵が彼女を支配しようとしているのですね？」

「はい。女性にとって一番の弱みである愛の力で。お聞き及びでしょうが、あの男はたいそうな美男子であるばかりか、見栄えのする物腰と魅惑的な甘い声の持ち主で、ロマンチックな謎めいた雰囲気を醸している。言い寄られた女性は皆、めろめろですよ。完全に相手の言いなりになってしまう。あいつはそれを最大限に利用してきたけしからん男です」

「そんな男がヴァイオレット・ド・メルヴィルのような深窓の令嬢とどこで出会ったのですか？」

「地中海旅行のヨットです。乗船客は一応選ばれた者たちでしたが、旅費は自分持ちでした。主催者が男爵の正体に気づいたときには、時すでに遅し。悪党はお嬢さんにまとわりついて、うまいこと気を引いた。じきにすっかり心を奪われたお嬢さんは、もう愛だの恋だのという生易しい段階ではなく、あの男に溺《おぼ》れ、とりこになってしまいました。とにかく、あの男がいなければ夜も日も明けないといったありさまで、やつに批判的な言葉にはまるで耳を貸さんのです。なんとか目を覚まさせようと八方手を尽くしたものの、残念ながら徒労に終わりました。ついには、来月あの男と結婚すると言いだしまして。成年に達しているうえ、意志の固いこと鉄のごとしとあっては、まわりも引き留めようがない」

「オーストリアでの一件についてはご存じなんですか？」

「あのずる賢い悪党め、そのへんも計算済みで、過去の悪い噂は残らずお嬢さんに打ち明けてあるんですよ。ただし、罪のない哀れな犠牲者ぶって。その嘘をお嬢さんは頭から信じ、ほかの者がなにを言っても聞く耳を持ちません」

「おやおや！　ところで、さりげなく名を明かされていましたが、依頼人はド・メルヴィル将軍でしたか」

客は椅子のなかでもじもじした。

「そのとおりだと言いたいところですが、あなたをだますことになりますからな、ホームズさん。こういう事情ですから、ド・メルヴィル将軍の心痛ぶりはお察しいただけるでしょう。誉れ高い勇敢な軍人がすっかり意気消沈しておられる。戦場では決してくじけなかった名将も、この件ではさすがに打ちのめされたんでしょう。まるでよぼよぼの老人のように弱ってしまわれ、あの強靭《きょうじん》で狡猾《こうかつ》なオーストリア人と対決する気力などまるきり持ち合わせていない状態です。わたしが代理を務める依頼人は将軍の長年の友人でして、この令嬢を幼い頃から我が子のようにかわいがってこられた。それだけに、彼女が不幸になるのを黙って見ていられなくなったわけです。

　むろん、スコットランド・ヤードに出動してもらうたぐいの話ではありません。そこで、ここはひとつあなたに相談してみようと依頼人から提案なさったのです。先刻お話ししたとおり、ご自身の関与は絶対に伏せておくという条件で。ホームズさんの手腕をもってすれば、その方の正体は簡単に突き止められるでしょうが、それはなにとぞお控えください。依頼人を匿名のままにしていただきたいのです」

　ホームズは謎めいた微笑を浮かべた。

「いいでしょう。お約束します」ホームズは答えた。「それからもうひとつ。この件に興味が湧きましたので、調べてみるつもりです。あなたに連絡するときはどうすればよろしいですか？」

「カールトン・クラブ宛てにお願いします。緊急時用に個人の電話番号もお伝えしておきましょう。〝XX三一〟です」

　番号を書き留めたあとも、ホームズは膝《ひざ》の上にメモ帳を開いたまま相変わらず微笑を浮かべている。

「男爵の現住所を教えてください」

「キングストンの近くのヴァーノン・ロッジです。立派な屋敷ですよ。いかがわしい投機で儲《もう》けたのか敵は大金持ちなので、よけい厄介だ」

「いま現在、そこに住んでいるのですか？」

「はい」

「その男について、ほかにつけ加えることはありませんか？」

「金のかかる趣味をたしなんでいます。馬好きで、ハーリンガム・クラブでポロに熱中していた時期もありましたが、プラハの一件で世間に騒がれ、やむなく脱会したようです。書物や絵画の蒐集《しゅうしゅう》にも手を出しています。なかなかの芸術家肌らしい。中国の陶磁器の分野では権威として知られ、それに関する著書もあります」

「複雑な面を持つ人物ですね」ホームズは言った。「大犯罪者に共通の特徴とも言えるでしょう。古いところでは、チャーリーことチャールズ・ピース（訳注：一八三二―七九年、イギリスの犯罪者。シェフィールドやロンドンで強盗や窃盗を繰り返し、最後は殺人罪で死刑になった）がヴァイオリンの名手でしたし、ヘンリー・ウェインライト（訳注：一八三二―七五年、イギリスの犯罪者。ブラシ製造人だったが、愛人を殺害して死刑になった）も一人前の芸術家でした。同様の例は枚挙にいとまがない。では、サー・ジェイムズ、依頼人にお伝えください。グルーナー男爵のことはお引き受けしましたと。いま申しあげられるのはそれだけです。僕個人の情報源がありますので、打開策をきっと見いだせるはずです」

　客が帰ると、ホームズはじっと座ったまま物思いにふけった。私がいることを忘れてしまったのかと思うほど長い時間が経過してから、ようやく我に返った。

「ワトスン、なにか意見があれば聞かせてくれ」

「そうだな、ひとまずその令嬢とじかに会ってみてはどうだろう」

「なあ、ワトスン。打ちひしがれた気の毒な父親にさえ心が動かない相手を、赤の他人の僕が説得できると思うかい？　ほかの手立てがことごとく失敗したら、その提案も試してみるしかないが、まずは別のとっかかりから始めよう。こういう場合、シンウェル・ジョンスンが役に立ってくれるんじゃないかな」

　これまでの私の回想録でシンウェル・ジョンスンに触れる機会がなかったのは、取りあげてきた事件のなかにホームズが探偵人生の後半で手がけたものはほとんど含まれていないせいである。ジョンスンが有能な助《すけ》っ人《と》を務めてくれるようになったのは、二十世紀初頭に入ってからだった。あまり大きな声では言えないが、ジョンスンはもともと凶悪犯として有名で、パークハーストの刑務所で二度も服役した。その後、改心してホームズと手を結び、ロンドンの闇をつかさどる巨大な犯罪社会と我が友人とのあいだの橋渡し役を担ってきた。決定的な証拠につながる重大な情報を集めてくれたこともしばしばだ。もしも彼が〝警察の犬〟だったら、すぐに正体が露見してしまっただろうが、じかに法廷行きになるような事件は扱わなかったため、その特殊な活動を裏社会の連中に嗅《か》ぎつけられる心配はなかった。それどころか、二度の獄中暮らしで仲間から一目置かれ、ロンドンじゅうのナイトクラブから木賃宿、賭《と》博《ばく》場に至るまで顔が利き、いつでも自由に出入りできた。おまけに目ざとくて頭の回転が速いのだから、理想的な情報屋である。ホームズが起用しようとしているジョンスンとはそういう男だった。

医院のほうに差し迫った用事があったため、私はホームズが行動を起こすのを見届ける前に急いで帰らなければならなかった。だが、晩には約束どおり〈シンプスンズ〉でホームズと夕食をともにした。店の正面の窓際で小さなテーブルに向かい、ストランド街の慌ただしい人の流れを見下ろしながら、その後の進展について彼の話に耳を傾けた。

「ジョンスンがあちこち嗅ぎまわっているところだよ」とホームズは言った。「あの男なら、裏社会のどこよりも暗い隅のゴミ箱をあさって、きっとなにかつかんできてくれるだろう。かの男爵の秘密を手に入れるには、犯罪界のどす黒い根っこをかき分けて探すしかない」

「しかし、ヴァイオレット嬢は男爵の怪しい過去を認めようとしないんだろう？　すでに明らかなことにさえ見向きもしないんだから、新たな事実が判明したところで、気持ちは変わらないんじゃないか？」

「それはまだわからないよ、ワトスン。女性の心理は男性には解きがたい謎だからね。殺人なら場合によっては大目に見ても、それよりうんと軽い罪のほうはどうしても看過できないといったこともありうる。グルーナー男爵も言っていたが――」

「男爵と話したのか！」

「ああ、そうだった、僕があれからどうしたかまだ話していなかったね。いいかい、ワトスン、あの男との勝負は接近戦に持ちこみたいんだ。じかに会って正面から顔を突き合わせ、腹の底まで見透かしてやりたい。そこで、ジョンスンに指示を出したあと、馬車を拾ってキングストンへ向かった。そうしたら、男爵にとびきり愛想よく迎えられたよ」

「きみが誰なのか気づいたかい？」

「もちろんだとも。僕の名刺を使用人に取り次いでもらったからね。男爵め、敵ながらあっぱれだよ。乙に澄まして、絹のようになめらかな声で話し、きみと同業の流行《はや》り医者顔負けの物柔らかな態度だが、危険度は猛毒を持つコブラ並みときている。家柄のいい生まれつきの悪徳貴族とは、まさにああいう男のことだろう。アフタヌーン・ティーでもいかがと上品に話しかけながら、胸の内には残忍な考えが渦巻いているような連中さ。いやはや、アデルバート・グルーナー男爵にお目通りがかなって光栄だよ」

「愛想よく迎えられたと言ったね？」

「たとえるなら、ネズミを見つけて満足げに喉《のど》を鳴らす猫だな。柄の悪い粗暴なごろつきより、妙に愛想のいい貴族のほうがはるかに怖いこともある。挨拶《あいさつ》がまた薄気味悪くてね。『いずれお目にかかるだろうと思っていましたよ、ホームズさん。ド・メルヴィル将軍に依頼された件でおみえになったんでしょう？　わたしを将軍の令嬢ヴァイオレットと結婚させまいとするために』

　僕は否定しなかった。

　すると、向こうはこう続けた。『ホームズさん、そんなことをしても、これまでの輝かしい栄光が台無しになるだけですがね。あなたが得をすることなどひとつもない。骨折り損のくたびれ儲けと決まっているばかりか、きっと痛い目にも遭う。ここはおとなしく引き下がったほうが身のためですよ』

『これは奇遇』と言い返してやった。『僕もあなたのために、まさにそのとおりの忠告を差しあげるつもりだったんです。男爵の慧眼《けいがん》ぶりにはかねがね敬服しておりましたが、お人柄にじかに触れて、そのご立派さにあらためて感じ入りました。ですから、率直に申しましょう。過去をほじくり返して、あなたに不快な思いをさせようなどというつもりはみじんもありません。もう済んだことですし、いまはこうして平穏に暮らしていらっしゃる。ただし、令嬢との結婚を強引に進めれば、のんきにかまえてはいられなくなりますよ。国じゅうが蜂の巣をつついたような騒ぎになって、強敵が群れをなして襲いかかり、あなたを執拗《しつよう》に追いかけまわすでしょう。それでもよろしいんですか？　どう考えても、お嬢さんから手を引いたほうが賢明です。過去を蒸し返されて、いろいろなことが彼女の耳に入れば、困るのはあなたでしょうしね』

　男爵の鼻の下にはワックスで形を整えた細いひげがあって、まるで昆虫の短い触角のようだった。それを小刻みに震わせながら話を聞いていた彼は、しまいにこらえきれなくなって、くっくっと笑いだした。

『失敬、ホームズさん。ろくな手札もないのに勝負を挑んでくるあなたがあまりに滑稽《こっけい》で、つい』

『あなたが勝手にそう思っているだけでしょう』

『思っているのではなく、わかっているのです。こちらの手札をお見せしますよ。最強のカードがそろっていて、負けるはずはありませんから、この際はっきりお伝えしたほうがよさそうだ。わたしは幸運にもヴァイオレット嬢の愛情を勝ち取った。過去の不幸な出来事を包み隠さず打ち明けたあとも、その愛情はびくともしない。彼女にはこうも話してあります。悪意に満ちた腹黒い連中が――ご自身のことだとお気づきでしょうね――あることないこと吹きこもうとするはずだ、と。むろん、そういう相手のあしらい方も教えて差しあげました。

　後催眠暗示のことはご存じですね、ホームズさん？　その効き目がどういうものかは早晩おわかりになるでしょう。抜きんでた個性の持ち主なら、月並みな演出になど頼らなくても催眠術を操れるんですよ。そんなわけで、彼女はあなたに対して心の準備ができています。父親の言いつけにはすこぶる従順ですから、面会には応じてくれるでしょう――こういうくだらない用向きでさえなければね』

　そんな具合に取りつく島がないので、これ以上話しても無駄だと思い、なるべく冷静に威厳を保って退場することにした。ところが、ドアのノブに手をかけたところで突然呼び止められた。

『それはそうと、ホームズさん、フランス人探偵のル・ブランをご存じですか？』

『ええ』

『彼の身に降りかかった災難のことは？』

『モンマルトルのあたりで暴漢の集団に襲われて、一生不自由な身体になったとか』

『そのとおりですよ、ホームズさん。偶然にも、その探偵はつい一週間前にわたしの身辺を探っていたんです。あなたも同じ轍《てつ》を踏まないよう、せいぜい用心なさったほうがいい。後悔している者は何人もいますからね。では、最後に一言。あなたはあなたの道を行き、わたしはわたしの道を行く。いちいち他人にちょっかいを出すのはおやめなさい。では、ごきげんよう！』

というわけだ、ワトスン。これが目下のところの状況だよ」

「危険な人物だね」

「ああ、きわめて危険だ。単なる脅し文句なら放っておけばいいが、あの男は口で言う以上に凶悪なことを平気でやりかねない」

「それでも手を引かないつもりかい？　男爵がヴァイオレット嬢と結婚するのは、そんなにまずいんだろうか？」

「まずいとも。あいつが妻を殺したのは間違いないんだから。それに、依頼人のこともある。ああ、いや、それは話題にしないでおこう。ワトスン、そのコーヒーを飲み終わったら、うちへ来てくれたまえ。陽気なシンウェルが報告を届けに来ている頃だろう」

ホームズの予想にたがわず、粗野な感じの大男が待っていた。赤ら顔で、壊血病にかかったような痣《あざ》があり、生き生きとした二つの黒い眼《まなこ》だけが内に秘めた利発さをうかがわせている。自分の縄張りにひと潜りしてきたらしく、そこから連れてきた仲間を隣の長椅子に座らせていた。細い身体つきの、見るからに鼻っ柱の強そうな若い女性だ。こわばった青白い顔は、後悔と悲しみで年齢とは不釣り合いにやつれているうえ、感染症の痕《あと》に覆われ、長年の悲惨な生活を物語っていた。

「こちらはミス・キティ・ウィンターです」シンウェル・ジョンスンがぽってりした手を振って、かたわらの女性を紹介した。「なんでも知ってるから――おっと、本人に話してもらわなきゃ。ホームズの旦那《だんな》、指示をもらってから一時間もしないうちにこの女を見つけたんですぜ」

「見つけるのは簡単でしょ」その若い女性が言う。「あたしは地獄のロンドンから出られっこないんだもの。太っちょのシンウェルと同じ穴の狢《むじな》ってこと。あたしたちは昔からのつきあいなのよね、太っちょ君？　だけど、腹が立つったらないわ！　世の中に正義ってもんがひとかけらでもあれば、あたしたちより深い地獄に落ちて当然のやつが一人いるのに！　それがあなたの追いかけてる男よ、ホームズさん」

ホームズはほほえんだ。「では、その望みを一緒にかなえようじゃありませんか、ミス・ウィンター」

「あいつをお似合いの場所へ突き落とす手伝いができるなら、なんだってするわ」客は闘志満々で宣言した。青ざめた顔と燃えるような瞳《ひとみ》から放たれる感情は、男性なら決して見せない、いや、女性でもめったに見せない、度外れて強烈な憎悪だった。

「あたしの過去は聞いていただかなくてもけっこうよ、ホームズさん。取るに足らないことだから。でも、あたしをこんなふうにしたのはアデルバート・グルーナーだってことは忘れないで。あの男を引きずり下ろしてやりたい！」悔しそうに両手で空《くう》をつかんだ。

「あいつが大勢の人間を突き落としてきた地獄へ、この手で放りこんでやりたい！」

「事情はご存じですね？」ホームズが訊《き》く。

「シンウェルから聞いたわ。あいつ、性懲りもなくまた気の毒なおばかさんをたらしこんで、結婚までしようって魂胆みたいね。あなたはそれを止めたいんでしょ？　あの男が悪魔だってことを知ってるから、どこかの正気でお上品な箱入り娘をあいつの餌食《えじき》にしたくないってことね？」

「その女性はもう正気ではないでしょうね。恋に溺《おぼ》れていますから。やつの過去についてなにを聞かされても、まったく気に留めない」

「人を殺したことも知ってるの？」

「ええ」

「あらあら、とんだ怖いもの知らずね！」

「悪意のある中傷と決めてかかっています」

「鼻先に証拠を突きつけてやればいいのに」

「では、それを手伝ってもらえませんか？」

「あたしそのものが証拠なんだから、その女の目の前に立って、あいつにどんな仕打ちを受けたか話せば――」

「本当にやっていただけるんですね？」

「もちろんよ。やらないわけないじゃないの！」

「それなら、試してみる価値はありそうだ。ただ、彼女はすでにあの男本人から過去の罪を打ち明けられて、許しを与えている。もう済んだことだと思っている相手に同じ話を蒸し返しても、効果があるかどうか」

「本人が白状してないことを全部ぶちまけてやるわ」ミス・ウィンターは言った。「あたし、知ってんのよ。騒ぎになった事件のほかにも二つばかり、殺しをやってるってこと。あのビロードみたいな柔らかい声で誰かの話をしてたとき、急にあたしをじっと見て言ったの。『その男はひと月後に死んだよ』って。それも、しれっとした顔で。あたしもその頃はあいつに首ったけだったから、それを聞いてもべつになんとも思わなかった。あいつがなにをしようが許せた。今回のおばかさんとおんなじよ！　でも、一度だけ不安になったことがあったわ。ああ、情けない！　口のうまいあいつの嘘にころっとだまされたりしなければ、その晩のうちに逃げだしたのに！　あいつね、茶色い革の日記を持ち歩いてるの。鍵《かぎ》付きで、表紙に本人の金色の紋章が入ってるわ。あの晩は酔っぱらってたんだと思う。だから気が大きくなって、あたしにそれを見せたんでしょうね」

「どんな内容ですか？」ホームズが尋ねる。

「ホームズさん、あいつは女を蒐集《しゅうしゅう》してるのよ。だから、蛾や蝶《ちょう》の蒐集家みたいに自分のコレクションを自慢したいわけ。その日記はだました女たちについて記録した台帳みたいなもので、スナップ写真や名前のほかに、いろんな細かい描写が書きこんであった。なんて汚らわしい。貧民街の人間だって、あんなひどいことは誰もしないわ。アデルバート・グルーナーの日記はそれほど下品だった。〝我に蹂躙《じゅうりん》されし魂〟とかいう表題でもつけるつもりじゃない？　ま、こういう話をしたって無駄よね。そんな日記、旦那の役には立たないでしょうし、どっちみち手に入れられっこない」

「どこにあるんですか？」

「いまのあたしにわかるわけないでしょ。あいつと別れてから一年以上経つのよ。あの頃にしまってた場所なら知ってるけど。あ、ひょっとしたら、なにかにつけて几帳面《きちょうめん》で、きれい好きな男だから、いまも奥の書斎にある古い机の整理棚に入ってるかも。あいつの家はご存じ？」

「その書斎に入りましたよ」ホームズは答えた。

「あら、手早いこと。まだ始めたばかりなのに、たいしたもんだわ。あなたが相手じゃ、今回はアデルバートもうかうかしてらんないわね。表側の書斎は中国の陶磁器を飾ってある部屋で、窓と窓のあいだに大きなガラスの戸棚があったはずよ。奥の書斎には机の後ろのドアから入れるようになってる。こっちの小さい書斎には書類やなにかがしまってあるの」

「強盗が怖くないんだろうか？」

「アデルバートは臆病《おくびょう》者じゃありませんから。あいつをどんなに憎んでる敵だって、きっとそう言うわ。自分の身は自分で守れるってこと。夜間は警報器が鳴るし、そもそも盗まれるようなものはないんじゃない？　あの変わった焼き物の器を残らず持ち去るつもりなら話は別だけど」

「そんなやつはいないさ」その道に詳しいシンウェル・ジョンスンがきっぱりと言った。「陶磁器じゃ溶かして売り払うってわけにいかないから、故買屋が引き取らない」

「そのとおりだ」とホームズ。「さて、それではミス・ウィンター、明日の午後五時にまたお越しいただけませんか？　例のお嬢さんと会えるよう、それまでになんとか手はずを整えておきます。ご協力に心から感謝しますよ。むろん、依頼人からも謝礼はたっぷり——」

「やめてちょうだい、ホームズさん」若い女性は鼻息荒く言った。「あたしはお金が欲しいんじゃないの。あの男が落ちぶれて、みじめに這《は》いつくばるのを見たいだけ。泥まみれになったあいつの顔をこの足で踏みつけてやれたら、あたしの苦労はすべて報われる。それがなによりのご褒美よ。明日だろうといつだろうと、あなたがあいつを追いかけるかぎり全力で応援するわ。あたしの居所はシンウェルに訊いてくれればわかりますから」

次にホームズと会ったのは翌日の晩で、場所はストランド街のいつものレストランだった。ヴァイオレット嬢と会う手はずはどうなったかと私が尋ねると、ホームズは肩をすくめ、事細かに語ってくれた。以下の内容は、彼の辛辣《しんらつ》な物言いを少し和らげて、あまり聞き苦しくないようにまとめたものである。

「面会にはあっさり応じてもらえた。父親の反対を押し切って婚約したから、親不孝の埋め合わせがしたいんだろう。結婚以外のことならおとなしく譲歩すると決めたようだ。お父上からお待ちしていると電話があったし、勇ましいミス・ウィンターも約束の時間に現われたので、僕らを乗せた馬車は五時半にバークリー・スクエア一〇四番地に着いた。老将軍の住まいは教会が貧弱に見えるほど荘厳な灰色の建物で、ロンドンの城と呼びたいほどの大邸宅だった。従僕の案内で黄色いカーテンの大きな客間に通されると、令嬢が待っていた。取り澄ました青白い顔の近寄りがたい娘で、高くそびえる雪山のように冷たく頑《かたく》なな印象を受けた。

それにしても、どう言い表わせばいいかよくわからない女性だよ、ワトスン。この件が落着するまでにはきみも彼女と会う機会があるだろうから、そのときは得意の文才を大いに活《い》かしたまえ。美しいには美しいが、異次元の崇高な存在に導かれているような、とらえどころのない狂信者めいた感じがするんだ。ああいう表情を中世の巨匠たちの絵画で見たことがあるよ。神秘的な美女がなぜ卑劣な悪人の魔手にかかったのか不思議でならないが、両極端はもともと引きつけ合うものだからね。精霊と野獣、蛮人と天使というように。

もちろん、こちらの訪問の目的は彼女も充分察していた。あの悪党が抜け目なく僕らへの偏見を植えつけていただろうしね。ミス・ウィンターが一緒だったのには驚いたようだったが、病みきった物乞《ものご》いに施しを与える尼僧院長のような態度で僕らに椅子を勧めた。ねえ、ワトスン、高慢ちきにふるまいたいときはヴァイオレット・ド・メルヴィルをまねるといいよ。

『さっそくですけれど』その声は氷山から吹く風のごとく凍《い》てついていた。『お名前はかねがねうかがっておりますわ。ご用件はわたくしの婚約者、グルーナー男爵をけなすためでしょう？　父に言われてお会いしたまでですから、あらかじめ申しあげておきますが、なにを聞かされても決心は揺らぎませんわ』

　ワトスン、なんだか彼女が気の毒に思えたよ。娘を心配する父親のようないたたまれない気持ちになった。僕はもとよりあまり雄弁ではないし、感情より頭が動く人間だが、あのときはありったけの真心をこめて切々と訴えかけ、懸命に説得を試みた。結婚したあとで夫の本性に気づいた妻がどれほど悲惨な目に遭うか、血塗られた手と好色な唇に身をまかせるしかないことがどれほど不幸か、じっくり語り聞かせたんだ。これから待ち受ける屈辱や恐怖、苦痛、絶望、なにひとつ省かず伝えた。それなのに、象牙《ぞうげ》色の頬にはうっすらとさえ赤みが差さず、空虚な瞳《ひとみ》には感情のきらめきなどちらりとも浮かばない。男爵が言っていた後催眠術効果とはこれだったのかと思った。甘美な夢の世界にでも浸っているようなありさまだ。それでいて、返ってきたヴァイオレット嬢の言葉に曖昧《あいまい》なところはひとかけらもないときている。

『ホームズさん、辛抱してお話をうかがっていましたけれど、初めに申しましたとおり、わたくしの決心は少しも揺らぎません。婚約者のアデルバートは波乱に富んだ人生を歩んできましたので、理不尽な恨みを買うことも、不当な中傷を受けることもありましたが、それはすべて承知のうえです。わたくしにあの人の悪口を吹きこみにくる方々はあなたが最後になるでしょう。良かれと思ってなさったにせよ、あなたはお金で雇われた探偵さんですもの、依頼人によって男爵の敵にもなれば味方にもなるはずですわね。いずれにしましても、わたくしとあの人は相思相愛の仲です。世間の人たちが寄ってたかって非難しようと、わたくしの耳には窓の外の小鳥のさえずり程度にしか聞こえません。たとえあの人の気高い心が一時的に堕落することがあったとしても、わたくしがきっともとの高みへ引きあげてみせますわ。それがこの世に生を享《う》けた使命だと感じております。ところで――』

ヴァイオレット嬢は僕の連れに目を転じた。『こちらの若いご婦人はどなたでしょう?』

僕に答える暇も与えず、ミス・ウィンターがいきなりぺらぺらしゃべりだした。炎と氷の対決という表現が、あの二人の女性にはぴったりだったよ。

『あたしがどなたなのか教えてあげるから、ようく聞きな』ミス・ウィンターは椅子からぱっと立ちあがると、激情に駆られて唇をゆがめ、大声でまくしたてた。『あの男があんたとできる前に愛人にしてた女よ。そそのかされ、もてあそばれ、むさぼりつくされたあげく、がらくた同然にごみ溜《た》めに捨てられた大勢の女たちの一人ってこと。あんたもじきにそうなるよ。放りこまれるのはごみ溜めじゃなくて墓場かもね。どっちみち、ろくな目に遭わない。いいこと、おばかさん、死神と結婚するようなものなの。あんな男と一緒になったら、心が折れるか首の骨が折れるかのどっちか。べつに人助けがしたくて言ってるんじゃない。あんたが死のうと生きようと、あたしにはどうでもいい。あいつが憎いから、恨みを晴らしたいだけ。さんざん虐げられた仕返しをしたいのよ。ああら、お嬢さん、そんな目であたしを見ることないわ。いまにあんたも捨てられて、あたしよりもみじめな状態まで身を落とすかもしれないんだから』

『そんなお話はもうたくさんですわ』令嬢は冷ややかに言い返した。『この際はっきり申しあげておきますが、わたくしの婚約者がこれまでに三度、悪い女に引っかかって面倒事に巻きこまれたことは聞いております。その折になにか不道徳な行為に及んでしまったとしても、いまは心から反省していますわ』

『三度！』僕の連れは甲高い声で言った。『あんたってどこまでばかなの！　救いようのない大ばかだわ！』

『ホームズさん、もうお引き取りください』令嬢は冷たい声で言い渡した。『父にどうしてもと言われたのでお会いしましたが、こんな人の支離滅裂な言いがかりにまでつき合わされる義理はございません』

ミス・ウィンターはののしり言葉とともに前へ躍りでた。僕が手首をつかんで止めなかったら、令嬢の髪をひっつかんでいただろう。僕は怒り狂うミス・ウィンターを玄関まで引きずっていき、なんとか馬車に乗りこんだ。公衆の面前で騒ぎを起こさずに済んだのは幸運としか言いようがない。僕も取り乱すほどではなかったが、はらわたが煮えくり返っていたよ、ワトスン。こっちは懸命に助けようとしているのに、人の気も知らないでお高くとまって、さも迷惑そうに慇懃《いんぎん》無礼な態度を取る令嬢にね。さあ、これで現状報告は終わりだ。先手を打っても無駄だったんだから、別の新しい突破口を探さなければ。また連絡するよ、ワトスン。きみに一肌脱いでもらうことになるだろうから。といっても、次の一手を打つのは僕らじゃなくて先方かもしれないがね」

実際そのとおりだった。それも、強烈な一撃を食らわしてきた――令嬢が加担しているとは思えないので、男爵一人のしわざだろう。あのとき道端で新聞売りのビラにふと目をやった瞬間の衝撃は、いまでも鮮明に覚えている。自分が立ち止まった敷石の位置まではっきりと。場所はグランド・ホテルとチャリング・クロス駅の中間あたりで、夕刊を売っていたのは片脚のない男。ホームズと最後に話してから丸二日後のことだった。その黄色いビラには黒い文字がまがまがしく躍っていた。

シャーロック・ホームズ氏
暴漢に襲われ重体

私はしばらく呆然《ぼうぜん》と立ちつくしていたのだろう。そのあとは記憶が混乱して、かろうじて思い出せるのは、新聞を一部わしづかみにしたこと、まだ金を払っていないと売り子に文句を言われたこと、気がつくと薬局の店先に立って、その重大な記事に目を走らせていたことくらいだ。内容は次のようなものだった。

本日正午頃、かの有名な私立探偵シャーロック・ホームズ氏が暴漢の襲撃を受け、現在も深刻な容体が続いている。詳細については不明だが、事件が起きたのはリージェント街にあるカフェ・ロイヤルの前で、時刻は十二時前後とみられる。二人組の男にステッキで殴打され、頭部や腹部などに大怪我を負った。医師の発表によれば、重傷とのこと。ホームズ氏はチャリング・クロス病院に運ばれたが、その後、本人のたっての希望によりベイカー街の自宅へ移送された。犯人はいずれもまともな身なりの者たちで、人が騒ぎだす前にカフェ・ロイヤル店内を通り抜けて裏手のグラスハウス街へ逃走した模様。被害者のめざましい活躍ぶりに恨みを抱く犯罪者一味の犯行とみて間違いない。


言うまでもなく、私は記事を一読するが早いか辻《つじ》馬車に飛び乗り、ベイカー街へ急行した。すると建物の前に自家用の四輪箱馬車が停まっていて、玄関ホールで著名な外科医サー・レスリー・オークショットと行き会った。

「命に別状はありませんよ」と外科医は言った。「怪我の具合は頭部二箇所の裂傷と、ひどい打撲傷が数箇所といったところです。傷口を何針か縫って、痛み止めのモルヒネを打っておきました。絶対安静ですが、二、三分程度の面会でしたらかまわんでしょう」

医師の許可が下りたので、私は薄暗い部屋へそっと入っていった。怪我人ははっきりと目が覚めていて、かすれたささやき声で私の名を呼んだ。ブラインドは四分の三ほど閉まっていたが、斜めからうっすらと射しこむ陽光が包帯に覆われた頭を照らしていた。きれいに巻かれた白いリネンに深紅の血がにじんでいる。私は彼のかたわらに腰を下ろし、顔を近づけて様子を見た。

「たいしたことないよ、ワトスン。そんなに心配しなくていい」ホームズは蚊の鳴くような声で言った。「見かけほど悪くはないから」

「ああ、よかった！」

「僕が棒術の名人なのは知っているだろう？　ほとんどの攻撃に防御姿勢を取れた。相手が二人だったので、少々てこずったがね」

「ぼくにできることはないか、ホームズ？　これを仕組んだのはあの卑劣漢に決まっている。きみが行けと言えば、すぐに乗りこんでいってとっちめてやる」

「きみは本当にいいやつだな、ワトスン！　だが残念ながら、警察が犯人どもをつかまえないことにはこっちも動きが取れないんだ。連中め、あらかじめ逃走経路を入念に打ち合わせておいたんだろうな。そうにちがいない。おっ、ちょっと待った。いい考えがある。まずは、僕の怪我を周囲に大げさに言いふらしてほしいんだ。そうすれば大勢の者がきみに様子を聞きに来るだろうから、瀕死《ひんし》の重傷だと答えてくれ。脳挫傷《のうざしょう》による譫妄《せんもう》状態に陥って、もってもあと一週間だとかなんだとか。そのへんはきみに任せるから、好きなだけ誇張してもらってかまわない。手加減はいらないよ！」

「サー・レスリー・オークショットが不審に思ったら？」

「気にしなくていい。あの医者の前では死にそうなふりをするよ」

「ほかにやることは？」

「あるとも。ミス・ウィンターを安全なところでかくまうよう、シンウェル・ジョンスンに指示してくれ。今度は彼女が狙われるかもしれない。僕の仲間だと連中に知れたわけだからね。僕をこういう目に遭わせたやつらが彼女を見逃すはずがない。至急手を打つんだ。必ず今夜のうちに」

「すぐに取りかかるよ。ほかには？」

「パイプをテーブルに置いてほしい。煙草を入れてあるスリッパも。それでよし！　これから毎朝来てもらえないか？　一緒に作戦を立てよう」

私はその日の夕方にジョンスンと会い、危険が去るまでミス・ウィンターを静かな郊外で潜伏させておく手配をした。

それからの六日間、世間はホームズが死の瀬戸際だと信じこんでいた。医師の報告書から重体の文字は消えず、新聞記事も深刻な内容のものが続いた。ベイカー街へ毎日通っていた私だけが、それほど悪い状態ではないと知っていた。強靭《きょうじん》な肉体と確固たる意志のなせるわざか、ホームズは驚異的な回復力を発揮していた。日に日に良くなって、ひょっとしたら本当は私に見せているよりもはるかに元気なのではないかとさえ思えてきた。

もともとホームズは秘密主義に妙にこだわっている。だからこそ数多くの劇的な効果を生んできたとはいえ、彼の目論《もくろ》見《み》は一番の親友さえも知らせてもらえず、ただ推測するしかないのだ。〝謀《はかりごと》は密なるを貴ぶ〟との考えからだろうが、少々やりすぎではないか。誰よりも近くにいる私ですら、つねに彼とのあいだに溝を感じさせられている。

　七日目に抜糸となったが、夕刊各紙は丹毒《たんどく》にかかったと報じた。同じ紙面に、容体がどうであれ必ずホームズに伝えなければならない情報が載っていた。次の金曜日にリヴァプールを出港するキューナード汽船ルリタニア号の乗船客名簿に、アデルバート・グルーナー男爵の名があったのだ。ド・メルヴィル将軍の一人娘であるヴァイオレット嬢との結婚を間近に控え、重要な財政上の問題を片付けるためアメリカへ向かうのだという。そのニュースを聞いてホームズの顔は青ざめ、緊張にこわばった。大きな打撃を受けたのは明らかである。

「金曜日だって！」と大声をあげた。「丸三日しかない。あの悪党め、綱渡りをやめたくなったんだな。そうは問屋が卸さないぞ。絶対に逃がすものか！　そこでワトスン、僕に代わってきみにやってもらいたいことがあるんだ」

「なんなりと言ってくれ、ホームズ」

「よし、これから二十四時間、中国の陶磁器について猛勉強してほしい」

　ホームズは理由も目的も説明してくれなかったし、私もあえて尋ねなかった。彼との長いつきあいのなかで、黙って従うのが賢明だと学んだからだ。友人の部屋を出てベイカー街を歩きながら、この不可解な指示をどう実行すればいいのか思案した。結局、セント・ジェイムズ・スクエアにあるロンドン図書館へ馬車を走らせ、副館長をしている友人のロマックスに相談し、かなり分厚い文献を一冊抱えて帰宅した。

よく耳にする話では、専門家の証人に反対尋問を行なわねばならない法廷弁護士は、事前にその分野の膨大な知識を短期間で頭に叩《たた》きこむが、尋問が済めば一週間もせずにすべて忘れるそうだ。中国陶磁の専門家などとうてい名乗れそうにない私も、短い休憩を一回取った以外は夜を徹して、さらに翌日の午前中もずっと、知識の吸収と固有名詞の暗記に励んだ。偉大な陶芸家や不思議な暦について知り、明《みん》の時代における洪武《こうぶ》期と永楽《えいらく》期それぞれの文様の特色を覚え、清《しん》の時代に景徳鎮窯《けいとくちんよう》の監陶《かんとう》官を務めた唐英《とうえい》の著作や、もっと古い宋《そう》や元《げん》といった時代の名品についてみっちりと学んだのである。それらを全部頭に詰めこんで、翌日の夕方、ホームズを訪ねていった。医師や新聞が発表した情報からは誰も想像できないだろうが、ホームズはすでにベッドから出て愛用の肘掛《ひじかけ》椅子に深々と座り、頬《ほお》杖《づえ》をついて包帯に覆われている頭を支えていた。

「おやおや、ホームズ。新聞記事によると、きみは死にかけているはずなんだが」

「世間にはそう思わせておくねらいだからね。さて、ワトスン、中国の陶磁器について勉強してきたかい？」

「やるだけのことはやったよ」

「よし。その分野の話題なら、気の利いた会話にもついていけるね？」

「問題ないだろう」

「それじゃ、マントルピースの上の小さな箱を取ってくれ」

ホームズは箱の蓋《ふた》を開けると、東洋のきれいな絹の布に包まれた小さな品を慎重に取りだした。布のなかから現われたのは、薄手で繊細な、息をのむほど美しい紺色の磁器の小皿だった。

「くれぐれも注意して扱ってくれよ、ワトスン。正真正銘の明朝の卵殻手《らんかくで》だ。これを上回る名宝はクリスティーズのオークションにもお目見えしたことがない。一式すべてそろえば、王国をひとつ買えるほど莫大《ばくだい》な金額に相当する。もっとも、完全な一式は北京《ペキン》の王宮以外には存在しそうにないがね。とにかく、本物の目利きがこれを見たら、理性など吹き飛ぶくらい興奮するだろう」

「これをどうすればいいんだい？」

ホームズに名刺を一枚渡された。〝ハーフ・ムーン街三六九番地、医学博士ヒル・バートン〟とある。

「それが今夜のきみの名前だよ、ワトスン。グルーナー男爵を訪ねてもらう。やつの習慣は多少わかっているから、八時半には手が空くだろう。あらかじめ手紙で訪問を知らせておくといい。きわめて希少な明朝の陶磁器をぜひともお目にかけたい、と。きみが演じやすいよう、バートンも医者ということにしたよ。蒐集家《しゅうしゅうか》の医者というふれこみだ。とびきりの逸品をひとそろい手に入れたが、男爵もその道の大家と聞いているので、値段次第ではお譲りしてもかまわない、と誘いかけるんだ」

「どのくらいの値段で？」

「いい質問だ、ワトスン。自分が持ちこんだ商品の価値を知らなかったら、たちまち化けの皮がはがれてしまう。この小皿はデマリー大佐が僕のために用意してくれたんだが、まあ、おそらく彼の依頼人のコレクションなんだろう。世界に二つとない至宝と呼んでも、これっぽっちも誇張じゃない」

「じゃあ、ひとそろいまとめて専門家に査定してもらってはどうかと提案してみるよ」

「名案だよ、ワトスン！　今日はやけに冴《さ》えているね。クリスティーズかサザビーズの名前を出すといい。値段を自分から口にするような無粋なまねはできないというふりをするんだ」

「だが、もしも面会を断られたら？」

「それはありえないよ。必ず会ってくれるさ。あの男の蒐集熱は常軌を逸しているからね――この分野には特に熱心で、すでに折り紙つきの権威にまでのぼりつめている。座りたまえ、ワトスン。やつに出す手紙をいまから口述しよう。返信は必要ない。用件を添えて、訪問の旨を伝えるだけでいいんだ」

　出来上がった文面は簡潔で礼儀正しく、年季の入った蒐集家の好奇心をくすぐる申し分ないものだった。手紙はメッセンジャーを介して確実に届けられた。そして晩には私自らが、貴重な小皿とヒル・バートン博士の名刺を携え、単身冒険に出発したのである。

　邸宅も庭園も大変立派で美しく、グルーナー男爵がデマリー大佐の言っていたとおりの金満家であることは一目瞭然《りょうぜん》だった。両側に手入れの行き届いた灌木《かんぼく》が並ぶ、曲がりくねった長い私道を進んでいくと、彫像があちこちに飾られた大きな砂利敷きの広場に出た。ここは南アフリカの金鉱王がゴールドラッシュの時期に建てたもので、四隅に小塔が突きだした、横へ這《は》うように伸びる家屋は、建築学的には目も当てられないありさまだが、堂々たる大きさと堅牢《けんろう》さを誇っている。主教のような威厳を漂わせた執事が私を迎え入れ、ビロードの服の従僕に命じて男爵の部屋へ案内させた。

　窓にはさまれた壁に、中国の陶磁器コレクションを陳列した巨大な棚がしつらえてあり、グルーナー男爵はその棚の開いた戸の前に立っていた。私が入っていくと、彼は小ぶりな茶色い壺《つぼ》を手に振り返った。

「おかけください、博士。自分の宝物を眺めながら、まだなにか加えるべきものがあるだろうかと考えていたところです。この小さな壺は、唐《とう》代にあたる七世紀の品でしてね。素晴らしいでしょう？　精巧な細工に豊かな光沢。これほど見事なものはめったに拝めませんよ。ときに、明代の小皿をお持ちだそうですが」

　私は包みを丁寧に開いて、中身を手渡した。机の前に座った男爵は、深まりつつある闇のなかランプを手元に引き寄せ、小皿の吟味に取りかかった。私のほうは黄色い光が照らしだす彼の顔を、とくと観察させてもらった。

　なるほど、確かに際立った美男子だ。ヨーロッパじゅうでもてはやされたというのもうなずける。特別背が高いわけではないが、気品に満ちたしなやかな身体つきで、肌は浅黒く、顔立ちは東洋風。とろんとした物憂げな大きくて黒い瞳《ひとみ》に見つめられたら、どんな女性もよろめいてしまうだろう。頭髪も口ひげもつややかな漆黒で、短い口ひげの先端はワックスで念入りにとがらせてある。好感の持てる端整な顔立ちだが、一文字に結んだ薄い唇だけが仲間外れの印象だ。顔を鋭く裂いた切れ目のような、恐ろしい殺人者を想起させずにはおかない残忍で非情な口元。口ひげを細く固めているのは彼にとって得策ではない。むきだしになった唇がわかりやすい危険信号となって、狙われた獲物たちを警戒させるだろう。深みのある魅力的な声の持ち主で、物腰にも文句のつけようがない。年齢は三十を少し出たくらいに見えたが、のちに記録を確認したら四十二歳だった。

「見事だ――実に美しい！」男爵はようやく口を開いた。「しかも、この六客組をひとそろいお持ちなんでしょう？　それにしても、このような極上品の情報がなぜわたしの耳に入らなかったのか不思議でなりませんよ。これとそろいの品がひとつだけイギリスにあることは知っていますが、市場に出るはずがない。ヒル・バートン博士、ぶしつけな質問かもしれませんが、どこで入手されたのですか？」

「どこだってかまわないでしょう」私は精一杯、無頓着《むとんちゃく》なふりをした。「ご覧のとおり、れっきとした本物ですし、値段についても専門家が出す査定額でけっこうですよ」

「納得しかねますね」黒い瞳に疑念の色がさっとよぎる。「高額な取引なんですから、買い手が品物について詳しく知っておきたいのは当然ではありませんか。品物自体は本物です。それに関しては疑いようがない。しかし、もしも――こちらとしてはあらゆる可能性を考慮に入れるべきなので、あえて申しますが――あとになって、あなたにはこれを売る権利がなかったとわかったら、どうします？」

「そんなことは絶対にないと保証します」

「あなたの保証は果たしてどれくらい信用できるんでしょうね」

「それには私の取引銀行が答えてくれます」

「ごもっともですが、やはりこの取引は全体的にどこか腑《ふ》に落ちない」

「べつに無理強いをするつもりはありませんよ」私はどうでもよさそうな口調で突き放した。「あなたが目利きでいらっしゃるので、真っ先にここへうかがったまででして、ほかの買い手をあたればすぐに話はまとまるでしょう」

「わたしが目利きだと、誰にお聞きになったんですか？」

「この分野の著作がおありなのを存じていましたので」

「お読みになりました？」

「いいえ」

「これは不可解。あなたご自身も目利きの蒐集家で、そのうえこれほどの希少品を所有されているのに、なぜ拙著を手に取って、ご自分のコレクションの来歴や真価を調べてみようとなさらなかったんです？　さあ、説明してください」

「多忙な身でしてね。開業医をしていますので」

「答えになっていません。好事家は本業やなにかでどんなに忙しくても、趣味を追いかけずにはいられないものです。手紙には、中国の陶磁器に通じているとご自分ではっきりお書きになっていましたが」

「いかにも」

「試しに、この方面のことをいくつか質問させていただいてもよろしいですか？　申しあげにくいのですが、博士――本当に医師なんでしょうね――お話をうかがえばうかがうほど、胡散臭《うさんくさ》く思えてきたものですから。まず一問目。聖武《しょうむ》天皇とは？　その天皇と奈良の正倉院《しょうそういん》との関わりについても答えよ。おやおや、ご存じないのですか？　では二問目。北《ほく》魏《ぎ》王朝とは？　陶磁器の歴史におけるその王朝の位置づけについても答えよ」

　私は怒ったふりをして、椅子から勢いよく立ちあがった。

「もう我慢ならない」憤然と言い放った。「私は親切心から訪ねてきたんであって、試験を受けに来た覚えはない。学校に通う子供のように扱われるとは、はなはだ不愉快だ。あなたには劣るかもしれないが、私だってそれなりの知識は持っている。そんな無礼な言い方をされたら、答える気にはなりませんがね」

　グルーナー男爵は私をじろじろ見た。物憂げだった目は打って変わって鋭い光を放っている。無慈悲な薄い唇が開き、そのあいだから歯がきらりと光った。

「これはなんのおふざけだ？　さては探りに来たな？　ホームズの回し者か。一杯食わそうという魂胆だな。あの死にぞこないめ、手先を送りこんで、わたしを監視させるつもりらしい。あんた、よくも無断でずかずかと踏みこんでくれたな。侵入は容易でも脱出は不可能だと思い知るがいい」

男爵がぱっと立ちあがった。逆上しているのは明らかだったので、私は後ずさって身構えた。相手はきっと最初から疑っていたのだろう。畳みかけて質問されたせいで、こっちはとうとう尻尾《しっぽ》を出してしまった。やはり私にはこの男をだましおおせることはできなかったのだ。男爵は机の抽斗《ひきだし》に手を突っこみ、中身をひっかきまわしながら手探りした。が、なにかの物音を聞きつけたのだろう、急に棒立ちになって耳を澄ました。

「しまった！　まずい！」男爵はそう叫んで奥の部屋へ駆けこんだ。

私も二歩で開いたドアの前へ行った。そのとき目にした室内の光景は、脳裏に刻みつけられたまま一生消えることはないだろう。庭に向かって開け放たれた窓、その脇にたたずむ不気味な幽霊のごとき男。なんと、血のにじむ包帯を頭に巻いた、青白くやつれた顔のシャーロック・ホームズではないか。が、驚いたのも束の間、彼の姿は窓の向こうに消え、外の月桂樹《げっけいじゅ》の植え込みでどさっという音がした。男爵は怒号とともに開いた窓へ猛然と駆け寄った。

と、そのときである！　刹那《せつな》の出来事だったが、私はこの目ではっきりと見た。一本の腕が――女性の腕が、外の茂みからさっと突きだされたのだ。次の瞬間、男爵がすさまじい悲鳴をあげた。あの声はいまも耳の奥に残っている。男爵は両手で顔を叩《たた》き、あちこちの壁に頭を激しく打ちつけ、部屋のなかを走りまわった。しまいには床に倒れて、家じゅうにとどろく金切り声を発しながら絨毯《じゅうたん》の上でのたうちまわった。

「水を！　頼むから水をくれ！」男爵の悲痛な叫び。

私はサイドテーブルから水差しをつかんで、彼のもとへ飛んでいった。ちょうど執事と数名の従僕もホールから駆けつけてきた。そのうちの一人は、男爵のかたわらにひざまずいた私が負傷した顔をランプの光へ向けた瞬間、その場で失神した。硫酸が顔じゅうを食い破り、両耳と顎《あご》の先からぽたぽたと滴っていた。片目はすでに白く濁って、もう片方の目も真っ赤に焼けただれている。ついさっきまでは感服するほど端整だった目鼻立ちが、こんなにも変わってしまうとは。まるで画家が美しい絵の表面を濡《ぬ》れた汚いスポンジでこすったかのようだ。崩れて変色した、人間のものとは思えない恐ろしい面貌《めんぼう》。そばにいた使用人たちに、硫酸を浴びせられたときの模様だけ手短に説明した。彼らは賊を追って窓を通り抜け、芝生を駆けだしたが、外は暗いうえに雨が降りだしていた。復《ふく》讐《しゅう》の餌《え》食《じき》となった男爵は、苦痛の絶叫と襲撃者への罵《ば》倒《とう》を交互に繰り返していた。「あいつだ！　性悪女のキティ・ウィンターだ！　ちくしょう、あのあばずれめ！　ただで済むと思うなよ！　ひねりつぶしてやる！　ううっ、痛い。我慢できない！」

　私は顔全体に大量のオイルを塗って、皮膚がむけた箇所に脱脂綿をあてがい、痛み止めのモルヒネを注射してやった。この衝撃的な事態で私を疑うどころでなくなったのか、男爵は私の腕にすがりついて、私ならなんでも治せると信じているかのように、死んだ魚に似た濁った目でこちらを見上げていた。こんなひどい姿になったのは当人の悪行三昧《ざんまい》のせいにほかならないが、私がもしそれを忘れていたら、あまりの痛々しさに同情の涙を流しただろう。とはいえ、焼けつくような手にずっと腕をつかまれているのは気持ちのいいものではない。かかりつけの医師と専門医が相次いで現われ、ようやくお役御免になると、正直なところ内心ほっとした。警部も一人駆けつけたので、私は本物の名刺を渡した。偽物のほうを渡してもしかたない。スコットランド・ヤードでは私もホームズと同じくらい顔を知られているから、ごまかそうとしても無駄だ。そのあと、私は陰気な恐怖の館《やかた》を出て、一時間もしないうちにベイカー街に着いた。

　ホームズはいつもの椅子に座っていた。顔から血の気が失《う》せ、憔悴《しょうすい》した面持ちだった。怪我に加えて、今夜の出来事で鋼の神経もさすがに弱ってしまったのだろう。男爵の身に降りかかった突然の惨事について私が報告するあいだ、怖気《おぞけ》をふるった様子で聞いていた。

「罪の代償だね（訳注：新約聖書『ローマの信徒への手紙』六章二十三節〝罪が支払う報酬は死です〟より）。やつは報いを受けたのさ！」とホームズは言った。「遅かれ早かれ、代償は支払わねばならない。死をもって償うべき罪を重ねてきた男にとうとう天罰が下ったんだ」テーブルから一冊の茶色いノートを取りあげて続ける。「ほら、あの女性が話していた日記だ。これで婚約破棄に持っていけなければ、完全にお手上げだが、きっと効果を発揮してくれるだろう。いや、必ずうまく行くよ、ワトスン。自尊心のある女性なら耐えられない」

「あの男の恋愛日記か？」

「恋愛というより性愛だな。ま、呼び方はどうでもいいさ。とにかく、日記の存在を聞かされた瞬間、こっちの手に渡れば最強の武器になると考えた。彼女から話が漏れるといけないので、あの場では黙っていたけどね。どうすれば手に入るか思案していたところへ、例の襲撃事件が起きた。男爵を油断させる絶好の機会がめぐってきたんだ。うまく手回しして、事は順調に運んでいった。本当はもう少し時間をかけるつもりだったが、男爵がアメリカへ行くと知ったので、急ぐ必要が出てきた。身の破滅につながる文書を置いていくわけがないから、ただちに行動を起こさなくてはならない。

夜中に盗みだすのは無理だろう。向こうも用心しているはずだから。だが、宵の口に訪ねていって、やつの注意をほかへそらせば、成功の見込みはある。そこで、きみと青い小皿の出番となった。ただし、日記のありかを正確につかんでおく必要があるし、僕が使える時間はきみの中国陶磁器の知識に左右されるから、ほんの数分しかないのはわかっていた。例の女性を連れていこうと土壇場で決断したのは、それが理由だ。彼女がマントの下に大事そうに隠していた小さな包みの中身までは、さすがに見当がつかなかったよ。てっきり僕の仕事を手伝ってくれるものと思っていたが、彼女には彼女の仕事があったわけだ」

「男爵はぼくがきみに送りこまれたと見抜いたよ」

「懸念していたとおりになったか。それでも、僕が日記を手に入れるまでの時間稼ぎにはなったよ。見とがめられずに逃げだすだけの暇はなかったけどね。ああ、これはサー・ジェイムズ、ようこそお越しくださいました！」

呼び出しを受けていたらしく、優雅な我らが依頼人デマリー大佐がご登場あそばした。

彼はホームズが事件の顚末《てんまつ》を語るあいだ、真剣に耳を傾けていた。

「驚異的な腕前だ――お見事です！」一部始終を聞き終えると、大佐は感嘆の声をあげた。

「しかし、あの男がワトスン博士の言われたようなひどい怪我を負っているなら、そんなおぞましい日記を使わずとも結婚を阻止する目的は達せられるのでは？」

ホームズは首を振った。

「ド・メルヴィル家の女性はそれくらいではあきらめません。あの男がどんな姿になろうと、嫌うどころか受難者としてあがめ、いっそう深く愛するでしょう。ですから、このままではまずいのです。われわれが暴いてみせなければならないのは、やつの外見上ではなく内面の醜さです。この赤裸々な日記を読めば、ヴァイオレット嬢も目が覚めるでしょう——逆に言えば、彼女を踏みとどまらせてくれるものはこれ以外にありません。なんといっても本人の直筆ですから、さすがの令嬢も見過ごせないでしょう」

サー・ジェイムズはその日記と貴重な小皿を手に帰っていった。私もすっかり長居したのでそろそろ引き揚げなければと、一緒に玄関を出た。通りでは四輪箱馬車が待っていた。サー・ジェイムズがそれに飛び乗り、花形帽章（訳注・イギリス王室の従僕であるしるし）をつけた御者に慌ただしく行き先を告げると、馬車は矢のように走り去った。サー・ジェイムズは外套《がいとう》の裾《すそ》を窓の外にさっと垂らして、馬車の横に描かれた紋章をさりげなく隠そうとしていたが、玄関の明かり採り窓から漏れる光で一瞬はっきりと見えた。私はあっと息をのんで、二階のホームズのもとへ引き返した。

「サー・ジェイムズの依頼人の正体がわかったよ、ホームズ」私は興奮して、息をはずませながら言った。「なんと、それは——」

ホームズが片手をあげて制した。「サー・ジェイムズの誠実な友人にして、騎士道精神を持った紳士。僕らにはそれだけわかっていれば、充分じゃないか。これからもずっとね」

非道なおこないの軌跡である日記が誰にどう使われたのかは知らない。きっとサー・ジェイムズがうまく役立てたのだろう。でなければ、繊細な問題がからむため、令嬢の父親に扱いが委《ゆだ》ねられたとも考えられる。いずれにせよ、望みどおりの効果を発揮してくれたことは事実である。三日後、〈モーニング・ポスト〉紙に、アデルバート・グルーナー男爵とヴァイオレット・ド・メルヴィル嬢の結婚は白紙に戻されたとの記事が掲載された。同紙ではさらに、硫酸を投げつけて重罪に問われたキティ・ウィンターの刑事裁判についても報じられた。結果的に情状酌量の余地が多分に認められ、あのような犯罪にもかかわらず、のちのちまでの語り草になりそうなほど軽い判決が下された。シャーロック・ホームズも住居侵入罪で起訴されてもおかしくなかったのだが、正義感から生じた行動であり、しかも依頼人が著しく高名な人物だったため、厳格なイギリスの法律が今回ばかりは寛大にも情けをかけてくれたようだ。私の友人はいまだ被告席に立たされていない。

三破《さんは》風《ふ》館《かん》

私がシャーロック・ホームズ氏とともに挑んだ冒険は数あれど、三破風館にまつわる事件ほど唐突な、しかも劇的な幕開けとなったものはないだろう。

ホームズと会うのは久しぶりで、彼が近頃どういう仕事に取り組んでいるのか、まったく知らなかった。そんな私には幸いなことに、その朝の彼は雑談を楽しみたい気分だったようで、パイプをくわえて暖炉の片側の椅子で丸まったまま、私に反対側の使い古した低い肘掛《ひじかけ》椅子を勧めた。客が突然やって来たのは、ちょうど私が腰を下ろしたときだった。いや、客ではなく、怒れる雄牛と呼んだほうが、そのときの模様をより明確にお伝えできるのではなかろうか。

だしぬけにドアが勢いよく開いて、巨漢の黒人が部屋に飛びこんできた。あれほど恐ろしい形相でなかったら、喜劇の一幕に見えたかもしれない。灰色の派手なチェック柄のスーツを着て、サーモンピンクのネクタイを胸元に垂らした、なんとも面妖《めんよう》な恰好《かっこう》だったのである。男は鼻のつぶれた大きな顔を突きだすと、怒りをくすぶらせた敵意の目で私たちを一人ずつにらみつけた。

「おい、どっちの旦那《だんな》がホームズさんだ？」

ホームズが気だるげにほほえんで、パイプを軽くあげて見せた。

「ほう！ あんたがご当人か」客はそう言って、薄気味悪い忍び足でテーブルをまわりこんできた。「いいか、ホームズさんよ、おせっかいはやめるんだな。他人がなにをやろうと放っとけってことだ。わかったか？」

「続けてくれ」ホームズは言った。「なかなか面白い」

「面白いだと？ ふざけやがって！」粗野な男がうなり声をあげた。「ふん、おれがちっとばかりかわいがってやれば、面白がる余裕なんか吹っ飛ぶさ。あんたみたいなやつには前にも焼きを入れたことがあるんだぜ。あんときの顔はちっとも面白そうじゃなかったがな。ほら、こいつを見ろ！」

男はごつごつした大きな握り拳《こぶし》を私の友人の鼻先に突きつけた。すると、ホームズはそれを興味深げにしげしげと眺めた。

「この手は生まれつき？ それとも、だんだんこうなったのかい？」

ホームズのいささかもひるまない落ち着き払った態度のせいか、それとも私が暖炉の火かき棒をつかんだかすかな音を聞きつけたせいか、いずれにせよ、客は勢いを多少そがれたようだった。

「まあ、いい、とにかく警告はしておいたからな。おれの仲間にハロウの件にからんでるやつがいて——なにが言いたいかはわかるはずだ——あんたに首を突っこまれちゃ迷惑なんだとよ。聞こえたな？　いいか、そっちが遠慮しないなら、こっちも遠慮しないぜ。ちょっとでもよけいなまねをしてみろ、おれ様が相手になってやる。忘れるなよ」

「きみには一度会ってみたいと思っていたんだ」ホームズは言った。「汗臭いようだから椅子は勧めないでおくが、きみはプロボクサーのスティーヴ・ディクシーで間違いないね？」

「ああ、間違いなくそいつはおれの名だ。言っとくがな、いつまでも生意気な口をきいてると、そのプロボクサーにぶん殴られるはめになるぜ、ホームズの旦那」

「そっちこそ、大きな口を叩《たた》くのはやめるんだな」ホームズは相手の口元をにらんで言い返す。「ところで、確かホルボーン・バーの前で若いパーキンズってやつを殺したのは——おや、どうかしたのかい？　もうお帰りかな？」

客は急に後ろへ飛びのいて、顔が鉛色に変わった。「そんなつまらない寝言に耳を貸す気はないぜ。おれはパーキンズとなんの関係もない。あの坊やがもめ事に巻きこまれてたとき、おれはバーミンガムのブル・リングで練習してたんだからな」

「だったら治安判事の前でそう言ってみればいい、スティーヴ。僕はきみとバーニー・ストックデールにずっと目をつけて——」

「勘弁してくれ！　ホームズの旦那、ほんとに——」

「もうけっこう。さっさと出ていくがいい。きみに用があるときは、こっちからつかまえに行くよ」

「じゃ、これで失礼するぜ、ホームズの旦那。ここにお邪魔したことは水に流してくれるんだろ？」

「それはできない相談だな。誰の差し金なのかしゃべるなら、話は別だが」

「そんなことでよけりゃ、いくらでもしゃべるよ。秘密でもなんでもないから。さっき旦那が挙げた名前の男だよ」

「やつは誰に命じられた？」

「そこまでは無理だよ。おれはなにも知らない。あいつにはただこう言われただけだ。『スティーヴ、ホームズさんのところへ行って、ハロウの件にちょっかいを出したら命はないと伝えてきな』って。嘘じゃないぜ」

男はそう答えたあと、これ以上なにか訊《き》かれる前に、入ってきたときと同じ勢いで飛びだしていった。ホームズはくっくっと笑いながら、パイプの灰を叩き落とした。

「ワトスン、あいつのくせっ毛頭をかち割らないでくれて、ほっとしたよ。きみが火かき棒をつかんだのは知っていたが、実はスティーヴのやつ、図体《ずうたい》は大きいが害はないんだ。あれはただの空威張りさ。強がっているわんぱく坊主とおなじだから、さっき見たとおり、ちょっと脅されただけですぐに腰が引ける。スペンサー・ジョンの一味で、最近の悪事にも加担しているが、そっちのほうは暇ができたら僕が速やかに片付けるつもりだ。兄貴分のバーニーはスティーヴとはちがって抜け目ないところがある。連中がおもに手を染めているのは暴行や脅迫といったあたりだな。で、ぜひとも知りたいのは、ここへ乗りこんでくるようやつらをけしかけたのは誰なのかってことだ」

「それにしても、なぜ脅してまできみを追い払いたいんだろう？」

「ハロウ・ウィールド事件を重視している証拠だね。本腰を入れて調べることにしよう。相手がここまで手間をかけるくらいだから、なにか特別な深い事情があるにちがいない」

「どういう事件なんだい？」

「それを話そうとしていたときに、さっきの滑稽《こっけい》な邪魔が入ってね。これを読んでみたまえ。メイベリー夫人からの手紙だ。きみが同行してくれるなら、先方に電報で知らせて、ただちに出かけたい」

　シャーロック・ホームズ様

　この屋敷では立て続けに不思議なことが起きているものですから、ご意見をお聞かせいただけますと幸いです。明日は一日在宅しております。屋敷はウィールド駅から歩いてすぐの距離です。実は、わたくしの亡き夫モーティマー・メイベリーも、以前ホームズ様にお世話になりました。どうかよろしくお願い申しあげます。

メアリー・メイベリー

差出人の住所は、〝ハロウ・ウィールド、三破風館〟となっていた。

「というわけなんだ、ワトスン。きみの都合がつくなら、一緒に出発しようじゃないか」

短い汽車の旅と、それよりさらに短い馬車の旅で、目的地の屋敷に着いた。草ぼうぼうの敷地に建つ、レンガと木材を組み合わせた家だった。上階の窓の上に三箇所、申し訳程度に小さく突きだしている破風が、この家に〝三破風館〟の名がついたゆえんだろう。裏手は物寂しい貧弱な松林になっており、全体的にみすぼらしくて陰気に見えた。ところが、外観の印象とはちがって、家の内部は趣味のいい立派なしつらえだった。私たちを迎えてくれた年配の婦人もにこやかで品があり、洗練された物腰に教養がにじみ出ていた。

「ご主人のことはよく覚えていますよ」ホームズは言った。「ただ、ちょっとした件で相談を受けたのは、もう何年も前のことですが」

「でしたら、息子のダグラスの名前のほうがなじみがおありでしょうか？」

ホームズは興味津々の顔で夫人を見た。

「これはこれは！　ダグラス・メイベリー君のお母上でいらっしゃいましたか。彼とは多少のつきあいがありましたが、ロンドンじゅうで知られているだけあって、素晴らしい青年でした。いまはどちらに？」

「亡くなりましたわ、ホームズさん。亡くなったんです！　大使館員としてローマにおりましたが、先月、肺炎でこの世を去りました」

「心からお悔やみ申しあげます。彼のような人がそんなことになるとは信じられない思いです。あれほど生気にあふれた熱血漢はほかにいませんでした。いつも活発で、まさに人生を謳歌《おうか》していたというのに！」

「活発すぎたんでしょうね。そのせいで壊れてしまったんですわ。ホームズさんが覚えていらっしゃるのは、屈託がなくて何事にも前向きだった昔のあの子。むっつりふさぎこんで、不機嫌そうな顔ばかりするようになってからは、お会いになっていらっしゃらないと思います。息子は絶望していました。勇敢で頼もしい自慢の我が子は、たったひと月ですっかり変わってしまい、くたびれきって、ひねくれた人間になってしまったんです」

「失恋でしょうか。女性問題を抱えていたのかもしれませんね」

「でなければ、悪霊に取りつかれたんでしょう。まあ、いけない。ホームズさんにお越しいただいたのは息子の話をするためではございませんでしたわね」

「ワトスン博士と僕で、ご用件を承ります」

「少し前から、変わった出来事が続いているのです。この家に住んで一年以上経ちますが、静かな隠居生活を送りたくて、ご近所づきあいもほとんどございません。三日前、家屋周旋屋だという男性が訪ねてきました。その方によれば、顧客の要望にこの屋敷がぴったり合うため、手放す気があるならどんなに高くても買い取る、とのことでした。うちと同じ程度の家はいくつも売りに出ていますので、考えてみれば妙な話ですけれど、不思議に思いながらも自然と興味が湧きました。それで、試しに購入価格より五百ポンド高い金額を出してみたのです。そうしましたら、先方はそれで手を打とうと即答なさったあとに、客は家財道具も一緒に買い取ることを希望しているので、そちらについての値段も提示してほしいとつけ加えました。ご覧のとおり、ここにはわたくしが実家から持ってきた家具もございまして、どれも上等ですから、かなり強気な金額を申しました。そして、それも即答で話が決まったのです。わたくしはかねがね旅に出たいと思っていましたし、契約は願ってもない好条件。それだけの大金があれば、誰にも頼らず一生気ままに暮らしていけるでしょう。

　昨日、その方が取引条件をすべてまとめた契約書を届けに来られました。それをハロウにお住まいのわたくしの弁護士、スートロさんに見ていただいたのですが、おかげで命拾いしましたわ。お読みになったあとにスートロさんはこうおっしゃったのです。『なんとも奇妙な内容だ。こんなものにサインなさったら、法律上、奥さんは家からなにひとつ持ちだせなくなりますよ――普段お使いの身の回り品すらも』と。夕方に周旋屋の方がまたおみえになったとき、わたくしはそのことを指摘して、売るのは家具だけのつもりだったと申しました。ところが、次のようなやりとりになりまして。

『そういうわけにはいきません。すべて引き渡していただきませんと』

『衣類もですの？　装身具は？』

『それじゃ、まあ、身の回り品に関しては少しくらいなら譲歩しましょう。ただし、持っていかれる前にどういう物か必ず確認させていただきます。買主のお客様はたいそう太っ腹ですが、気難しい面もお持ちで、なにかにつけて自分の流儀を押し通したがりましてね。全部手に入れるか、なにも手に入れないかのどちらかだというお考えなのです』

『では、なにも手に入れないほうに決まりましたわね』わたくしはそう申して、結局この話はなかったことになりました。でも、どこを取ってもおかしなことばかりでしたので、わたくしは考え――」

ここで、きわめて珍しい邪魔が入った。

ホームズが手をあげて話をさえぎったのだ。それから大股《おおまた》で部屋を横切っていくと、ドアをすばやく開け、長身で痩《や》せた女の肩をつかんで室内へ引きずりこんだ。女はぶざまにもがいて、耳ざわりな声でやかましく叫び、まるで小屋から引っ張りだされる巨大な鶏のようだった。

「放して！　いきなりなんなのよ！」女は金切り声で抗《あらが》った。

「まあ、スーザン。どういうことなの？」

「お客様がお昼を召しあがっていかれるのか、うかがいに来ただけなんです、奥様。そうしたら、この方が急に飛びかかってきて」

「この女がいるのは五分も前からわかっていたが、話が佳境に入っていたので本当は中断したくなかった。おや、スーザン、ぜいぜいいっているね。その息遣いだと、立ち聞きには向かないんじゃないか？」

スーザンはふくれっ面をしながらも、驚いた目でホームズを見た。

「どこの誰だか知らないけど、どうしてあたしをこんな目に遭わせるの？」

「きみのいる前で、奥様に尋ねたいことがあっただけだよ。ミセス・メイベリー、僕に手紙を書いて相談しようとしていたことを、どなたかに話されましたか？」

「いいえ、ホームズさん、どなたにも」

「手紙を出しに行ったのは誰です？」

「スーザンですわ」

「やはりそうでしたか。スーザン、奥様が僕に相談なさることを、手紙を出すかメッセージを送るかして誰かに伝えたね。誰だ？」

「でたらめ言わないで。誰にも伝えてないわ」

「なあ、スーザン、呼吸器が弱いんじゃ天に召される日もそう遠くないかもしれないよ。嘘をつくなんて悪い人間のやることだろう？　さあ、答えるんだ。誰に伝えた？」

「答えなさい、スーザン！」女主人がぴしゃりと言った。「わたくしを裏切るなんて、よくもそんな恩知らずなことを。そういえば、思い出したわ。垣根越しに誰かと話していたじゃないの」

「そんなのあたしの勝手でしょ」女がふてくされて言う。

「話していた相手はバーニー・ストックデールだろう？」とホームズ。

「あら、知ってるなら、わざわざ訊《き》くことないんじゃない？」

「おかげで推測が確信に変わったよ。じゃあ、スーザン、バーニーの背後に誰がいるのか教えてくれたら、ご褒美は十ポンドだ」

「ふん、十ポンドくらいじゃねえ。誰かさんなら千ポンドははずんでくれるよ」

「なるほど、金まわりのいい男か。おや、笑ったな――じゃあ、金まわりのいい女だ。どうだい、もうここまで来たんだから、名前も出してしまわないか？　十ポンド稼げるよ」

「誰があんたになんか。地獄に落ちな」

「まあ、スーザン！　なんですか、その言葉遣いは！」

「こんな家、さっさとやめてやる。もうたくさん。荷物は明日《あした》取りに来させるから」スーザンは戸口へ駆けていった。

「さよなら、スーザン。苦しいときはアヘン安息香チンキが効くよ」とホームズ。女が真っ赤な顔でかっかしながら出ていったあと、ホームズは急に朗らかな表情から真剣な表情に変わった。「さて」と話を続けた。「連中は本気のようですね。動きが素早いではありませんか。奥さんの手紙の消印は午後十時ですが、その情報はすぐさまスーザンからバーニーに伝わり、バーニーは雇い主である黒幕のところへ指示を仰ぎに行った。すると黒幕の人物――僕が鎌をかけて〝男〟と言ったら、引っかかったスーザンがせせら笑ったので、たぶん女でしょう――が計画を練った。その実行のため黒人ボクサーのスティーヴが呼びつけられ、翌朝十一時にはもう僕のところへ押しかけてきた。実に手回しがいい」

「でも、なにが目当てなんでしょう？」

「そう、問題はそこです。この家の前の所有者はどういう人だったんですか？」

「引退した元船長で、ファーガスンさんといいます」

「その人になにか特殊な事情は？」

「特に聞いておりませんけれど」

「前の所有者が敷地内に埋めた物でもあるのかと思いましてね。もちろん、近頃では大金があれば郵便貯金に預けておくのが普通ですが、いつの時代にも変わり者というのはいますので。逆に、変わり者がいなくなった世の中はさぞかしつまらないでしょうね。とにかく真っ先に考えたのは、この土地に財宝が埋められている可能性です。しかし、仮にそうだとしても、なぜ家財道具まで欲しがるのか。もしや、ラファエロの絵やシェイクスピアのファースト・フォリオ判（訳注：シェイクスピアの戯曲をまとめて出版した最初の本）のような珍しい品をお持ちなのでは？」

「いいえ、珍しい品と呼べるのはクラウン・ダービーのティーセットくらいですわ」

「ううむ、それではこれだけの大きな謎とは釣り合わない。それに、なにが欲しいのかはっきり言わないのも気になります。そんなにティーセットが欲しいなら、譲ってくれと言って値段を交渉すればいいわけで、家ごとそっくり買い取るのはあまりに現実離れしている。やはり目当ては別の物だ。奥さんが知らずに所有していて、もし所有していることを知ったら絶対に手放さないなにかが、この家にあるんですよ」

「ああ、そうにちがいない」私は言った。

「ワトスン博士も同じ意見ということは、確定ですね」

「ホームズさん、いったいそれはなんでしょう？」

「では、純粋な思考分析で対象をどこまで絞りこめるか試してみましょう。この家に住んで一年くらいですね？」

「もうじき二年になります」

「それなら、なおいい。二年近くものあいだ、奥さんの所有物を欲しいと言ってくる者は一人もいなかった。ところが、三、四日前に突然、ぜひ売ってくれと熱心に話を持ちかける者が現われた。そこから考えられることは？」

「それがなんなのかはわからないが、最近この家に届いたばかりの物だろう」私は意見を述べた。

「よし、それも確定だ」とホームズ。「ミセス・メイベリー、届いたばかりのものはありますか？」

「いいえ、今年になってから新しく購入した物はなにもございません」

「おや！　それは不思議だ。ならば、もう少し明白な情報を得られるまで状況を見守ったほうがいいでしょう。あなたの弁護士は有能な方ですか？」

「スートロさんほど有能な方はいらっしゃいませんわ」

「メイドはほかにいますか？　さっき玄関のドアをバタンと閉めて出ていったスーザンだけですか？」

「もう一人、若いメイドがおります」

「そのメイドを使いに出して、スートロ氏に一晩か二晩、ここに泊まってもらうよう頼んでください。奥さんを守ってくれる人が必要になるかもしれませんので」

「誰から守るんですの？」

「さあ。この件はまだ輪郭がぼやけていて、はっきり見えませんのでね。連中の目的がつかめていないなら、反対側の端から糸をたどって中心にいる首謀者に行き着くしかない。例の周旋屋ですが、連絡先を残していきましたか？」

「いいえ、名刺には職業と名前だけでした。〝競売人および不動産鑑定人、ヘインズ・ジョンスン〟となっていますわ」

「人名録には載っていないでしょうね。まっとうな商売をしているなら、居所を隠すはずがない。さてと、またなにか変わったことがありましたら、お知らせください。この件はお引き受けしました。必ず解決してみせますので、お任せを」

玄関ホールを通り抜ける際、なにひとつ見逃さないホームズが、隅に積みあげられているトランクとケースの山に目を留めた。ぴかぴか輝く荷札がついている。

「〝ミラノ〟に〝ルツェルン〟か。イタリアからですね」

「亡くなったダグラスの持ち物ですわ」

「まだ荷《に》解《ほど》きなさっていないようですが、どのくらい前に届いたのですか？」

「先週です」

「しかし、さっきは――ともかく、これが鎖をつなぎ合わせる環《わ》になってくれそうだ。そこになにか貴重な物が入っているかもしれませんよ」

「そんなはずありませんわ、ホームズさん。ダグラスがもらっていたのはお給料とわずかばかりの年金だけです。高価な物を買うゆとりなどどこにあるでしょう」

ホームズは考えこんだ。

「ぐずぐずしてはいられません、ミセス・メイベリー」しばらくしてホームズが言った。「この荷物は急いで階上の奥さんの部屋へ運び、できるだけ早く中身を確認してください。また明日まいりますので、そのときに詳しくお話をうかがいます」

三破風館が監視されているのは明らかだった。庭の小道を先まで行って高い生垣を回りこんだとたん、物陰に立っている例の黒人プロボクサーと出くわしたのだ。こういう人けのない場所で突然目の前に現われると、かなり気味悪い物騒な姿に見える。ホームズはポケットを軽く叩《たた》いた。

「拳銃《けんじゅう》をお探しかい、ホームズの旦那《だんな》？」

「いや、香水瓶をね、スティーヴ」

「愉快な人だな、ホームズの旦那」

「そう言っていられるのもいまのうちだぞ、スティーヴ。こっちはいつでもおまえを追いつめられるんだからな。今朝、警告しておいたはずだ」

「そのことならじっくり考えましたよ、ホームズの旦那。パーキンズの件をこれ以上つつかれちゃかなわないんで、見逃してもらえませんかね。その代わりと言っちゃなんだが、旦那のお手伝いをしますんで」

「じゃあ、この仕事の裏にいる黒幕の名前を教えてもらおう」

「勘弁してくださいよ！　おれはもう正直に話したんですから。ねえ、ホームズの旦那、ほんとになにも知らないんですよ。バーニー兄貴の命令どおりにしてるだけです」

「ほう。だったら覚えておくがいい、スティーヴ。この家のご婦人はもちろん、屋根の下にあるものは一切合切、僕が保護していることをな。いいか、忘れるなよ」

「わかりましたよ、ホームズの旦那。覚えときます」

私たちは再び歩きだし、その場を去った。

「軽く揺さぶっただけで、心底おびえていたね、ワトスン」ホームズが言う。「もし黒幕が誰なのか知っていたら、口を割っていたんじゃないかな。僕はスペンサー・ジョン一味のことも、スティーヴがそこに属していることも知っていたから、それが功を奏したよ。さて、ワトスン、こういう事件にはラングデール・パイクがおあつらえ向きだ。これから会いに行ってくる。戻ってきたときには、もう少し事情がはっきりつかめているだろう」

その日はそれきりホームズの顔は見なかったが、私と別れたあとに彼がどう過ごしたかは容易に想像がついた。ラングデール・パイクといえば、世間を騒がす醜聞と名のつくものに関しては生き字引のような存在である。いつも物憂そうにしている風変わりな男で、その日起きてから次に寝るまでのあいだはずっとセント・ジェイムズ街のクラブで張り出し窓に面した席に陣取り、大都会ロンドンに飛び交うあらゆる噂話の受信機になったり発信機になったりしている。漏れ聞くところによれば、穿鑿《せんさく》好きな大衆におもねる低俗な新聞に毎週ゴシップ記事を寄稿し、四桁《けた》の金額を稼ぎだしているらしい。人々がひしめき合って暮らすロンドンの淀《よど》んだ深みに、渦巻きのような異変が少しでも生じれば、水面で待ちかまえるこの男の触角が必ず察知するわけだ。ホームズはパイクに差しさわりのない範囲で情報を渡し、相手も時たま同じ方法で返礼するという、いわば持ちつ持たれつの関係だった。

翌朝早くベイカー街を訪ねていった私は、ホームズの態度から万事順調らしいと感じて安心したが、そのあとに思いもよらない事態に度肝を抜かれるはめになった。それは電報の形で飛びこんできた。

至急来られたし。依頼人宅に夜盗。警察が捜査中。　スートロ

ホームズがひゅうと口笛を吹いた。「いよいよ事件の山場を迎えたぞ。予想よりも展開が速い。裏で働いている力がそれだけ大きいということだよ、ワトスン。もっとも、いろいろと話を聞いていたから、驚くには値しないがね。このスートロはむろんメイベリー夫人の弁護士だ。深夜の用心棒をきみに頼まなかったのは失敗だったかもしれないな。この弁護士はいわば〝折れかけの葦《あし》の杖《つえ》〟で、てんで頼りにならなかった（訳注：旧約聖書『イザヤ書』三十六章六節〝今お前はエジプトという、あの折れかけの葦の杖を頼みにしているが、それはだれでも寄りかかる者の手を刺し貫くだけだ〟より）。なにはともあれ、またハロウ・ウィールドまで足を運ぶしかない」

現地に到着すると、三破風館は前日の静かで落ち着いた状態が嘘のように騒然としていた。庭の門の外側には野次馬の小さな人だかりができ、内側では二人の警官が窓やゼラニ

ウムの花壇を調べている。家のなかへ入った私たちを白髪交じりの老紳士が迎え、弁護士だと名乗った。落ち着きのない赤ら顔の警部も出てきて、ホームズに昔ながらの友人のように挨拶《あいさつ》した。

「これはどうも、ホームズさん。せっかくですが、あなたの出番はないでしょうな。ありふれた単純な侵入盗ですから、捜査するのは古臭いわれわれ地元警察で充分ですよ。優秀な探偵さんの手を煩わせるまでもありません」

「それは頼もしいかぎりです」ホームズは言った。「ありふれた単純な侵入盗とおっしゃいましたね？」

「ええ、そうです。犯人の目星はついていますし、どこへ行けばつかまえられるかもわかっています。賊はバーニー・ストックデール一味ですよ。仲間に大男の黒人がいて――この近辺で目撃されているから間違いない」

「至極ごもっとも！　で、なにを盗んでいったんです？」

「たいしたものは盗んでいないようですな。メイベリー夫人がクロロフォルムを嗅《か》がされて、家のなかが――おっと！　奥さんだ」

つい昨日会った夫人が、ひどく具合の悪そうな青白い顔で、小柄なメイドにもたれかかるようにして部屋に入ってきた。

「ご忠告をいただきましたのに、面目ございませんわ、ホームズさん」夫人は弱々しく笑って見せた。「わたくしがいけないのです。スートロさんにご迷惑をおかけしたくなくて、用心棒をお願いしませんでした」

「今朝、初めて聞かされた次第でして」弁護士も横から説明する。

「どなたかに泊まっていただくようにとホームズさんが忠告してくださったのに、それに従わなかったから罰があたったんですわ」

「かなりおつらそうですね」ホームズは言った。「なにがあったのか話していただくのは無理でしょうか？」

「昨夜の出来事についてはここに細かく書いてありますよ」警部が分厚い手帳をぽんと叩いて見せた。

「お加減のすぐれないところ恐縮ですが、できれば奥さんご本人から――」

「お話しできることはたいしてございませんのよ。あの性悪なスーザンが手引きしたに決まっていますわ。押し入った者たちは家のなかの様子を隅々まで知っていたはずです。わたくしはクロロフォルムの布を口に押しつけられた瞬間までは覚えていますが、そのあとはどれくらいのあいだ意識を失っていたのか見当もつきません。気がついたときには男が一人そばにいて、もう一人がわたくしの息子の荷物から包みを奪って立ちあがるところでした。息子の荷物はいくつか開けられ、中身が床のあちこちに散乱していました。その人物が逃げようとしたとき、わたくしはとっさにベッドから起きあがって、飛びかかりました」

「なんという無茶なことを」警部が言う。

「必死でしがみついたのですが、振り落とされてしまいました。そこから先のことは覚えていません。たぶん、もう一人の仲間に殴られたのでしょう。物音を聞きつけたメイドのメアリーが窓の外に向かって大声で叫び、それで警察が駆けつけたのですが、泥棒たちは逃げたあとでした」

「なにを盗んでいったんでしょう？」

「よくわかりませんけれど、値打ちのある物ではないと思います。息子のトランクには貴重品など入っていないはずですから」

「連中は手がかりになりそうなものを残していきませんでしたか？」

「紙が一枚だけ。わたくしが相手の手から夢中でもぎ取ったようですわ。くしゃくしゃになって床に落ちていました。そこに書いてある文字は息子の筆跡です」

「要するに、あまり役には立たないってことですな」警部は言った。「泥棒が書いたものなら、いざ知らず――」

「それもまた至極ごもっとも！」とホームズ。「当たり前の常識です！　それでも、この目で確認しておきませんとね」

警部が手帳から折りたたんだフールスキャップ判の紙を取りだした。

「わたしは些細《ささい》な点もおろそかにはしません」警部は誇らしげに言った。「ホームズさんもそれを心がけるといいでしょう。警官歴二十五年のわたしが経験から学んだ教訓です。必ずや指紋などの証拠が出てくるものですからね」

ホームズは問題の紙をじっくり調べた。

「警部はこれをどう思われますか？」

「見たところ、奇妙な小説の結末という感じですな」

「確かに、奇妙な小説の結末と考えられます」ホームズは言った。「一番上に入っている数字にお気づきになったんですね。二四五ページか。残りの二百四十四ページ分の紙はどこだろう？」

「盗賊どもが持ち去ったんですよ。ふふん、こりゃまた、たいそう高価なものを手に入れたもんだ！」

「そんなものが目当てで泥棒に入ること自体、奇妙だと思いますがね。その点についてはどう説明します、警部？」

「いや、なに、慌てたせいで手近にあった物をつかんだだけですよ。いま頃は戦利品に大喜びしているでしょうな」

「でも、どうして息子の持ち物をひっかきまわしたんですの？」メイベリー夫人が首を傾げる。

「一階で目ぼしいものが見つからなかったんで、試しに二階も物色することにした、というところでしょう。わたしはそう読んでいます。ホームズさんはいかがですか？」

「あらためて全体をじっくり見直してみますよ、警部。窓のほうへ来てくれ、ワトスン」

私たちは窓辺に並んで立った。ホームズが紙を明かりにかざし、前のページから続いているとおぼしき文を読みあげた。

……顔は切り傷と殴打の痕《あと》で血まみれだったが、彼の心が流している血に比べれば微々たるものだった。命を捧《ささ》げても惜しくないほど愛している女性が、窓に麗しの顔《かんばせ》をのぞかせ、苦痛と屈辱に身もだえする彼を窓から見下ろしていたのだ。それも、薄笑いを浮かべて。ああ、なんということだろう！　自分を仰ぎ見る男に向かって、無慈悲な悪鬼のごとく冷たい微笑を浴びせるとは。その瞬間、愛が死んで憎しみが生まれた。男というのは生きる理由が必要な生き物だ。愛《いと》しい人よ、あなたの手に抱かれることがかなわないなら、あなたを破滅させ、我が復讐《ふくしゅう》を遂げるために生きていこうではないか。


「文法が怪しい」ホームズは笑顔で紙を警部に返した。「人称代名詞が途中で唐突に〝彼〟から〝我が〟に変わっているでしょう？　筆者は書いている物語に陶酔するあまり、クライマックスで自分自身が主人公のつもりになったようだ」

「なんともお粗末な作品ですな」警部は紙を手帳に戻しながら言った。「おや、お帰りですか、ホームズさん？」

「あなたのような腕利きの警部が事件を担当なさっているんですから、僕の出る幕ではないでしょう。ああ、そうそう、メイベリー夫人、旅に出たいとおっしゃっていましたね？」

「長年の夢ですの、ホームズさん」

「行き先はどちらがご希望ですか？　カイロ、マデイラ、それともリヴィエラ？」

「お金があったら、世界を一周したいですわ」

「世界一周の旅ですか。なるほど、それはいい。では、これで失礼するとしましょう。夕方に一筆書き送るかもしれません」

辞去したあと、窓の外を通るとき、警部がにやにや笑ってかぶりを振っているのがちらっと見えた。〝頭のいい人間ってのは、決まって変人だからな〟とつぶやく声が聞こえてきそうな表情だった。

ロンドン中心部の喧噪《けんそう》のなかに戻ってくると、ホームズが言った。「さて、ワトスン、僕らのささやかな旅はいよいよ終盤を迎えた。この事件は早いところ片付けたほうがいいから、きみにもあと少しだけおつき合い願いたいんだ。イザドラ・クラインのような婦人を相手にするときは証人がいたほうが安心だからね」

私たちは辻《つじ》馬車に乗って、グロヴナー・スクエアの某住所へと急いだ。その道すがら、じっと考えにふけっていたホームズが急に我に返った様子でこう切りだした。

「ところで、ワトスン、きみにも事件の全体像がはっきり見えているのかな？」

「いや、さっぱり見えない。この騒動の裏にいる婦人にこれから会いに行くんだろうなとは思っていたが」

「大当たり！　だが、イザドラ・クラインと聞いて、ぴんと来ないのかい？　ほら、絶世の美女と謳《うた》われている女性だよ。あれほどの美人はなかなかいないだろう。生粋のスペイン人で、豪胆な征服者《コンキスタドール》（訳注：十六世紀に中南米のアステカ王国やインカ帝国などを征服したスペイン人）の正統な血を引いていて、ペルナンブコ（訳注：ブラジル北東部の州）を何代にもわたって統治してきた一族の出身だ。年老いたドイツ人の砂糖王、クライン氏と結婚し、現在は世界一の財産と世界一の美貌《びぼう》を持つ未亡人となっている。そんなわけで、好みに合う相手と気ままな情事を存分にお楽しみ中だ。愛人は大勢いて、そのうちの一人がロンドンの社交界きっての人気者、ダグラス・メイベリー青年だった。しかし、彼にとってはただの気ままな情事ではなかった。しょっちゅう浮名を流すような遊蕩児《ゆうとうじ》とはちがって、誇り高く一途《いちず》な面があり、なにもかも捧げ合うのを理想とする男だからね。だが、女のほうは文学でおなじみの〝つれなき美女《La Belle Dame sans Merci》〟（訳注：イギリスの詩人ジョン・キーツが一八一九年に同名の詩を発表しているが、その由来となったのはフランス中世の詩人アラン・シャルティエの作品）。移り気だから、気まぐれに始めて、満足したらさっさと切り捨てる。聞き分けのない相手には、あきらめるまで痛い目に遭わせることも辞さない」

「じゃあ、あの物語は彼自身の――」

「そうとも！　やっと見えてきたようだね。あの女ときたら、今度は息子ほども歳の離れた若いローモンド公爵と再婚する気らしい。年齢の問題だけなら公爵のご母堂も目をつぶるかもしれないが、大きな醜聞が発覚すれば話は別だろう。イザドラ・クラインにとって差し迫った問題――ああ、着いた！」

広い角地に建つ、ウェスト・エンドでも群を抜いた豪邸だった。自動人形のような従僕名刺を受け取って奥へ引っこんだが、戻ってくると、奥様はお留守ですと言った。

「では、お帰りになるまで待たせてもらおう」ホームズが陽気に言った。

機械仕掛けに不具合が生じたのか、従僕の顔色が変わった。

「あなた様にはお会いにならない、という意味でお留守と申しあげたのです」

「それは好都合」とホームズ。「待つ必要はなくなったんだからね。奥様にメモを渡してくれないか？」

ホームズは手帳から破り取ったページに短く走り書きして、折りたたんでから従僕に渡した。

「なんて書いたんだい、ホームズ？」私は訊《き》いた。

「ごく簡単に、〝では、警察沙《ざ》汰《た》になってもかまいませんね？〟とだけ。きっとなかへ通してもらえるだろう」

そのとおりになった――しかも、さっきの対応が嘘のような迅速さで。一分後には、アラビアン・ナイトの世界のような広々とした豪華絢爛《けんらん》な客間へ案内されていた。照明を半分落としてあるので薄暗く、ところどころにピンクの電灯がともっている。絶世の美女と呼ばれるほどであっても、薄暗がりのほうがありがたい年齢に差しかかったということだろう。私たちが入ってきたのを見て、家の主《あるじ》は長椅子から立ちあがった。背が高く、均整の取れた完璧《かんぺき》な体形で、女王然とした威厳をまとっている。仮面のような美貌をこちらに向けた彼女は、スペイン人らしい魅力的な瞳《ひとみ》でホームズと私を殺意をこめて射抜いた。

「突然押しかけてきたうえに、こんな失礼なメッセージをよこすなんて、いったいなんのおつもり？」そう言って、さっきの紙切れを掲げて見せた。

「説明するまでもないでしょう。あなたはすこぶる知性の高い方でいらっしゃいますから。もっとも、近頃はその知性もすっかり鈍っているようですね」

「あら、どうして？」

「ごろつきを雇って脅せば、僕がおとなしく引き下がるなどという的外れな判断をなさったからですよ。危険だからこそ闘志が湧くような人間でなかったら、こういう仕事はしていません。つまり、メイベリー青年の件をとことん調べてやろうという気にさせたのは、ほかでもない、あなただったわけです」

「なんのお話かさっぱりわからないわ。雇われたごろつきとやらが、わたしとなんの関係があるの？」

ホームズはうんざりした顔で相手に背を向けた。

「おや、あなたもその程度の方でしたか。だったら、もう用はありません。さようなら！」

「お待ちなさい！　どこへ行くつもり？」

「スコットランド・ヤードです」

私たちがドアへ向かいかけると、女は追ってきてホームズの腕にすがりついた。一瞬に

態度が鋼鉄からビロードに変わった。

「お二人とも、こちらにおかけなさいな。じっくり話し合ってみませんとね。ホームズさん、あなたになら正直に話したくなりましたわ。紳士らしい気概をお持ちでいらっしゃるようですから。女は敏感に見分けられるものですのよ。友人と呼ばせていただけるかしら？」

「こちらもそうするとは約束できませんよ。僕は法の番人たる立場ではありませんが、微力ながら正義を守っていく所存です。お話はうかがいましょう。僕がどう対処するかはあとでお伝えします」

「あなたのような勇敢な方を脅すなんて、浅はかなことをしたものだわ」

「なにより浅はかなのは、恐喝や裏切りなどなんとも思わないならず者の一団と関わりを持ったことですよ」

「まさか！ そんなことするもんですか。そこまで愚かじゃないわ。正直にお話しする約束ですから打ち明けますけど、バーニー・ストックデールと彼の妻のスーザンを除いて、わたしが雇い主だと知っている者は一人もいないはずよ。それに、まあ、あの夫婦にしても、今回が初めてじゃないんですし――」女はなまめかしく笑って、媚《こ》びるように上目遣いで見た。

「なるほど。飼いならしてあったわけですか」

「吠《ほ》えずに走る優秀な猟犬なの」

「そういう猟犬でも、遅かれ早かれ、餌をくれる飼い主の手に嚙《か》みつきますよ。今回の押し込み強盗で二人はつかまるでしょう。すでに警察が追っています」

「つかまったとしても、身から出た錆《さび》よ。あの人たちにはそのためにお金を払っているんだもの、こちらに飛び火する心配はないわ」

「僕が黙っていればね」

「あら、あなたはしゃべったりなさらないはずよ。紳士でいらっしゃるもの。これは女の秘密なのです」

「とにかく、まずはあの原稿を返していただきます」

女はくすくす笑いながら暖炉の前へ行くと、火かき棒で燃え殻の塊を突き崩した。「これのこと？　いいわよ、お返ししても」私たちの前に立ちはだかり、挑発的な薄笑いを浮かべている彼女は、貫禄《かんろく》があって妙にあだっぽかった。ホームズが対決してきた数々の犯罪者と比べても、この女ほど扱いづらい敵はいないのではなかろうか。が、私の懸念をよそに、ホームズは雑多な感情を完全に遮断していた。

「これであなたの運命は決まった」ホームズは冷ややかに申し渡した。「行動が早いのはけっこうなことですが、今回はやりすぎましたね」

女は音を立てて火かき棒を投げ捨てた。

「なんて強情な男！」と悔しそうに吐き捨てた。「じゃあ、どんな物語だったか話して差しあげればいいの？」

「僕がお話ししてもかまいませんよ」

「いいえ、これはわたしの視点で語らなければいけないわ、ホームズさん。人生を託した望みを、手が届く寸前に踏みつぶされかけた女の視点で。追いつめられた女が身を守って、どこがいけないの？」

「もとはと言えば、あなたが悪い」

「わかってるわ、そんなこと！　うぶで可愛かったのよ、ダグラスは。誘惑したくもなるでしょ？　でも、あいにくわたしの手に負えなくなってしまった。とうとう結婚したいと言いだして――結婚よ、ホームズさん。貴族でもお金持ちでもないのに、あきれたわ。彼は頑として譲ろうとしなかった。しつこくまとわりつくようになった。ちょっとかまってあげたら、すっかり勘違いして、これからもずっとわたしを独り占めできると思いこんだようね。冗談じゃないわ。我慢の限界だった。だからしかたなく、目を覚まさせてあげることにしたのよ」

「ごろつきどもを金で雇って、この家の前で殴らせた」

「あら、なにもかもお見通しですのね。そうよ、そのとおり。バーニーとその手下に彼を追い払ってもらったわ。少し荒っぽいやり方をしたのは認めますけどね。ところが、あの坊や、そのあとどうしたかご存じ？　紳士としてあるまじき行為だわ。わたしとのあいだのことをねちねちと小説に書いたのよ。もちろん、わたしは狼役で、彼は子羊役。登場人物の名前を変えてあっても、誰のことを指しているかはロンドンじゅうの人間にわかってしまうわ。ホームズさん、ひどい話でしょう？　どうお思いになります？」

「べつになんとも。彼には書く権利がありますので」

「イタリアの空気を吸いすぎて、昔のイタリア人のよこしまな気質に染まったんじゃないかしら。その小説の写しを手紙と一緒に送ってきたんですのよ。わたしをびくびくさせて、苦しめようという魂胆で。原稿は二部あると手紙に書いてありました。わたし用と出版社用だそうです」

「出版社に原稿がまだ渡っていないと思った根拠はなんですか？」

「どこの出版社か知っていましたの。あれは彼の書いた初めての小説ではありませんから。その出版社に問い合わせて、イタリアからなんの連絡もないことを確かめた直後でしたわ、ダグラスが急死したのは。でも、原稿がほかにもう一部この世に存在するかぎり、わたしの心はいっときも休まりません。本人の荷物のどこかに入っていて、近いうちにほかの遺品と一緒に母親のもとへ送り返されるでしょう。そこで、あの一味にひと仕事してもらったのです。まず、一人をメイドとして母親の家に送りこみました。できれば穏便に済ませたかった。嘘じゃないわ。本気であの家を家財道具ごと買い取るつもりでしたから。母親がどれほど高い値段を言ってきても。結局それがうまく行かなかったので、残りの手段を使うしかなかったのです。ホームズさん、ダグラスにはひどいことをしたと思っています。悔やまれてなりませんわ！　でも、将来の希望が粉々になりかけていたんですのよ。ほかにどうすればよかったんでしょう？」

ホームズは肩をすくめた。

「やれやれ。どうやら、またしても重罪事件を内々で処理しないといけないようだ。あなたにお尋ねしますが、一等船室で世界一周の旅をするには、どれくらいのお金がいりますか？」

女は驚いて目を丸くした。

「五千ポンドで足りるでしょうか？」

「ええ、それだけあれば」

「大変けっこう。では、五千ポンドの小切手にサインしてください。僕が責任をもってメイベリー夫人に届けましょう。あなたにはダグラス・メイベリー氏の母上に気晴らしをさせてあげる義務がありますからね。話は変わって──」ホームズは相手に人差し指を突きつけて警告した。「せいぜい用心なさい！　いつまでも刃物をおもちゃにしていると、そのきれいな手に傷がつくかもしれませんよ」

白面の兵士

我が友人ワトスンの思考は独創性に欠けるものの、少しくらいのことではびくともしないほど強固だ。その証拠に、手がけた事件の物語を自分で書いてはどうかと長いあいだわたしにしつこく催促していた。もっとも、そんなふうにせっつかれるはめになったのは、元はと言えば自分で蒔《ま》いた種かもしれない。以前から事あるごとに彼の書き方を皮相的だと批判し、世間の好みに迎合して無駄に飾り立てるあまり、事実と数字がおろそかになっているとこき下ろしてきたのだから。

「だったら自分で書いてみたまえ、ホームズ！」

ワトスンにそう言い返されたので、こうして自らペンを取ったわけだが、読者の関心を引き寄せる書き方がいかに重要か、早くも思い知らされている。これから紹介する事件は、たまたまワトスンの著作では取りあげられたことがないが、わたしの探偵歴のなかでも屈指の奇異な出来事であるから、必ずや関心を持っていただけるだろう。

この機会に、長年の親友であり伝記作者でもあるワトスンのことに少し触れておこう。

しばしば彼と二人一組で事件に臨んできたのは、単なる感傷や気まぐれからではなく、彼が際立った特徴の持ち主であるからにほかならない。謙虚な性格ゆえ、わたしの能力は多大に誇張して書く一方で、自身の取柄は極力目立たせないようにしているが、実はなくてはならない存在なのだ。もしも相棒がこちらの推論や行動計画を鋭く見抜いてしまう者だったら、やりにくくてしかたないだろう。新たな展開のたびに心底驚いているような、先のことをまるきり予測できない人物こそが、理想的な相棒なのである。

本題に入ろう。手帳の記録によると時は一九〇三年一月、すなわちボーア戦争が終結してまもないある日、ジェイムズ・M・ドッド氏の訪問を受けた。真っ黒に日焼けした、りりしい頑健そうな大男で、見るからに生粋のイギリス人という印象だった。その頃、我が良き友ワトスンはわたしのもとを離れて所帯を持ち、妻と暮らしていた。われわれの長い親交のなかで、ワトスンが勝手に決めて行動したのはあれ一回きりである。わたしは一人で客を迎えた。

いつものとおり窓を背にして座り、客には窓からの光がまともに当たる向かいの椅子を勧めた。ジェイムズ・M・ドッド氏の様子から、話をどう切りだそうか考えあぐねているのはわかったが、しばらくは助け舟を出さなかった。相手が黙っている時間は、わたしにとって観察の時間なのだ。むろん、依頼人にこちらの実力を見せつけておくほうが有利だから、観察で得た結論は少しばかり本人に披露してみることにした。

「南アフリカからお帰りになったんでしょう?」

「ええ、そうですが」依頼人の声から驚きが伝わってくる。

「義勇騎兵隊ですか？」

「そのとおりです」

「ミドルセックス（訳注：当時存在したイングランドの州のひとつで、シティ・オブ・ロンドンを含む）連隊ですね？」

「図星です。ホームズさんはまるで魔法使いのようだ」

きょとんとしている客に、わたしはほほえみかけた。

「いかにも勇壮活発な紳士が、この国の太陽では考えられないほどよく陽に焼け、ハンカチをポケットではなく袖口《そでぐち》にしまって登場なさったんですから、どういう方か見抜けないほうがおかしいでしょう。短い顎《あご》ひげを生やしておられるので、正規兵ではありません。服の形は乗馬用。ミドルセックス連隊についてですが、拝見した名刺によれば、シティのスロッグモートン街で株式仲買人をしていらっしゃるので、入隊先はあそこ以外にないでしょう」

「なにもかもお見通しでしたか」

「見ること自体は誰もがやっていることですが、僕の場合は見たものに注意を払う訓練をしてきたのです。それよりドッドさん、今朝こうして訪ねてこられたのは、観察法を議論するためではありますまい。タクスベリー・オールド・パークでなにがあったのですか？」

「ホームズさん、いったいなぜ――！」

「いや、それくらい容易にわかりますよ。便箋《びんせん》にその屋敷の名前が入っていましたし、非常に差し迫った感じの文面でしたので、突然の重大事で相談に来られたことは誰が見ても明らかです」

「なるほど、そう言われてみれば確かに。ただ、あの手紙を書いたのは昨日の午後で、そのあとさらにいろいろなことが起こりましてね。エムズワース大佐に叩《たた》きだされたりしなければ――」

「叩きだされた？」

「まあ、そう言っても大げさではないでしょう。情け知らずの石頭なんですよ、エムズワース大佐は。若い時分から軍隊で誰よりも規律にやかましかったし、乱暴な言葉遣いがまかりとおった時代でもありましたので。ゴドフリーのためじゃなかったら、あんな人には我慢できませんでしたよ」

「事情をきちんとご説明いただけるんでしょうね」

　わたしはパイプに火をつけ、椅子の背にもたれた。

　依頼人はにやりと笑った。

「てっきり、説明しなくてもすべてお見通しかと思ったものですから。では、実際にあったことだけをお話ししますので、それをどう解釈すればいいのかぜひ教えてください。寝つかれず悶々《もんもん》としながら夜通し頭をしぼったのですが、考えれば考えるほど突拍子もない話に思えてしまいまして。

ぼくはちょうど二年前、一九〇一年の一月に入隊して、ゴドフリー・エムズワースと同じ騎兵大隊の所属になりました。ゴドフリーはエムズワース大佐の一人息子です。クリミア戦争でヴィクトリア十字勲章に輝いた父親を持つだけあって、ゴドフリー本人も血気盛んな青年ですから、志願兵になるべくしてなったんでしょう。あの連隊で誰よりも気のいいやつでした。ぼくらは親しくなり、苦楽をともにするなかで厚い友情を築きました。いうなれば、一心同体です。軍隊ではそういう間柄がはかり知れない大きな意味を持ちます。一年にわたって過酷な戦場で、ともに危うい浮き沈みを乗り越えた戦友同士ですからね。ところがその後、プレトリア市の郊外にあるダイヤモンド・ヒル付近での戦闘中、彼は象撃ち銃で撃たれてしまいました。ケープ・タウンの病院とサウサンプトンから一通ずつ手紙が来ましたが、その後は音信が途絶えたきりです。なんの連絡もないんですよ、ホームズさん。一番の親友なのに、半年以上ものあいだ音沙汰《おとさた》なしとは。

戦争が終わると、連隊は全員イギリスへ引き揚げてきました。さっそくゴドフリーの父親に手紙を出して、友人の消息を尋ねましたが、梨のつぶてでした。少し日を置いてもう一度出すと、今度は返事が来たのですが、短くてぶっきらぼうな感じでした。ゴドフリーは世界一周の船旅に出ている、一年は戻らない。書いてあったのはたったそれだけです。

とうてい納得できませんでした。どこもかしこも不自然なことだらけですしね。あんな心根の優しい男が、こんなふうに親友を切り捨てるわけありません。それに、たまたま耳に入ったんですが、ゴドフリーはけっこう大きな遺産の相続人で、父親との折り合いがあまり良くなかったようなんです。父親がときどき居丈高になるので、気骨のあるゴドフリーは反抗心を抱いたんでしょう。とにかく、得心が行かなかったぼくは事の真相を突き止めようと決めました。ただ、二年も国を離れていたせいで、片付けなければならない用事がたまっていたものですから、今週になってようやく時間ができた次第です。今後はなにを差しおいてもゴドフリーの件に取り組み、必ず最後までやり抜きます」

　ジェイムズ・M・ドッド氏のような人物は、敵に回さないで友達にしておくほうが無難だろう。青い目は険しく、話しているときの力強い角張った顎はいかにも頑固そうだった。

「それで、どんな手を打ちました？」わたしは尋ねた。

「まず、ベドフォード州のタクスベリー・オールド・パークへ行って、彼の家がどんなところかこの目で確かめることにしました。前もって母親宛てに手紙を書いて――強情っ張りの父親はもうこりごりです――堂々と正攻法を試みました。ゴドフリーとは興味深い経験をいくつも分かち合った親しい仲で、そうした思い出話をぜひお母様にお聞かせしたい。たまたま近くまで行く用があるため、差しつかえなければ云々《うんぬん》かんぬん、といった調子で。そうしたら色よい返事が来て、どうぞ一晩我が家でお過ごしくださいとのことでした。それで、月曜日に出かけていったのです。

　タクスベリー・オールド・パークはたいそう不便なところでして、どこからも五マイルは離れていますし、最寄りの駅に着いても軽馬車一台いませんでした。しかたなくスーツケースを自分で持って歩いたので、着いた頃にはあたりが暗くなりかけていました。目的の館《やかた》は広大な庭園に囲まれた、不規則な形に広がる大きな建物でした。あらゆる時代のあらゆる建築様式がごたまぜになっていて、土台がエリザベス朝の半木骨造《ハーフティンバー》なら、玄関はヴィクトリア朝の柱廊といった具合です。内部はどの壁も羽目板とタペストリーだらけ。おまけにだいぶ色褪《いろあ》せた絵画もあちこちに飾られていました。影と神秘の館といったところでしょうか。建物と同じくらい古風なラルフという老執事がいます。彼の妻にも会いましたが、たぶんラルフよりさらに年上でしょう。昔はゴドフリーの乳母をしていたそうです。ゴドフリー本人から乳母のことは母親の次に好きだったと聞かされていたので、見た目は少し変わっていましたが、親近感をおぼえました。ゴドフリーの母親も人当たりのいい方で、好感を持ちました。物静かな、白くてちっちゃい二十日鼠のようなご婦人です。でも、大佐だけはどうにもそりが合いません。

なにしろ、会うなり口論になりかけたくらいですからね。その足で駅へ引き返したくなりましたよ。それでは大佐の思うつぼだと感じたので踏みとどまりましたが。まっすぐ書斎へ通されると、取り散らかった机の前に大佐が座っていました。背中の曲がった大柄な人物で、肌はくすみ、顎ひげは灰色でもじゃもじゃ。赤い血管の透けた鼻が禿鷲《はげわし》のくちばしのように突きだして、ふさふさの眉毛《まゆげ》の下から二つの灰色の眼がこちらをねめつけています。ゴドフリーが父親の話をする気になれなかったのもうなずけますよ。

『さっそくだが』耳障りな声でした。『ここへやって来た本当の目的を知りたいものだな』

奥様への手紙に書いてあるとおりです、と答えました。

『ああ、それは読んだ。アフリカでゴドフリーと知り合いだったとか。もっとも、きみが自分でそう言っているだけだがな』

『ゴドフリーからの手紙がポケットにあります』

『見せてもらおうか』

大佐は二通の手紙をちらりと見ただけで、無造作に投げ返してきました。

『ふむ、それで？』

『息子さんのゴドフリー君は大の友人です。ぼくらはたくさんの思い出という絆《きずな》で固く結びついています。急に音信不通になれば、いったいどうしたんだろうと心配になるのは当然ではありませんか？』

『そのことなら、すでに手紙を差しあげたはずだ。あれはいま、世界一周の航海に出ている。アフリカの戦地から戻ったあと、健康状態がすぐれなくてね。妻と話し合って、気分転換に適した環境でゆっくり静養させようということになったのだ。ほかにも息子のことを気にかけている友人がいたら、きみからそう説明してもらえるとありがたい』

『承知しました。では、船名と航路を教えていただけませんか？　旅の日程も。寄港地へ手紙を届けられるでしょうから』

ところが、ぼくの頼みは相手の神経を逆なでしたようでした。大佐は太い眉毛を目に覆いかぶさるほど寄せて、いらだたしげにテーブルを指で叩き始めたのです。しばらくして、チェスの対戦相手にきわどい一手を指されたあと、満を持して反撃に出ようという風情で顔を上げました。

『いいかね、ドッド君、そういうしつこい態度は相手の反感を買うだけだ。でしゃばるようなまねは慎んではどうかね』

『どうかご容赦を。息子さんを思うがゆえのことなのです』

『それはわかっている。だからこれまでは大目に見てきた。しかし、これ以上の穿鑿《せんさく》はお断りだ。どの家庭にもその家庭の事情がある。たとえ善意からのお尋ねであろうと、私事を他人に明かすわけにはいかんのだ。妻はきみからゴドフリーの過去の話を聞きたがっているが、現在と未来についてはどうか口にしないでいただきたい。根掘り葉掘り訊《き》いたところで無駄なばかりか、われわれにとって迷惑なだけなのでな』

そんなわけで、袋小路《ふくろこうじ》に突きあたってしまったんです。そこから先へは進めなくなりました。納得したふりをしていったん引き下がり、友人がどこでどうしているのか絶対に突き止めようと内心で誓うほかありませんでした。それにしても、気の滅《め》入《い》る晩でしたよ。大佐夫妻と三人、陰気な古臭い部屋で食卓を囲んだのですが、熱心に息子のことを尋ねてくる母親とは対照的に、大佐は不機嫌そうにむっつりとしていました。

ぼくはなにもかもうんざりしてしまったので、無作法でない頃合いを見計らって、早めに寝室に引き取りました。そこは一階にある大きながらんとした部屋でした。ほかの部屋と同じように薄暗くて陰気ですが、一年も南アフリカの草原で野営していた身には、どんな寝床でもかまいません。カーテンを開けると、窓越しに庭園が見えました。気持ちの良さそうな、明るい半月の夜でした。それから赤々と燃える暖炉の前に腰を下ろし、そばのテーブルのランプの明かりで憂さ晴らしに小説を読み始めました。そこへ、老執事のラルフが追加の石炭を運んできました。

『夜のあいだに足りなくなるといけませんので。こういう寒い季節ですし、この部屋は特に冷えこみます』

　用が済んだあとも、ラルフはぐずぐずして出ていこうとしません。どうしたんだろうと振り向くと、しわだらけの顔に物言いたげな表情を浮かべてぼくを見つめていました。

『失礼ながら、お客様、夕食の席で若旦那《わかだんな》のゴドフリー様の話をしておられたので、つい聞き耳を立ててしまいました。ご存じのとおり、妻は乳母をしておりましたし、わたくしも育ての親のようなものですので、特別な思いがございます。ゴドフリー様はさぞやご活躍でいらしたんでしょう』

『連隊で誰よりも勇敢な男でね。ぼくもボーア人のライフル銃に狙われたところを助けてもらったことがあるんだ。彼がいなかったら、ぼくはいま頃ここにはいないだろう』

　老執事は満足げに骨張った手をこすり合わせました。

『そうでしょう、そうでしょう。さすがはゴドフリー様。たいそう度胸がおありで、この庭園には登ったことのない木など一本もないほどでして。どんなときも決してひるまない活発な少年で――大きくなられてからも、まことに立派な青年でした』

　ぼくは反射的に立ちあがりました。

『ちょっと待て！　でしたと言ったね？　まるで彼が死んだみたいじゃないか。いったいどういうことだ？　ゴドフリー・エムズワースになにがあったんだ？』

肩をつかんで問いただすと、老執事は後ずさりしました。

『なんのことやら、さっぱり。ゴドフリー様のことは旦那様にお尋ねください。わたくしが口出しすることではございませんので』

立ち去ろうとする執事を、腕をつかんで引き止めました。

『おい、出ていく前にひとつだけ質問に答えてもらう。それが嫌なら、一晩中放さないからな。ゴドフリーは死んだのか？』

老執事は視線が定まらなくなり、催眠術にでもかかったかのように唇から言葉をほとばしらせました。思いも寄らなかった恐ろしい答えを。

『いっそ亡くなったほうがよかったんです！』そう叫ぶと、ぼくの腕を振りほどいて部屋から駆けだしていきました。

おわかりいただけるでしょうが、再び椅子に腰を下ろしたものの、心はざわつくばかりでした。老執事の言葉はただひとつのことを意味しているのでは？　友人はきっと犯罪に関与したか、少なくとも家名を汚すほど不面目な行為に及んだのだろう。そのため厳格な父親は醜聞が明るみに出ないよう息子を家から追い払い、どこかに隠れさせたのではないか？　もともとゴドフリーは無鉄砲な性格のうえ、まわりの者たちに影響されやすい。悪い仲間にそそのかされて、道を踏みはずしてしまった可能性がある。もしそうなら、はなはだつらいことだが、彼を捜しだして救いの手を差し伸べるのがぼくの務めだ。そんな考えが頭に渦巻いていたときでした。ふと顔を上げると、目の前にそのゴドフリー・エムズワースが立っていたのです」

感極まったのか、依頼人は口をつぐんだ。

「どうぞ続けてください」わたしは先を促した。「どうやらきわめて特異な出来事のようですね」

「ゴドフリーは窓の外にいました。窓ガラスに顔を押しつけるようにして立っていたんです、ホームズさん。ぼくが庭を眺めたときにカーテンを半分開けたままにしておいたので、そこが額縁のように彼の姿を浮かびあがらせていました。窓は床まであって、頭のてっぺんから爪先《つまさき》まで全身が見えたはずですが、ぼくの目は彼の顔に釘付《くぎづ》けでした。真っ白なんです――あれほど白い顔の人間は見たことがありません。幽霊かと一瞬思いましたが、視線がからみ合ったとき生きている人間の目だとわかりました。ぼくに見られていると気づいたとたん、彼は窓からぱっと飛びすさり、暗闇に吸いこまれました。

あの姿には心底ぞっとさせられました。闇に浮かぶチーズのような白く光る顔だけではなく、とらえどころのない感じが。こそこそして、やましそうな、妙に卑屈な態度は、ぼくの知っている正直でおおらかなゴドフリーとはあまりにかけ離れていたんです。そのことに言い知れぬ恐ろしさを感じました。

とはいえ、ボーア人を相手に一年も二年も戦っていたら、肝っ玉と行動力はいやでも鍛えられます。ゴドフリーの姿が消えた直後、ぼくは窓に飛びつきました。厄介な掛け金に少し手間取ってしまいましたが、なんとか庭へ駆けだして、彼が消えていったと思われる方向へ庭の小道を急ぎました。

道は延々と続いて、明かりも乏しかったのですが、前方になにやら動くものがぼんやり見えました。走りながら彼の名前を呼んでみましたが、返事はありません。とうとう小道のはずれまで来て、分かれ道に立たされました。それぞれ別の方角にある離れ屋に続いているようです。どっちへ行こうか迷っていると、ドアの閉まる音がはっきりと聞こえました。後方にある館《やかた》ではなく、前方の暗がりのどこかからです。ホームズさん、それで確信しましたよ。ぼくが見たのはやっぱり幻じゃなかったんだと。ゴドフリーがぼくから逃げ、どこかのドアを閉めたことも現実の出来事なんです。

ただ、それ以上はどうしようもありません。筋の通る説明を探し求めて、ああでもないこうでもないと悩みながら、眠れぬ一夜を明かしました。翌日になると、大佐の態度はいくぶん和らいでいました。奥さんも周辺の名所を教えてくださったので、もう一晩お世話になってもかまわないかと頼んでみました。その結果、不承不承という感じながら大佐の許しを得られ、丸一日じっくり調べまわれることになりました。ゴドフリーが近くに隠れているのは確かですが、それがどこなのか、そしてなぜなのかは未解決のままでした。

館は大きいうえに不規則に広がっているため、一個連隊分の人数が隠れていても気づかないのではないかと思うほどです。秘密が潜んでいるのだとしたら、突き止めるのは至難の業でしょう。でも、ドアの閉まる音がしたのは絶対に館ではありません。探索すべき場所は庭園です。そこならば、見つけだすのはわりあい容易に思えました。大佐夫妻も使用人たちもめいめい用事で忙しく、ぼくは好き勝手に動けそうでしたので。

離れ屋は小さいのがいくつもありましたが、庭の隅にひとつ、けっこう大きいのが建っていました。庭師や猟場管理人の住居という感じです。ドアの閉まる音がしたのはここだろうか。そう思いながら、気の向くままのんびり散歩しているふりをして近づいていったときです。いきなりドアが開いて、きびきびした小柄な顎《あご》ひげの男が出てきました。黒い服に山高帽というでたちからすると、庭師ではありません。驚いたことに、彼はドアに施錠して鍵《かぎ》をポケットにしまいました。そのあとぼくに気づくと、明らかな動揺の色を浮かべました。

『館に滞在中のお客様ですか？』と訊かれました。

そうです、ゴドフリーの友人でして、と答えてから、こう言い添えました。

『残念ですよ。ちょうど旅に出ているそうで。彼のほうもぼくに会いたかっただろうに』

すると、男はなんとなく後ろめたそうな表情になりました。

『それはお気の毒でした。また今度、時機を見てお越しになるといいでしょう』そう言って男は去っていきましたが、ぼくが振り返ると、向こうも庭の反対側で月桂樹《げっけいじゅ》の陰からこちらをうかがっていました。

通りかかる際、その建物をつくづく眺めました。分厚いカーテンが閉まっていて、窓越しになかをのぞくことはできませんでした。外から見るかぎりでは誰もいないようでしたが、相変わらず監視されている気配があったので、大胆な行動には出られません。見とがめられたら館を追いだされて、なにもかも台無しです。そのままぶらぶらと来た道を引き返し、暗くなるのを待って調査を再開することにしました。そんなわけで、あたりが夜のしじまに包まれると、寝室の窓からこっそり庭へ出て、問題の怪しい離れ屋へ忍び足で向かったのです。

分厚いカーテンが閉まっていたとお話しした窓には、しっかりと鎧戸《よろいど》まで下りていました。それでも一箇所、光の洩《も》れているところがあります。よく見ると、運のいいことに鎧戸に割れ目ができていて、しかもカーテンが閉まりきっていないため、その隙間から室内の様子がわかりました。なかなか居心地の良さそうな部屋でした。ランプが明るくともり、暖炉では火が燃え盛っています。真正面に、日中会った小柄な男の姿が見えました。椅子に腰かけてパイプをふかしながら、新聞を読んでいます」

「どこの新聞？」わたしは質問をはさんだ。

話をさえぎられて、依頼人は気を悪くしたようだった。

「それがどうかしたんですか？」と問い返してくる。

「きわめて重要な問題です」

「そこまでは気が回りませんでした」

「大判の新聞か、週刊紙に多い小さめの新聞か、覚えていませんか？」

「そう言われてみれば、大判ではありませんでしたね。〈スペクテイター〉かもしれません。でも、そんな細かいことを気にしている場合ではなかったんですよ。窓に背を向けて座っている、もう一人の男がいたので。あれは絶対にゴドフリーです。顔は見えませんでしたが、肩のあたりの線に見覚えがありました。ひどくふさぎこんだ様子で暖炉のほうへ身をかがめ、片手で頬杖《ほおづえ》をついています。どうしようかと迷っていたら、突然後ろから肩を強く叩《たた》かれました。いつの間にか、そばにエムズワース大佐が立っていたのです。

『さあ、こっちへ！』大佐は低い声で言うと、館に向かって黙々と歩きだしました。こちらもおとなしくあとをついて行くしかありませんでした。一緒にぼくの寝室へ入ると、大佐はホールから持ってきた鉄道の時刻表を開きました。

『午前八時三十分発のロンドン行きがある。八時に軽馬車を玄関に呼んでおく』

大佐は怒りで青ざめていました。ぼくもまずいことになったのはわかっていましたから、口ごもりながら詫《わ》び、友人のことがどうしても心配だったと、しどろもどろに苦しい言い訳をするのが精一杯でした。

『議論は受け付けんぞ』大佐はぴしゃりと言いました。『他人の家庭に土足で踏みこんだきみに弁解の余地などあろうはずがない。客として招かれておきながら、スパイのような卑劣なまねをするとは言語道断。話はこれで終わりだ。二度と顔を見たくない』

けんもほろろに突き放されては、さすがに黙っていられません。怒りにまかせて食ってかかりました。

『この目で息子さんを見たんです。あなたが無理やりゴドフリーを閉じこめて、世間の目から隠しているにちがいない。どうしてそんなことをするのか知りませんが、彼が自由を奪われた身であるのは明らかです。いいですか、エムズワース大佐、ぼくは友人の身の安全と自由を取り返すまでは決してあきらめません。最後まで追いかけて、必ず真相をつかんでみせます。あなたになにを言われようが、なにをされようが、屈するものですか』

大佐は悪鬼のような形相になりました。いまにも襲いかかってきそうでしたよ。痩《や》せてはいますが、上背があって気性の荒い男ですから、取っ組み合いになれば、決して弱くないぼくでも引き分けに持ちこむのがせいぜいでしょう。ところが、ぼくをしばらく憤怒《ふんぬ》の目でにらみつけたあと、急に背を向けて部屋を出ていったのです。翌朝、ぼくは指定された列車に乗りました。そしてロンドンに戻ると、手紙でお願いしていたとおりホームズさんの助言を仰ぐため、まっすぐこちらへうかがったわけです」

以上が、客から出された謎である。聡《さと》い読者ならばもうお気づきのように、この謎を解くのはさして難しくない。事の真相に至るまでに取りうる道がかぎられているからだ。しかしながら、初歩的な問題ではあっても、興味深い点や目新しい面が含まれているため、こうして記録に書き残しておくのも悪くないと判断した。ではこれから、わたしのいつもの論理的分析法によって、解答となりうる仮説を組み立てていこう。

「その館の使用人ですが、何人くらいですか？」わたしは依頼人に尋ねた。

「ぼくにわかっている範囲では、老執事とその妻だけです。二人ともつましい暮らしのようでした」

「では、庭の離れ屋には使用人を置いていなかったのですね？」

「ええ、一人も。例の小柄な顎ひげの男が使用人だったとは思えませんし。もっと身分が上のように見えましたから」

「大いに参考になります。館から問題の離れ屋へ食事が運ばれている様子はありませんでしたか？」

「そう言われてみれば、執事のラルフがバスケットを提げて、庭の小道を離れ屋のほうへ歩いていました。あのときは食べ物を運んでいるとは思いもしませんでしたが」

「現地でなにか調べてみましたか？」

「駅長と村の宿屋の主人から話を聞きました。戦友のゴドフリー・エムズワースのことでなにか知らないか、とだけ。二人とも、世界一周の船旅に出ていると答えましたよ。戦地から戻ったあとすぐに出発したとのことでした。どうやら、地元ではその話が広まっているようですね」

「あなたから不審な点については話していないんですね？」

「話していません」

「大変賢明なご判断でした。この件は詳しく調べてみなければ。一緒にタクスベリー・オールド・パークへ乗りこみましょう」

「これからすぐにですか？」

たまたま当時のわたしは、友人のワトスンが『アビイ・スクール』と題した、グレイミンスター公爵と密接にかかわる事件を手がけている最中だった。ほかにトルコ皇帝から依頼された喫緊の問題も抱えていて、放っておけば政治的にきわめて深刻な事態を招く恐れがあった。そのため、手元の記録によれば、ジェイムズ・M・ドッド氏とようやくベドフォード州へ赴いたのは次の週の初めになってからだった。馬車でユーストン駅へ向かう途中、鉄灰色の顔のいかめしい無口な紳士を乗せた。その人物とわたしのあいだではあらかじめ必要な打ち合わせが済んでいた。

「古い友人でしてね」ドッド氏にそう説明した。「彼の出番はまったくないかもしれないし、逆に鍵を握る重要な役どころを演じてもらうかもしれない。現時点ではこれ以上の詳しい説明は無用でしょう」

ワトスンの著作の愛読者ならば、捜査中のわたしはよけいな発言をしたり、むやみに考えを明かしたりしないことはよくご存じのはずだ。ドッド氏は驚いたようだったが、なにも言わなかった。そうして三人の旅が始まった。列車のなかで、わたしはドッド氏にあらためて事件について質問したが、それは連れの紳士に聞かせるためでもあった。

「寝室の窓越しに顔が見えたというお話でしたが、友人の顔だと確信できるほどはっきり見えたのですね？」

「あれがゴドフリーだったのは間違いありません。窓ガラスに鼻の先がくっつくほど近い距離でしたし、室内のランプの光がまともに当たっていましたので」

「他人の空似とは考えられませんか？」

「いいえ、絶対に彼でした」

「変わり果てた様子だったのでは？」

「色だけは。顔が――どう表現したらいいのかわかりませんが、魚の腹のように白かったんです。まるで漂白したように」

「顔全体が均等に白かったのですか？」

「そうではなかった気がします。一番はっきり見えたのは額でした。窓に押しつけていましたので」

「呼びかけてみましたか？」

「いいえ。びっくりするやら恐ろしいやらで声も出なくて。でも、前にお話ししたとおりすぐに彼を追いかけました。無駄足に終わりましたが」

　事件はもう解決したも同然だったが、最後の仕上げにひとつだけ簡単な仕事が残っていた。だいぶ長いあいだ馬車に揺られたあと、依頼人から聞いたとおりの不規則に広がった風変わりな古い館《やかた》に到着した。玄関に現われたのは老執事のラルフだった。馬車は一日貸し切りだったので、年配の友人にはわたしが呼ぶまで馬車のなかで待機してもらうことにした。

　しわだらけの小柄なラルフ老人は、黒い上着といい霜降り柄のズボンといい、型どおりの執事の服装だったが、一点だけ例外があった。茶色い革手袋をはめていたのだ。われわれを見るとすぐに脱いで、ホールのテーブルに置いた。友人のワトスンが書いていたと思うが、わたしの五感は異様に鋭い。ドアのなかへ通されると、かすかだが、つんとくる匂いを嗅《か》ぎ取った。ホールのテーブルから漂ってくるようだ。そこで、少し戻って帽子をテーブルに置き、そのあとわざと落とした。それを拾いあげようとかがんだ際、さりげなく鼻先を手袋に一フィートくらいまで近づけてみた。やはりこれだ。手袋からタールのような変わった匂いがしている。そんなわけで、書斎へ案内される頃には事件は解決していた。おっと、いけない。自分で執筆しているせいで、早くも種明かしをしてしまうところだった！ いつもワトスンが派手な大団円を演出できるのは、こういう鎖と鎖をつなぐ環《わ》を最後まで隠しておくからなのだ。

エムズワース大佐は書斎にいなかったが、ラルフにわれわれの来訪を知らされて急いでやって来た。廊下に重い足音が響いたかと思うと、ドアが勢いよく開き、顔をゆがめて顎《あご》ひげを逆立てた大佐が飛びこんできた。これほど恐ろしい形相の老人は見たことがなかった。大佐は持っていたわれわれの名刺をびりびりに破いて、靴で乱暴に踏みつけた。

「質《たち》の悪いおせっかい屋め、二度と顔を見たくないと言ったはずだ。厚かましく舞い戻ってくるとはどういう了見だ？ 今度わしに断りなく上がりこんだら、容赦せんぞ。銃弾をお見舞いしてやる！ ああ、そうとも、問答無用で撃つ。そっちの男もだ」大佐はわたしのほうを向いた。「あんたのあさましい稼業のことはよく知っている。ご自慢の手腕とやらはよそへ行って売りこむんだな。ここはあんたの出る幕ではない」

「引き下がるつもりはありません」わたしの依頼人は断固として言った。「ゴドフリー本人の口から、監禁されているのではないと聞かされるまでは」

　客嫌いの主人は呼び鈴を鳴らした。

「ラルフ、州警察に電話しろ。警部に頼んで、巡査を二人ばかりよこしてもらえ。屋敷に強盗が入ったと言うんだ」

「お待ちなさい」わたしは止めた。「いいですか、ドッドさん、エムズワース大佐は当然の権利を行使したまでで、われわれがこの家にとどまる法的根拠はありません。しかしながら、あなたの行動がひとえにゴドフリー君の身を案じるがゆえだということを、大佐に理解してもらうことも重要です。そこで提案したいのですが、エムズワース大佐と五分ほど話をさせていただけませんか？　きっと大佐のお考えが変わるでしょうから」

「そう簡単に変わるものか」老兵が口をはさむ。「ラルフ、早く言いつけどおりにせんか。なにをぐずぐずしている。警察に電話だ！」

「それはいけません」わたしはドアの前に立ちふさがった。「警察を介入させれば、大佐がなにより恐れておられる最悪の事態になりますぞ」手帳を出して、そこから破り取った紙にある一語を書き、エムズワース大佐に渡した。「ここへうかがったのは、そういうわけなのです」

　その紙を見つめるうちに、大佐の顔から潮が引くように険しさが消え、最後に驚愕《きょうがく》の表情だけが残った。

「なぜわかった？」椅子にどさりと腰を下ろし、老人はあえぐように尋ねた。

「真相を知るのが僕の仕事ですので。まあ、習い性といいますか」

大佐はごつごつした手で乱れた顎ひげをしごきながら考えこんだが、やがてあきらめたような身振りをした。

「しかたない、ゴドフリーに会いたければ勝手にするがいい。わしの本意ではなく、無理やりそうさせられたようなものだ。ラルフ、五分ほどしたらそっちへ行くとゴドフリーとケントさんに伝えてくれ」

その五分が経とうとする頃、われわれは庭の小道をたどって、ついに謎の離れ屋の前まで来た。戸口に小柄な顎ひげの男がひどくうろたえた様子で立っていた。

「ずいぶんとまた急なことで、エムズワース大佐。これまでの苦労が水の泡ではありませんか」

「致し方ないのだ、ケントさん。ここまで追いこまれては折れるしかない。ゴドフリーには会えるかね？」

「ええ、なかでお待ちです」男は後ろを向くと、先に立って質素な家具調度の広い部屋へ入っていった。一人の男が暖炉を背にして立っていた。わたしの依頼人はその姿を一目見るなり、両手を広げて駆け寄ろうとした。

「ゴドフリー！　ああ、久しぶりだね。会いたかったよ！」

ところが、相手は身振りで制止した。

「さわっちゃだめだ、ジミー。それ以上は近づかないでくれ。ほら、よく見るがいい！目を疑うだろう？これがB大隊の颯爽《さっそう》としたエムズワース兵長のなれの果てさ」

確かに異様な外見だった。以前はアフリカの太陽で褐色に焼けた、彫りの深い端整な顔だったのだろうが、いまはその浅黒い肌がまだらに白くなって、まるで脱色したかのようだ。

「このせいで人に会いたくないんだ」彼は言った。「きみならかまわないんだけどね、ジミー。ただ、連れの人がいないときのほうがありがたかったよ。理由があってのことなんだろうが、こっちも心の準備ってものが必要だからね」

「きみが元気かどうか、どうしても確かめたかったんだ、ゴドフリー。このあいだの晩、ぼくのいた部屋の窓に現われたね。あのときのきみを見たら、放っておけなくなって、どんな事情かはっきりさせずにはいられなかった」

「ラルフからきみが来ていると聞いて、一目でいいから姿を見たくなったんだ。でも絶対に気づかれたくなかった。窓を開ける音がしたから、一目散にこの隠れ家へ逃げこんだよ」

「それにしても、いったいどういうことなんだ？」

「まあ、たいして長い話じゃない」彼はそう言って煙草に火をつけた。「覚えていると思うが、プレトリア郊外のバッフェルスプルートで朝方に戦闘が起きたろう？　場所はイースタン鉄道沿い。ぼくがあそこで撃たれたことは聞いてるね？」

「ああ。詳しいことはなにも知らないが」

「ぼくを入れて三人が、ほかの仲間たちとはぐれてしまったんだ。あそこは起伏の多い地形だった。シンプスン――禿《は》げのシンプスンと呼んでいたやつだ――とアンダースン、それからぼくの三人。ボーア人どもを追いつめにかかっていたが、潜伏していた敵の攻撃を受けて、ほかの二人は命を落とした。ぼくも象撃ち銃の弾を肩に食らったが、馬にしがみついて全速力で逃げ、最後はとうとう気を失って馬の背から転がり落ちた。

　気がついたときには、もう日が暮れていた。立ちあがることはできたが、身体に力が入らないし気分も悪かった。そうしたら夢か幻か、すぐそばに家が建っていたんだ。広々したベランダつきの、たくさん窓のある大きな家が。とにかく寒かった。あそこは夜になると、しびれるような冷気が襲ってくる。霜の降りた晩のきりっとしたさわやかな寒さとはちがう、体温を根こそぎ奪っていく危険な寒さだ。ぼくは骨まで凍りついて、その家にたどり着く以外に助かる望みはないと思った。力を振りしぼってよろよろと立ちあがり、朦《もう》朧《ろう》とする意識で身体を引きずるようにして歩いていった。かろうじて覚えているのは、玄関前の階段をのろのろとのぼって、開けっぱなしのドアから入り、ベッドがいくつも並んでいる広い部屋にたどり着いたことだけ。ああ、助かったとほっとしながら、ベッドのひとつに倒れこんだ。誰かが使った形跡があったが、そんなことを気にしている場合じゃない。凍える身体で毛布をかぶると、あっという間に眠りに落ちた。

　目が覚めたら、朝になっていた。正気の世界に戻ったんじゃなくて、途方もない悪夢へ迷いこんでしまったような気分だった。アフリカの太陽がカーテンのない大きな窓から降り注いで、室内の隅々まで照らしていた。そこは白い漆喰《しっくい》の壁に囲まれた、広くて殺風景な共同寝室だった。目の前に誰か立っていた。頭だけがやけに丸くて大きい、子供みたいに小さな男だ。興奮してオランダ語でわけのわからないことをまくしたてながら、茶色い海綿みたいな両手を振りまわしている。彼の後ろにも何人かいて、こっちを面白そうに眺めているんだが、彼らを見たとたん心臓が縮みあがった。全員、身体のどこかがおかしな具合にゆがんだり膨れたりしているんだ。その集団が笑い声をあげると、なんともいえない気分に襲われたよ。

英語がわかる人間は一人もいないようだったが、事情を明らかにしないわけにはいかなくなった。頭の大きな男がとうとう怒りをつのらせて、野獣めいた怒号とともに変形した手でつかみかかってきたんだ。そのせいで撃たれた肩がまた出血したが、相手はかまわずぼくをベッドから引きずりだそうとした。身体は小さくても、雄牛並みに力が強かったよ。騒ぎを聞きつけて、いかにも責任者らしい年配の男が駆けつけてきたが、もし彼がいなかったら果たしてどうなっていたことか。その年配の男がオランダ語で二言三言きつく叱ると、ぼくに襲いかかったやつはしゅんとなって手を離した。そのあと責任者はぼくのほうを向き、あっけにとられた顔でまじまじと見た。

『一体全体、どうしてここへ？』彼が驚いて訊《き》いた。『おや、ちょっと待った！　憔悴《しょうすい》しきっているし、肩の怪我を手当てしないといけないな。わたしは医者だ。すぐに包帯を巻いてあげよう。それにしても、なんということだ！　戦場よりもはるかに危険な場所へ来るとは。ここはハンセン病患者の病院で、きみが寝ていたのは患者のベッドなんだよ（訳注：当時ハンセン病は恐ろしい伝染病と考えられ、患者の強制隔離が行なわれたが、実際の感染力は弱く、治療法が確立された現代では完治する病気）』

ここまで話せばもう充分だろう、ジミー？　気の毒な患者たちは戦火を逃れて前日に別の場所へ避難していたんだが、その後イギリス軍がもっと先へ進軍したので、責任者の医師に連れられてまた病院へ戻ってきたそうだ。その医師にこう言われたよ。自分にはその病気に免疫があるはずだと思っているが、それでもきみのやったようなことをする気にはなれない、と。彼はぼくを個室に入れて手厚い治療をほどこし、一週間ほどしてからプレトリアの総合病院へ移してくれた。

これがぼくの身に起こった悲劇だ。一縷《いちる》の望みを抱いていたが、この家に戻ってきてすぐ、見てのとおりのひどい症状が顔に出始め、やはり不運から逃れられなかったのだと悟った。さあ、どうすればいい？　ここは人里離れた寂しい場所だ。屋敷には心から信頼できる二人の使用人がいる。ぼくの住居として使える離れの家もある。外科医のケント先生も口外しない約束で付き添ってくれる。これだけ条件がそろっているなら、なんとかなると思った。いや、なんとかしないと、恐ろしい道が待っている――知らない者たちばかりの施設で死ぬまで隔離され、そこから二度と出してもらえないのだ。とにもかくにも、秘密は絶対に守らなければならない。こういう静かな田舎でも、秘密が漏れれば大騒ぎになって、ぼくは最悪の運命へ突き落とされるだろう。だからジミー、たとえきみでも本当のことを知られるわけにはいかなかったんだ。なぜ父の気が変わったのか、不思議でならないよ」

　エムズワース大佐がわたしを指差した。

「この紳士に屈したのだ」大佐は紙切れを開いて見せた。〝ハンセン病《Leprosy》〟と一語だけ書かれている。「ここまで知られているなら、すべて知ってもらったほうが安全ではないかと思ってな」

「そのとおりですよ」わたしは言った。「それが望ましい結果につながらないともかぎりませんので。この患者を診察したのはケント先生お一人だけでしょう？　先生、はばかりながらお尋ねします。このような熱帯病に精通していらっしゃいますか？」

「専門教育を受けた医者ですから、それ相応の知識は身につけていますとも」ケント氏は少しむきになって答えた。

「もちろん、先生は有能な医師でいらっしゃるにちがいありませんが、こういう場合は第三者の専門家に意見を聞くのも有益だとご存じのはずです。にもかかわらず、そうなさらなかったのは、患者が隔離される事態を恐れたからでしょう？」

「いかにも」エムズワース大佐が答えた。

「そうだろうと思っていましたので、全幅の信頼を寄せる友人に同行してもらいました。前に仕事で彼のお役に立ったことがあるので、その道の権威というより友人の立場で助言してくれるでしょう。サー・ジェイムズ・ソーンダースという方です」

　それを聞いたケント氏の顔にたちまち興奮と喜びが広がった。陸軍元帥ロバーツ卿《きょう》にお目通りが許された新兵でもかなわないほどの感激ぶりだ。

「なんとも光栄の至りです」口ごもりながら言った。

「では、サー・ジェイムズを呼んできましょう。玄関前の馬車でお待ちですので。エムズワース大佐、そのあいだに皆さんを書斎に集めていただけますか？　説明の必要な部分について僕からお話しします」

こういうときにワトスンがいてくれたらと思わずにはいられない。彼はいつも気の利いた質問や感嘆詞をはさんで、常識を系統立てたにすぎないわたしの単純な手法を魔法のような離れ業に仕立ててくれる。だが自分自身で語るとなると、そういう助けは借りられない。まあ、残念がっていても始まらないので、このまま続けるとしよう。わたしは書斎で、ゴドフリーの母親も加わった少人数の聴衆を相手に、自分が真相にたどり着くまでの推理を次のように語った。

「不可能なものをすべて消去すれば、どんなにありそうもないことでも残ったものが真実である、という前提で出発します。残ったものが複数のときは、ひとつひとつ繰り返し吟味して、充分な確証のあるものだけに絞りこみます。

では、この原則を今回の件にあてはめてみましょう。まず、こちらの紳士が父親の館《やかた》の離れ屋に隠れている、もしくは閉じこめられている理由として三つ挙げられます。その一、犯罪に関与した。その二、精神を病んだが、家族が入院を望んでいない。その三、隔離の必要な病気に罹《り》患《かん》した。これら三つ以外には考えられません。次は三つを比較し、ふるいにかける作業に移ります。

犯罪に関与したという線は検討してみるまでもありませんでした。この地方で未解決事件はひとつも報告されていません。これは確かな事実です。まだ発覚していない犯罪ならば、邸内にかくまっておくよりも勘当して外国へ追い払ったほうが家族としてはまだ安心でしょう。よって、犯罪説は除きます。

精神を病んだ説のほうが、まだもっともらしく思えました。離れ屋にいるもう一人の人物は看護人かもしれません。家から出てきたあとドアに鍵《かぎ》をかけていたということは、監禁が疑われます。ただし、それほど厳重に見張っていたわけではなさそうです。青年はこっそり建物を抜けだして、友人の姿を見に行っていますからね。ドッドさん、僕がケントさんの読んでいた新聞についてお尋ねしたのは、この説の裏付けが欲しかったからなんです。〈ランセット〉や〈ブリティッシュ・メディカル・ジャーナル〉などの医学誌だったら、大いに参考になったでしょう。とはいえ、関係機関に正式に届けでて、資格のある者を付き添わせれば、精神を病んだ者を個人宅に住まわせても違法ではありません。ここまで必死になって隠す必要などないはずです。というわけで、第二の説も現実にはそぐわない。

残るは三つ目の説です。非常にまれな、ありそうもないことですが、これならすべてがぴったり符合するのではないでしょうか。ハンセン病は南アフリカでは決して珍しい病気ではありません。なんらかの事情から、この青年は運悪くハンセン病に感染してしまったのかもしれない。だとすれば、ご両親はどんなにか悩んだことでしょう。息子を終生隔離の憂き目からなんとか救いたいと思ったはずです。それには世間の噂になって当局の耳に入らないよう、この事実をひた隠しにしなければなりません。たっぷり謝礼を払えば、病人の世話を引き受けてくれる献身的な医者はすぐに見つかるでしょう。暗くなってからなら、本人を外へ出して自由に歩きまわらせてもかまわないでしょう。肌が漂白したようになるのは、この病気の症状のひとつです。さあ、これで第三の説が有力になりました——きわめて有力に。そこで僕は、すでに立証されたも同然と考えて行動することにしました。館の玄関に入ったとき、食事を運ぶ役のラルフが消毒薬の染みこんだ手袋をしているのに気づきました。それで残りの疑念はきれいに払拭《ふっしょく》されたわけです。大佐、僕は真相を突き止めたことを紙に書いた一語でお伝えしましたね。口に出さないで文字にしたのは、秘密を守れる人間だと信用していただきたかったからです」

そうして、わたしのささやかな種明かしが終わろうとしていたときだった。ドアが開いて、威厳をまとった偉大な皮膚科医が現われた。ただ、いつもはスフィンクスのように固い表情の彼が相好を崩し、目に人間らしい温かみをたたえていた。エムズワース大佐にまっすぐ歩み寄ると、名医は手を取って言った。

「普段は悪い知らせを運ぶことの多いわたしですが、今回ばかりは吉報です。非常に喜ばしい診断が出ました。ハンセン病ではありませんよ」

「本当ですか？」

「疑似ハンセン病ないし魚鱗癬《ぎょりんせん》の明らかな症例です。肌が鱗《うろこ》状になって、見た目がかなり変わってしまう難治性の病気ではありますが、完全に治りますし、伝染性ではありません。それにしても、ホームズ君、不思議なこともあるものだね。果たして単なる偶然だろうか？　ひょっとすると、未知の神秘的な力が働いているのではなかろうか？　あの若者はハンセン病に感染する恐れのある状況にさらされ、生きた心地がしないほど不安だったはずだ。その不安が、自分の恐れている病気によく似た症状を身体にこしらえてしまったのかもしれんな。それはさておき、ハンセン病ではないと、医師としての名誉にかけて――おや、奥様が失神されましたぞ！　あまりの嬉《うれ》しさにショックを受けたせいですな。介抱はケント先生にお任せするのがよろしいでしょう」

ライオンのたてがみ

長年にわたる探偵稼業では数多くの事件を手がけたが、そのどれよりも難解かつ稀有《けう》な事件と遭遇したのは引退後で、しかもごく身近な場所だったとは、不思議なめぐり合わせと言うほかない。

その事件が起こったのは、わたしがサセックス州のささやかな家で隠遁《いんとん》生活に入り、ごみごみしたロンドンで長く暮らすうちに切望するようになった、大自然のなかでの平穏な生活を満喫していた頃のことだった。

この時期、我が良き友ワトスンとは離れ離れになっていた。会えるのは彼がたまに週末を利用して訪ねてくるときくらいだった。そんなわけで、こうしてやむなく自ら事件簿を執筆している次第である。

やれやれ！　ワトスンさえいてくれたら、あの奇異な出来事を劇的に盛りあげ、多大な苦労の末につかみとった勝利を華やかに飾り立てただろうに！　とはいえ、ないものねだりをしても始まらないので、わたしの地味な文章で語るとしよう。〝ライオンのたてがみ〟の謎を解明するまでにたどった険しい道のりについて、その一歩一歩を自分なりの表現でここに書き記す。

わたしの田舎家はイングランド南部の丘陵地帯にあり、眼下には英仏海峡の壮大な眺めが広がっている。ここの海岸線は全体が白亜の断崖《だんがい》で、海へ行くには一本きりの細く曲がりくねった道を通るしかない。滑りやすくて急な坂道だ。それを下りきったところに、小石と砂利ばかりの浜が百ヤードほど続いている。浜は満潮時でも水没することはないが、曲線にえぐれた箇所や窪《くぼ》みがところどころにできていて、潮が差すたび新鮮な海水で満たされ、泳ぐのにうってつけの天然プールになる。こうした見事な海岸が左右に何マイルものび、途中の一箇所だけ途切れているところには小さな入り江とフルワースの村がある。

我が家は辺鄙《へんぴ》な場所にぽつんと建っていて、敷地内の住人はわたしと年取った家政婦、それから養蜂《ようほう》場の蜜蜂《みつばち》たちだけだ。といっても、半マイルほど離れたところにハロルド・スタックハーストの有名な職業訓練校〈ザ・ゲイヴルズ〉があり、その大きな施設ではさまざまな職業を志す大勢の若者たちが数人の教師とともに暮らしている。経営者のスタックハースト自身も学生時代は大学の代表として活躍した有名なボート選手で、学業面でも万能の優等生だった。わたしはこの海岸に移り住んですぐに彼と親しくなり、気が向いた晩には招かれなくても気軽に訪問し合うほど懇意にしていた。

一九〇七年の七月末、一帯は嵐に見舞われた。北に向かって吹き荒れる暴風で海峡は大《おお》時化《しけ》となり、断崖の真下まで高波が押し寄せ、潮が引いたあとの浜には大きな潮だまりができた。だが、問題の日の朝には風もすっかりおさまり、どこもかしこもきれいに洗われて、生まれたてのようにみずみずしく見えた。そんな美しい日に家で仕事をしているのはもったいないので、朝食前にうまい空気を吸おうと散歩に出かけた。そうして、浜へ下りる急な坂道に続く崖《がけ》の上の小道を歩いていたときだった。後ろから呼ぶ声に振り向くと、ハロルド・スタックハーストが朗らかに手を振っていた。

「なんて気持ちのいい朝だろう、ホームズ！　きっと外で会えると思っていたよ」

「泳ぎに行くんだね」

「またしても見破られたか」彼は笑い声をあげ、ふくらんだポケットを軽く叩《たた》いて見せた。

「そのとおり。マクファースンが一足先に出かけたから、浜で会えるだろう」

フィッツロイ・マクファースンはスタックハーストの学校で科学を教えている見栄えのいい好青年だ。リューマチ熱のあとに心臓病も患い、人生の挫折《ざせつ》を味わわされたが、生まれながらの運動好きで、身体への負担があまり大きくないスポーツならなんでも得意だった。とりわけ水泳は夏も冬も楽しんでいて、わたしも水泳が好きなので、よく一緒に泳いだ。

ちょうどそのとき、話題に出た青年の姿が見えた。まず、坂道のてっぺんの崖のへりから頭がのぞいた。続いて全身が崖の上に現われたが、酔っぱらったようにふらついていた。と、次の瞬間、両腕を上に投げだして、すさまじい声で叫び、うつ伏せにばったりと倒れてしまった。スタックハーストとわたしは急いで駆け寄って——五十ヤードほどの距離があった――マクファースンを仰向《あおむ》けにした。一目見て、もう助からないとわかった。どんよりとした落ちくぼんだ眼と土気色の頬に、まぎれもない死相があらわれていた。

が、一瞬だけ顔に生気がちらつき、唇から懸命に訴えかけるような声で言葉が漏れた。かすれて不明瞭《ふめいりよう》だったが、鋭く放たれた最後の部分だけはかろうじて聞き取れた。〝ライオンのたてがみ〟と。唐突で意味不明だが、聞いた音に近い単語はほかに思いつかなかった。マクファースンは起きあがろうとして両手を宙にさまよわせたが、力尽きて地面に横ざまに倒れた。絶命していた。

突然のただならぬ事態にスタックハーストは凝然としていたが、わたしはお察しのとおりすぐさま全神経を集中させた。そうしなければならなかった。不可解きわまる事件に直面していることをただちに悟ったからだ。

死んだマクファースンはズボンの上にバーバリーのコートをはおっているだけで、足のズック靴は紐《ひも》がほどけていた。倒れたはずみでコートが肩から脱げ、上半身があらわになっている。スタックハーストもわたしも死者の背中を見てぎょっとした。まるで細い針金の鞭《むち》でめった打ちにされたかのように、赤黒い筋状の痕《あと》が一面に広がっていたのだ。その傷を負わせた器具はたわみやすい柔軟な素材なのだろう、長いみみず腫《ば》れが肩や脇腹のほうにまで曲線状にのびていた。苦痛のあまり下唇を噛《か》み切ったのか、顎《あご》から血が滴り落ちている。ひきつってゆがんだ顔が、苦痛の激しさを物語っていた。

遺体のかたわらでスタックハーストは立ちつくし、わたしはひざまずいていた。不意に影が落ちて、イアン・マードックがそばに来ていたのに気づいた。彼は数学教師で、痩《や》せて背の高い、浅黒い肌の男だ。無口でよそよそしい印象のせいか、友人らしい友人は一人もいない。日常生活とはろくに接点を持たず、無理数や円錐《えんすい》曲線といった高尚な抽象世界に生きている感じだった。学生たちからは変わり者扱いされ、おそらく揶揄《やゆ》の的にもなっているのだろう。異国人の血筋らしき一風変わった特徴の持ち主だが、それは漆黒の瞳《ひとみ》や浅黒い肌だけでなく、たまに癇癪《かんしゃく》を起こしたときの、凶暴としか言いようのない怒り方にも表われていた。

たとえば、マクファースンが飼っている子犬にいらだち、つかみ上げるなり窓ガラスに投げつけたことがあった。マードックが学校にとって欠くべからざる有能な人材でなかったら、スタックハーストに解雇を言い渡されただろう。わたしたちの前にぬっと現われたのは、そういう複雑で不可解な男だった。遺体を見てショックを受けた様子だが、子犬の一件を考えると、死んだマクファースンを心から哀れむとは思えない。

「ああ、かわいそうに！　なぜこんなことに！　どうすればいいですか？　ぼくになにかできることはありませんか？」

「彼と一緒にいたんですか？　なにがあったのか話してください」

「いえ、ちがいます。今朝は起きるのが遅くて、まだ浜には行っていないんです。〈ザ・ゲイヴルズ〉からまっすぐここに来ました。どうしましょうか？」

「急いでフルワース村の駐在所へ行ってもらえますか？　このことを知らせなければ」

マードックがなにも言わず大急ぎで去っていくと、わたしは調査に取りかかった。スタックハーストのほうは目の前の悲劇に茫然《ぼうぜん》自失の体《てい》で、遺体のそばに立ちつくしたままだった。わたしは手始めに浜に出ている者を確認した。坂道のてっぺんからは浜全体を見渡せるが、はるか遠くにフルワース村のほうへ向かう黒っぽい人影が二つ三つ見えるだけで、ほかには誰もいなかった。この事実を心に留め、急な坂道をゆっくりと下りていった。地面は白亜まじりの粘土や泥炭土で、上りと下り両方の同じ足跡が点々と残っていた。今朝ここを通って浜へ行き来した者は死んだマクファースン以外にはいないということだ。一箇所だけ、広げた手の跡がついていた。指先は崖のほうに向いている。気の毒なマクファースンが坂道を上がってくる途中で転んだのだろう。丸い窪みも複数残っていて、彼が何度か膝《ひざ》をついたことがわかる。坂道を下りきったところに、引き潮の置き土産である大きな潮だまりがあった。マクファースンはその脇で服を脱いだと見え、岩の上に彼のタオルが置いてあった。たたんだままで、しかも乾いているから、彼はまだ水に入っていなかったらしい。固い砂利の浜を念入りに調べまわるうちに小さな砂地が見つかり、そこに彼のズック靴と素足、それぞれの足跡が残っていた。裸足になったのなら、水に入ろうとしていたのだろうが、乾いたタオルからは実際には入らなかったことがうかがえる。

　これで状況がだいぶはっきりした――過去に手がけた事件と比べてもかなりの難問だ。マクファースンが浜にいたのはせいぜい十五分くらいだろう。スタックハーストがすぐあとに〈ザ・ゲイヴルズ〉を出て追ったのだから、疑問の余地はない。裸足の足跡が示すように、マクファースンは水に入ろうと服や靴を脱いだ。ところが、そのあとで突然慌てて服を着て――コートは肩にはおっただけで、靴紐《くつひも》も結んでいなかった――結局は泳がずに、少なくともタオルを使わずに、浜から引き返してきた。急に予定が変わったのは鞭で打たれたせいにちがいない。あまりの苦痛に下唇を嚙み切るほど、這《は》って逃げたが崖の上にたどり着くやいなや力尽きてしまったほど、非人間的なすさまじい暴力をふるわれた。これほどの残虐な行為に及んだのはいったい誰だ？　崖のふもとには小さな岩屋や洞窟《どうくつ》があるが、低い太陽の光がまともに射しこむため、隠れ場所にはならない。では、さっき浜のずっと向こうに見えた人影はどうか。あれだけ遠く離れていたから、やはり犯行とは無関係だろう。しかも、マクファースンが泳ごうとしていた大きな潮だまりが崖の裾《すそ》の岩場まで広がって、あの人影とマクファースンを隔てていた。海上にはさほど離れていないところに漁船が二、三隻いる。折を見て乗組員について調べてみよう。こんな具合に、とっかかりとなる道はいくつかあるものの、有望な目的地に通ずる道は一本もなかった。

しばらくして遺体のところへ戻ると、何事かと集まってきた者たちで人だかりができていた。もちろんスタックハーストもまだそこにいた。ちょうどイアン・マードックが村の駐在所からアンダースン巡査を連れて戻ったところだった。この巡査は大柄で赤茶色の口ひげを生やし、いかにもサセックス生まれらしく鷹揚《おうよう》で実直な性格だ。活気に乏しい寡黙な外面が生真面目な良識家の内面を覆っている。彼はひととおり事情を聴いて細かく書き留めたあと、わたしを脇へ引っ張っていった。

「助言をいただけないでしょうか、ホームズさん。自分一人では手に負えない事件のようですし、しくじるとルイスの本署に叱責《しっせき》されます」

要望に応《こた》えて、直属の上司と医者を呼びにやるよう助言した。彼らが来るまで現場のものは一切動かさず、できるだけ新しい足跡がつかないよう注意することも。医者たちを待っているあいだ、わたしは死んだ男のコートを調べた。ポケットの中身はハンカチに大型のナイフ、それから二つ折りの小さな名刺入れだった。名刺入れから紙切れがのぞいていたので、開いて確認してから巡査に渡した。女性の筆跡で、次のように走り書きしてあった。

〝必ず行きます、必ず――モーディー〟

時間と場所は書いていないが、恋人同士の待ち合わせらしい。巡査は紙切れを名刺入れに戻し、ほかのものと一緒にコートのポケットにしまい直した。それ以外に目ぼしいものは見当たらなかったので、崖下を徹底的に捜索してもらう手はずを整えてから、朝食をとりに自宅へ帰った。

一、二時間後、我が家に立ち寄ったスタックハーストが、亡骸《なきがら》は〈ザ・ゲイヴルズ〉へ運ばれて、そこで検死が行なわれることになったと知らせてくれた。ほかにも明確かつ重大な事実を教えてもらった。崖下の小さな洞窟からは案の定なにも見つからなかったが、マクファースンの机の書類を調べたところ、数通の手紙から、フルワース在住のモード・ベラミーという娘と恋仲だったことがわかったのだ。名刺入れにあった紙切れの文字は誰が書いたのか、これではっきりした。

「手紙は警察が押収したので、持ってこられなかったよ」スタックハーストは言った。

「ご両人が真剣に交際していたのは間違いないとしても、今回の恐ろしい出来事と結びつける根拠はないだろう。その娘さんはただ恋人と会う約束をしていただけなんだから」

「それに、みんなが行くプールを待ち合わせ場所にするとは思えない」わたしは言った。

「マクファースンはいつも学生たちと一緒だったよ。今朝はたまたま一人きりだったが」

スタックハーストは言った。

「たまたまなんだろうか？」

スタックハーストは眉《まゆ》をひそめて考えこんだ。

「イアン・マードックが、学生たちを出がけに引き止めたんだ。朝食の前に代数の補講をすると言い張って。気の毒に、そのことでかなり落ちこんでいたよ」

「ほう、もともとマクファースンとは仲があまり良くなかったと思っていたが」

「そういう時期もあったが、ここ一年あまりは親しくしていた。打ち解けない性格のマードックにしては珍しく」

「なるほど。確かきみの話では、以前二人のあいだにマクファースンの飼い犬をめぐっていざこざがあったそうだね」

「あれはもう過ぎたことだ」

「それでも多少のわだかまりは残ったんじゃないか？」

「いや、そんなことはないだろう。どこから見ても親しい友人同士だったよ」

「そうなると、娘のほうを調べなくてはいけないな。知っている人かい？」

「彼女のことはみんなが知っているよ。地元では有名なべっぴんさんだからね。目を見張るような美人なんだ。それにしても、マクファースンが懸想していたのは知っていたが、二人がああいう手紙をやりとりする間柄だったとは驚いたよ」

「どういう女性なんだい？」

「トム・ベラミーの娘だ。フルワースの貸しボートや脱衣小屋は全部あの人のものでね。昔は漁師だった男が、いまでは羽振りのいい資産家というわけだ。息子のウィリアムと事業を営んでいる」

「一緒に歩いてフルワースまで行かないか？　その一家に会ってみたい」

「訪問の口実はどうする？」

「そんなのは適当でかまわないさ。あの気の毒な青年が自分であんなむごたらしいまねをするわけがない。あの傷が鞭《むち》でつけられたものなら、その鞭をふるった人間がいるはずだ。こういう片田舎だから、マクファースンの交友関係はたいして広くないだろう。ひとつひとつしらみつぶしに調べれば、必ず動機に行きあたる。そうすれば、次は動機が犯人のところへ案内してくれるさ」

　悲劇との鉢合わせで気がふさいでさえいなければ、タイムの香りに包まれた丘陵を越えていくのはさぞや楽しい散歩になっただろう。フルワース村は湾曲した入り江に沿って半円形に横たわっている。古風な集落の奥は高台になっており、そこに現代風の家が数軒建っているが、スタックハーストがわたしを案内してくれたのはそのうちの一軒だった。

「あそこが安息荘だ。ベラミーがそう呼んでいる。端っこに塔があるスレート葺《ぶ》きの屋根の家だよ。無一文から身を起こした男にしては上出来――おっと、あれを見てくれ」

安息荘の庭木戸が開いて、一人の男が出てきた。長身で痩《や》せぎすの、動きがぎくしゃくした姿には見覚えがあった。数学教師のイアン・マードックだ。まもなく、わたしたち三人は路上で顔を合わせた。

「やあ！」スタックハーストが声をかけた。相手は軽く会釈しただけで、個性的な黒い瞳《ひとみ》の端からわたしたちを一瞥《いちべつ》し、そのまま通り過ぎようとした。

校長はマードックを引き止めて訊《き》いた。「あの家になんの用事かね？」

マードックの顔が怒気に赤く染まった。「校長、ぼくはあなたに雇われている人間です。それは認めますよ。しかし、だからといって、私生活での行動まで逐一説明する義理はないと思いますがね」

これまでずっとこらえてきたが、とうとう堪忍袋の緒が切れたのだろう。でなければ、よけいなことを言わず黙っていたはずだ。目の前のスタックハーストは明らかに癇癪《かんしゃく》を起こしていた。

「場所柄をわきまえたらどうだね。そういう返事は無礼だぞ、マードック君」

「それは校長の質問のほうじゃありませんか？」

「きみの反抗的な態度に目をつぶってやったのは、これが初めてじゃない。ただし、これが最後だ。できるだけ早く新しい職場を探したまえ」

「言われなくてもそうしますよ。〈ザ・ゲイヴルズ〉をかろうじて息のできる場所にしてくれていた唯一の友人を今日失ってしまったんですからね」

大股《おおまた》で去っていくマードックの背中を、スタックハーストが目をつりあげてにらみつけた。「なんて言い草だ。まったく、鼻持ちならない男だな」憤然と言い捨てた。

いまの出来事で、イアン・マードックがこれ幸いと事件から遠ざかろうとしている印象を抱かざるを得なかった。わたしの胸の内でつかみどころのない漠然とした疑惑が頭をもたげた。ベラミー家を訪ねれば、少しは事情が明らかになるかもしれない。スタックハーストが気を取り直すと、わたしたちは目的の家へ向かった。

ベラミー氏は燃えるような赤い顎《あご》ひげをたくわえた初老の男だった。ひどくご立腹の様子で、上気した顔が髪と同じくらい赤い。

「いいや、お断りだ。細かい話はけっこう。わしも息子も——」ベラミー氏は居間の隅にいるむっつりとしたいかつい体格の若者を指した。「同じ意見だ。マクファースンさんがうちのモードを追いかけまわして、迷惑千万だった。〝結婚〟の〝け〟の字もなく、やれ恋文だ、やれ逢引《あいび》きだと、けしからんじゃないか。前々から腹に据えかねていたんだ。娘には母親がいないから、わしらが守ってやらなけりゃな。絶対に——」

その続きはご当人の登場で打ち切られた。世界中のどこであろうと、彼女が現われた瞬間にその場がぱっと華やぐにちがいない。ベラミー家のような球根と花壇にこれほど麗しくあでやかな花が咲くとは、いったい誰に想像できよう。つねに頭が心を制御しているわたしは女性に惹《ひ》かれることなどめったにないが、普通の若い男ならこの娘に出会ってのぼせあがらないほうがおかしいだろう。彼女の端整でくっきりとした目鼻立ちや、丘陵地帯の甘い新鮮な香りを感じさせる、色つやのいいきめ細かな肌は、そう思わせるほどの圧倒的な魅力をたたえていた。スタックハーストの正面の開いた戸口に、目を大きく見開いて真剣な面持ちで立っているのは、そのような娘だった。

「フィッツロイが亡くなったことは知っています」彼女は言った。「ですから、どうぞ詳しくお聞かせください」

「ついさっき、別の教師が知らせに来た」父親が口をはさむ。

「妹を騒ぎに巻きこまないでもらいたいね」息子は噛《か》みつくように言った。

娘は兄をきっとにらんだ。「これはわたしの問題なのよ、ウィリアム。わたしのしたいようにさせてちょうだい。それに、犯罪事件が起きたのなら、犯人を見つけだすためのお手伝いをしたいの。それが亡くなったあの人へのせめてもの弔いだから」

わたしの連れの手短な説明に、娘は落ち着いて耳を傾けた。その姿から、たぐいまれな美《び》貌《ぼう》のみならず気丈な性格も兼ね備えていることがうかがえた。モード・ベラミーは特筆に値する非凡な女性として、いつまでもわたしの記憶に残るだろう。彼女はどこかでわたしを見かけたことがあるのか、話が終わるとこちらを向いた。

「ホームズさん、犯人たちに正義の裁きが下るようお力添えください。それが誰であろうと、わたしは誠心誠意、協力いたします」そう話しながら、父親と兄のほうへ挑戦的な視線を送ったように見えた。

「大変ありがたい」わたしは言った。「こういう事件では女性の勘を大切にしていますので。〝犯人たち〟とおっしゃいましたが、複数だとお考えなんですか？」

「マクファースンさんのことはよく知っています。勇敢で、腕力もありました。相手が一人だけだったら、そこまで手ひどく痛めつけられはしなかったでしょう」

「少しのあいだ二人きりでお話しできませんか？」

「モード、むやみに関わるなと言っているのがまだわからんのか」父親が烈火のごとく怒る。

娘は力なくわたしを見た。「どうしたらいいんでしょう？」

「世間に知れ渡るのは時間の問題ですから、この場で話し合っても特に差しさわりはないと思いますよ」わたしは答えた。「本当は内々に話したかったんですが、お父さんが反対なさるなら、一緒に密談に加わっていただくしかないですね」それから、死者のポケットに入っていた手紙のことを話した。「検死審問で取り沙汰《ざた》されるのは避けられません。あの手紙について話していただけませんか？」

「もう隠し立てする理由はありませんわ」娘は言った。「わたしたちは結婚の約束をしていました。いままで内緒にしていたのは、フィッツロイのおじさんのことがあったからです。かなりのご高齢で、もう長くはないそうですが、フィッツロイがおじさんの意に染まない相手と結婚した場合は遺産の相続人からはずされる恐れがあったのです。理由はそれだけでした」

「わしら家族には打ち明けりゃよかったんだ」ベラミー氏が不服そうにうめく。

「理解してくれるような家族なら、とっくに打ち明けていたわ」

「娘を下の身分の男にやるつもりはない」

「お父さんがあの人をそういう偏見の目で見ていたから、相談できなかったんじゃないの。ホームズさん、彼のポケットにあった手紙のことですけれど」娘は着ているドレスを手探りして、くしゃくしゃの手紙を取りだした。「あれはこの手紙への返事なんです」

愛《いと》しのきみへ
火曜日の日没直後に浜のいつものところで。その時間しか出ていけないんだ。
F・M

「今日がその火曜日です。陽が沈んだら、あの人に会いに行くつもりでした」

わたしは手紙をひっくり返してみた。「郵便で届いたものではありませんね。どうやって受け取ったんですか？」

「その質問には答えたくありません。お調べになっている事件とは無関係ですし。関係のあることでしたら、包み隠さずお話ししますけれど」

その言葉にたがわず、ほかの質問には積極的に答えてくれたが、捜査に役立ちそうな情報はひとつも得られなかった。ただ、婚約者に隠れた敵がいたとは考えられないが、彼女に思いを寄せる男性はほかに何人もいるそうだ。

「イアン・マードックさんもその一人ですか？」と尋ねてみた。

娘は顔を赤らめ、とまどった。

「そう思った時期もありました。でも、フィッツロイとわたしが交際していることを知ってからは、そういう素振りは見せなくなりました」

例の変わり者に対する疑惑の影が、わたしの胸中で一段と濃くなった。彼の過去を洗ってみなければ。私室をこっそり捜索する必要もある。きっとスタックハーストが進んで協力してくれるだろう。わたしと同様、あの男を怪しんでいるようだから。安息荘を辞去して帰途についたとき、もつれた糸束から糸口をひとつ見つけだせそうな希望を抱いていた。

それから一週間が過ぎた。検死審問でも進展はなく、新たな証拠が出るまで延期されることが決まった。スタックハーストは自分の雇い人である数学教師の身辺を簡単に調べ、部屋もざっと捜索したが、これといって収穫はなかった。わたしのほうは事件全体を行動と思考の両面から洗い直したが、やはり新たな成果は得られなかった。これまでに発表された事件簿のどこを探しても、このようにわたしを限界まで追いつめたものはなかったはずだ。想像力を総動員したにもかかわらず、謎を解く鍵《かぎ》は一向に手に入らなかった。そんなときに持ちあがったのが、あの犬の一件である。

わたしはそれをうちの年老いた家政婦から知らされた。田舎には噂を伝達する不思議な情報網が存在しており、そこで聞きつけてきたらしい。

「かわいそうにねえ、マクファースンさんの犬」ある日の夕刻、彼女は言った。

地元の噂話には興味がなかったが、気になる名前が出てきた。

「マクファースンさんの犬がどうかしたのかね？」

「死んだんですよ、旦那《だんな》様。飼い主との別れを悲しんで」

「誰がそう言ったんだね？」

「あら、誰も彼もですよ、旦那様。その噂で持ちきりですから。すっかり元気をなくして、一週間なにも食べなかったとか。今日、浜で死んでいるのを、〈ザ・ゲイヴルズ〉の若い二人の学生さんが見つけたんです――飼い主が亡くなったのとまるきり同じ場所で」

〝まるきり同じ場所で〟という言葉が記憶の奥でこだました。見過ごしてはならない重大な点だと、漠然とした直感が告げている。飼い主のあとを追ったと聞けば、いかにも忠犬らしい美談に思えるが、場所までぴったり同じとは！　寂しい浜はなぜ死を呼び寄せるのだろう。ひょっとして、飼い犬までもが執念深い犯人の犠牲になったのか？　それとも――――？　いいぞ。まだぼんやりしているものの、すでにある考えが脳裏で形を成しつつあった。ただちに〈ザ・ゲイヴルズ〉へ出かけて行き、書斎にいたスタックハースト校長と会った。彼はわたしの頼みを聞き入れて、犬の死体を発見した二人の学生、サドベリーとブラントを呼びつけた。

「はい、潮だまりのへりに倒れていました」一方の学生が言った。「死んだ飼い主の匂いをたどっていったんでしょうね」

飼い主によくなついていたエアデール・テリアの死体は、ホールの敷物の上に横たえられていた。身体は硬直し、両目は飛びだし、足はねじ曲がっていた。全身に激しい苦痛の跡が残っている。

〈ザ・ゲイヴルズ〉を出ると、例の潮だまりへ下りていった。日没後の海は大きな崖《がけ》の黒い影に覆われ、鉛板のごとく鈍い光を放っていた。浜に人けはなく、上空で輪を描きながら鳴いている二羽の海鳥が唯一感じる生き物の気配だった。

薄れゆく光のなか、飼い主のタオルが置かれていた岩のまわりに小さな犬の足跡がかすかに見て取れた。わたしは長いことその場に立ちつくし、考え事にふけったが、そのあいだにもあたりを包む影はますます深まっていった。いくつもの思考が頭のなかを駆けめぐる。諸君はこういう悪夢にうなされた経験をお持ちだろうか。なにか重要なものを探していて、それがすぐそこにあるとわかっているのに、何度手を伸ばしてもあと少しのところで届かない。その晩、死が潜む場所で一人たたずむわたしをさいなんでいたのは、そんなじれったい感覚だった。やがて、ようやく浜に背を向け、のろのろと家路についた。

坂道をちょうど崖のてっぺんまでのぼり終えたときだった。これまで懸命に追い求めてもつかみそこねてばかりいた答えが、突然ぱっとひらめいた。ご承知かと思うが――ワトスンが嫌というほど書いてきたので――わたしは風変わりな知識を膨大に蓄えている。系統立ったものではないが、探偵の仕事にはすこぶる有用だ。とはいえ、わたしの頭を物置にたとえるなら、雑多なものが詰まった種々の箱で満杯なため、どこになにがしまってあるか、うっすらとしか思い出せないときがある。今回の事件とつながりのありそうな知識が、その物置に入っているのは間違いない。相変わらず輪郭はぼんやりしているが、はっきりさせる方法に目星がついた。それが途方もなく信じがたいことであっても、つねに見込みは皆無ではない。納得が行くまでとことん試してみるつもりだ。

　ささやかな我が家には広い屋根裏部屋があり、書物でいっぱいになっている。そこに一時間ほどこもって、あちこちひっかきまわした結果、部屋を出るときにはチョコレート色と銀色の装丁の小ぶりな本を手にしていた。はやる気持ちを抑えてページをめくり、おぼろげに記憶している章を開いた。そう、これだ。まさかと思うような、ありそうもないとっぴな仮説だが、実際にどうなのか確かめるまでは気が休まらなかった。結局、寝床に入ったのはだいぶ遅い時刻だったが、明日《あした》予定している仕事が待ち遠しくて胸が高鳴った。ところが、翌日になると迷惑なことに邪魔が入った。朝のお茶もそこそこに浜へ出かけようとした矢先、サセックス州警察のバードル警部が訪ねてきたのだ。思慮深げな目の、牛のように大きくてのっそりした男は、困り果てた顔でわたしを見た。

「あなたの素晴らしい功績はよく存じあげています」とバードル警部は言った。「むろん、ここへはあくまで非公式にうかがったにすぎませんが。実は、今回のマクファースン事件で難問に直面しておりまして、逮捕に踏みきるべきかどうかご意見をお聞かせ願いたいのです」

「イアン・マードック氏を逮捕するつもりですか？」

「はい。どう考えても、ほかに容疑者はいませんので。田舎の利点はこういうところですな。捜査対象を大幅に絞りこめます。あの男でないなら、誰だとおっしゃるんです？」

「彼を疑う根拠は？」

わたしと同様、警部も丹念に落穂拾いをして証拠を集めていた。マードックの性格と怪しげな謎めいた雰囲気。例の犬がらみのいざこざで見せた激しやすい一面。そのうえ実際にマクファースンといさかいを起こしているし、ベラミー嬢をめぐってマクファースンに恨みを抱いているふしもある。これらはわたしがすでに把握していた点と重なるので、特に目新しさはないが、ほかにひとつ初耳の情報があった。マードックがこの土地を離れるための準備を進めているそうなのだ。

「これだけ証拠がそろっている状況で取り逃がしたら、わたしの立場がありません」がっしりした沈着冷静な男がひどく焦っている。

「いいですか、警部。あなたの説は根幹部分が欠けています。事件の起きた朝、マードックには確固たるアリバイがあるのです。学校を出る直前まで学生たちと一緒にいましたし、マクファースンが崖に上がってきた直後に学校のほうの道から現われました。そもそも、腕力に差のない相手に単独であのような致命傷を負わせるのは不可能です。最後にもうひとつ、その致命傷を与えた凶器の正体を突き止めなければなりません」

「柔軟で丈夫な鞭《むち》のようなものですよ。それ以外に考えられないでしょう？」

「傷痕《きずあと》をよく調べましたか？」

「ええ、この目で。医者もです」

「僕は拡大鏡で綿密に調べましたよ。その結果、奇妙な点が見つかったんです」

「なんですか、それは？」

わたしは机から拡大写真を一枚持ってきた。「これが、こういう場合の僕のやり方でしてね」

「なるほど、さすがは徹底しておられますな、ホームズさん」

「そうでなければ、いまの僕はありませんでしたよ。さあ、右肩のほうまでのびているみみず腫《ば》れを見てみましょう。なにか気づいた点はありませんか？」

「いや、特には」

「見てのとおり、強弱の度合いにばらつきがあるのは明確です。ここと、それからここに、内出血の斑点《はんてん》がありますね。下のほうのみみず腫れにも同様の斑点が認められます。これはどういうことでしょう？」

「わかりません。あなたは？」

「わかっているつもりですが、そうではないかもしれません。じきにもっとはっきりお答えできるでしょう。この傷痕をつけたものがなんであれ、犯人を突き止める鍵になるはずです」

「あのう、愚見ですが、真っ赤に焼けた金網を背中に押しあてたとしたら、網の目の十字に交差する部分はこういう斑点になるかもしれませんな」

「実に的確なたとえですね。ほかに挙げるとすれば、小さな結び目のこぶが点々とついた、かなり固い材質の〝九尾《きゅうび》の猫鞭《ねこむち》〟でしょうか」

「おお、それですよ、ホームズさん。間違いないと思います」

「しかし、まったく異なる原因かもしれませんよ、バードル警部。いずれにしても、あなたの説は逮捕に持ちこむには根拠が薄弱です。それに、故人の最期の言葉となった〝ライオンのたてがみ〟も気になります」

「ひょっとして、ライオンではなくイアンでは――」

「それは僕も考えました。次の言葉が〝マードック〟と似た音だったら、うなずけない話ではない。が、現実にはまったく似ていなかった。悲鳴に近い声でしたから、聞きちがえるはずありません。あれは確かに〝たてがみ《メーン》〟でした」

「では、ホームズさんはなにか別の説をお考えなんですか?」

「ええ、考えていますよ。もっと確実な証拠が見つかるまでは、それについて論ずるつもりはありません」

「いつ頃になりそうですか?」

「一時間後——いや、たぶんそれより早いでしょう」

警部は顎《あご》をさすりながら、うろんげな目でわたしを見た。

「あなたの頭のなかを見通せたらいいんですがね、ホームズさん。ひょっとして、漁船が関与しているんですか？」

「いや、ちがいます。あのとき漁船は沖合にいましたから」

「ふむ。では、ベラミーと図体《ずうたい》の大きい息子はどうですか？　二人ともマクファースンに悪感情を抱いていた。あの親子が暴行を働いたんでしょうか？」

「だめですよ。どんなに聞きだそうとしても、機が熟すまでは話しません」わたしは笑顔を作った。「さて、警部、それぞれやるべきことをやりましょう。昼頃にまたおいでいただければ——」

そこまで言ったとき、とんでもなく恐ろしい出来事にさえぎられた。それが最終章の幕開けとなった。

玄関のドアが勢いよく開き、廊下に乱れた足音が響いたかと思うと、イアン・マードックがよろよろと入ってきたのだ。青ざめて髪を振り乱し、着衣もすっかり乱れ、骨張った手で家具につかまろうとしている。「ブランデー！　ブランデーを！」息も絶え絶えに言ったあと、うめきながらソファに倒れこんだ。

来訪者は彼だけではなかった。すぐあとからスタックハーストが、帽子もかぶらず息をはずませて現われた。彼も連れの男と同じくらい取り乱している。

「そうだ、ブランデーを！　頼む！」スタックハーストが叫ぶ。「この男、死にそうなんだ。ここへ連れてくるのがやっとだった。途中で二度も気絶して倒れた」

　生《き》のままグラスに半分ほど注いで飲ませると、効果はてきめんだった。マードックは片手をついて起きあがり、肩にはおったコートを振り落とした。

「お願いだ！　オイル、アヘン、モルヒネ、なんでもいい。この地獄の苦しみを取り払ってくれ！」

　患部を見るなり、警部もわたしもあっと声をあげた。むきだしの肩にうがたれている傷は、フィッツロイ・マクファースンの遺体に残っていたのとそっくりの、赤く腫れあがった奇妙な網目模様だったのだ。

　マードックを襲っている苦痛は相当激しく、しかも局所的なものではないらしい。呼吸が止まって顔が青黒くなった直後、急に大きくあえいで額に脂汗を浮かべ、左胸を片手で叩《たた》く。この繰り返しで、いつ死んでもおかしくない状態だった。それでもブランデーを喉《のど》に流しこむたび、徐々に生気が戻ってきた。サラダ油に浸した脱脂綿をあてがってやると、奇妙な傷の痛みが多少和らいだのか、しばらくして頭をぐったりとクッションの上に落とした。生命力が尽きかけ、本能の命じるまま最後の避難所に閉じこもったのだろう。眠っているのか失神しているのかわからなかったが、少なくとも激痛からは解放されたようだ。

　本人に事情を訊《き》くことはできなかったが、ひとまず彼の容体が落ち着いて、ほっと一息つくと、スタックハーストがこちらを振り向いて話し始めた。

「ああ、まいった！　どういうことなんだろう、ホームズ！　なぜこんなことに？」

「どこで彼を見つけたんだい？」

「浜だよ。哀れなマクファースンが襲われたのとまったく同じ場所だ。マクファースンのように心臓が弱かったら、この男も持ちこたえられなかったろう。ここへ運びこむ途中で何度あきらめかけたことか。〈ザ・ゲイヴルズ〉は遠すぎるから、きみを頼らせてもらったよ」

「浜で彼と会ったのか？」

「いや、崖《がけ》の上を歩いていたら悲鳴が聞こえたんだ。見ると、彼は潮だまりのへりに立って、酔っぱらいみたいにふらふらしていた。すぐに駆け下りていって、慌てて服を着せ、どうにかこうにかここへ上がってきた。お願いだ、ホームズ、この土地の呪いを解くために全力を注いでくれ。このままでは生きていけない。まさか世界的に有名なきみが、打つ手はないなどと言わないだろうね？」

「打つ手はあると思うよ、スタックハースト。さあ、一緒に来てもらおう！　警部、あなたもだ！　この憎き殺人犯を警察に引き渡せるかどうかわかるでしょう」

　意識を失っている男は家政婦に任せ、われわれ三人は死を呼ぶ潮だまりへ下りていった。砂利の上に、襲撃された男のタオルが積みあげてある。わたしは水際に沿ってゆっくり歩きだし、ほかの二人も一列になってあとに続いた。潮だまりはごく浅いところが大部分だが、崖の下の地面がえぐれている箇所は四、五フィートの水深があり、泳ぐ者は自然とそこへ行く。水晶のように澄んだ、美しい緑色のプールになっているのだ。崖のふもとでは潮だまりの上に岩が横に並んで突きだしている。わたしはそこを伝って進みながら、潮だまりをのぞきこんだ。一番深くて一番静かなところで、ついに探していたものを目にとらえた。たまらずに快哉《かいさい》を叫んだ。

「サイアネア！　サイアネア！　見てくれ、あれが〝ライオンのたてがみ〟だ！」

わたしがそう言って指差した不思議な物体は、まさにライオンのたてがみを切り取ったかのようなもつれた大きな塊だった。水面から約三フィートの深さに岩棚があり、そこに横たわって震えながらゆらゆら動いている。黄褐色の房に銀色の縞《しま》が交じった、もじゃもじゃの奇怪な生き物だ。脈打つように、ゆっくりと重たげに膨らんだり縮んだりを繰り返している。

「こいつめ、よくも悪さばかりしてくれたな。もう生かしておかない！」わたしは大声で言った。「手を貸してくれ、スタックハースト！　殺人者の息の根を止めるぞ」

水中の岩棚のちょうど真上にあたる足下に大きな丸石が転がっていた。二人がかりでそれを潮だまりに落とすと、盛大な水しぶきが上がった。波立っていた水面が静かになったとき、丸石が岩棚にのっているのが見えた。端から黄褐色の傘の部分の縁がひらひらとはみだしていて、狙いどおり敵が重い石の下敷きになったのだとわかった。石の下から流れでた脂っぽいどろりとした液体が、まわりの水を濁らせながら、ゆっくりと水面に上がってくる。

「いやはや、驚いた！」警部が叫ぶ。「ホームズさん、いったいあれはなんですか？　わたしはこの土地で生まれ育ちましたが、これまで一度も見たことがありません。サセックスに生息しているものじゃない」

「それでもサセックスにいたんです」わたしは言った。「先日の南西の強風に運ばれてきたのかもしれませんね。お二人も一緒に、うちへ引き揚げましょう。これと同じ海の怪物に遭遇して、その恐怖から一生逃れられなくなった人物の驚くべき体験談をお目にかけますよ」

　我が家の書斎に戻ると、マードックは目覚ましい回復ぶりを見せて、もう起きあがれるまでになっていた。だが、まだ頭はぼうっとしているらしく、時折襲ってくる痛みに身体を震わせた。彼が途切れ途切れに語ったところによると、なにが起こったのかわからないうちに突然激痛に身体を貫かれ、必死になって潮だまりから這《は》いあがったのだそうだ。

「これですよ」わたしは例の小型本を手に取って、話しだした。「この本が、永久に闇のなかかと思われた事件に光明をもたらしてくれました。有名な博物学者Ｊ・Ｇ・ウッド師（訳注：ジョン・ジョージ・ウッド（一八二七―一八八九年）。ロンドン生まれの牧師、博物学者、作家）が著わした『野外生活《Out of Doors》』です。当人も例の忌まわしい生き物に出くわして命を落としかけたので、経験と知識がたっぷり詰まった記述になっています。〝サイアネア・カピラータ〟というのが問題の悪党の学名です。コブラと同じくらい危険で、こいつに刺されたときの苦痛はコブラに嚙《か》まれるよりはるかに大きい。本文から一部抜粋して読みあげましょう。

〃海水浴の最中、ライオンのたてがみに銀紙が交じった塊のような、黄褐色の薄膜と繊維から成る丸みを帯びた物体を見かけた際は、くれぐれも用心してほしい。これは毒針を持つ恐ろしいクラゲ、サイアネア・カピラータである。〃

さっきわれわれが見た不気味な生き物を、きわめて明快に描写していると思いませんか？

このあとに記されているとおり、著者自身もケント州沖で泳いでいるときに、この毒クラゲと遭遇しました。ほとんど目に見えない蜘蛛《くも》の糸のような触手を放射状に伸ばしていて、その長さは五十フィートにも及び、近づいた者を死に至らしめる危険があるとのこと。離れたところにいたウッド師でさえ、半死半生の目に遭っています。

〃糸状のおびただしい数の触手は皮膚に真っ赤な筋を残す。間近で見ると、細かい斑点《はんてん》や膿疱《のうほう》が連なっていて、そのひとつひとつが神経を焼けた針で突き刺されているかのような痛みを発する〃

著者が語るには、そういった局所的な痛みはまだ序の口で、それ以上の強烈な苦しみが待っている。

〃激痛に胸を貫かれ、わたしは銃弾に撃たれたかのように倒れた。脈動が停まりかけ、心臓が胸を突き破らんばかりに六、七回跳びはねた〃

ウッド師は瀕死《ひんし》の状態に陥りました。泳いでいたのが狭くて静かな潮だまりではなく、波の荒い海だったにもかかわらず。本人の記述によると、自分の顔だとは信じられないほどの変わりようで、しなびた蒼白《そうはく》な肌に深いしわが刻まれていたそうです。ブランデーを一瓶丸ごとあおって、九死に一生を得たのだとか。警部、この本をあなたにお預けします。お読みになれば、マクファースンの身に起こった悲劇がよく理解できるでしょう」

「ついでに、ぼくへの疑いも解ける」イアン・マードックが苦々しく笑った。「責めるつもりはありませんよ、警部。あなたのこともです、ホームズさん。疑うのも無理はないと思いますから。身の潔白を証明できたのは、奇《く》しくも逮捕直前に気の毒な友人と同じ目に遭ったからなんですね」

「いや、それはちがいますよ、マードック君。僕はもうこの線を追っていた。予定どおり今朝早く浜へ行っていたら、きみにこんな苦しい思いをさせなくて済んだのだが」

「どうやって正解にたどり着いたんですか、ホームズさん？」

「僕は乱読家でしてね。しかも、そこで知った些細《ささい》な事柄を不思議とよく覚えている。〝ライオンのたてがみ〟という言葉は、聞いた瞬間から妙に気になっていた。以前どこか思いがけないところで、同じ言葉に出合った記憶があったからです。もうご承知のとおり、〝ライオンのたてがみ〟は例の生き物を指しています。マクファースンが見たときは水に浮かんでいたんでしょう。彼は最後の力を振りしぼって、あの言葉で自分を襲った犯人を僕らに知らせようとしてくれたんです」

「じゃあ、ぼくは晴れて自由の身ですね」マードックはのろのろと立ちあがった。「ぼくからも二、三説明させてください。捜査がどこを向いて進んでいたのかはわかっていますので。ぼくがあの女性を好きだったのは本当です。でも、選ばれたのが友人のマクファースンだと知った日から、ひたすら彼女の幸せを願って精一杯支えてきました。そばで二人の橋渡し役を務められれば、それで満足でした。手紙を取り次いだことも何度もあります。二人から信頼されていましたし、彼女はぼくにとってかけがえのない存在なんです。友人の訃報《ふほう》を急いで伝えに行ったのも、ほかの誰かにいきなり無神経な態度で知らされるのを防ぎたかったからです。彼女は三人の間柄については明かさないでしょう。誤解を生んで、ぼくが苦しい立場に追いこまれるのを心配して。校長、〈ザ・ゲイヴルズ〉へ戻るのを許可していただけませんか？　自分の寝床が一番落ち着くんです」

　スタックハーストは手を差し伸べた。「お互い、あれやこれやで神経が高ぶっていたんだろう。過去のことは水に流してくれないか、マードック。今後は理解し合って、もっとうまくやっていけそうだ」

　二人は親しげに腕を組んで帰っていった。残った警部は、黙ったまま牛のような目でわたしを見ていた。

「これはお見事！」しばらくして、警部が威勢のいい声で言った。「あなたのご活躍は本で読んでいましたが、正直言って半信半疑でした。いやはや、脱帽です！」

　わたしはきっぱりと首を振った。こういう手放しの賛辞を当たり前のように受け取っていると、人は進歩しなくなる。

「僕も出足は鈍かった――まったくもってお粗末でしたよ。死体が水中で発見されていれば、見逃すはずはなかったんですがね。タオルに目をくらまされました。あの哀れな青年にすれば、身体など拭《ふ》いている場合ではなかった。それなのに僕は、タオルを使っていないから水には入らなかったと判断してしまった。そんなていたらくで、水生生物のしわざだと気づけるわけがない。そこから道に迷ってしまったんです。やれやれ、情けない。そんなわけで、警部、これまでちょくちょくあなた方警察をやりこめてきた僕も、今回は危うくサイアネア・カピラータにしてやられるところでしたよ。スコットランド・ヤードの敵討ちとばかりにね」

引退した絵具屋

その朝、シャーロック・ホームズは物憂げな哲学者めいた雰囲気を漂わせていた。元来は機敏で活発な性格でありながら、反動が来るとそんなふうになりがちだ。

「あの男を見たかい？」ホームズが尋ねた。

「いま帰っていった老人のことかな」

「そうだ」

「見たよ。玄関ですれちがった」

「どう思う？」

「かなりしょぼくれた、哀れでむなしい感じの男だね」

「まさしくそうだ、ワトスン。哀れでむなしい。だが、人生はすべて哀れでむなしいものだろう？　あの男の身の上は人間社会の縮図とも言えるんじゃないか？　誰もが手を伸ばす。誰もが手につかむ。じゃ、その手に最後に残るものは？　幻だ。ことによると、もっとひどいもの——嘆きだ」

「彼は依頼人かい？」

「まあ、そう呼んでもかまわないだろうね。スコットランド・ヤードがここへよこしたんだ。医者が不治の病人をもぐりの医者に回すようなものさ。どうせ手のほどこしようがないんだから、その患者をどう扱おうとそれ以上悪くなりようがない、というのが連中の言い分だろう」

「どんな事件なんだい？」

ホームズはテーブルから汚れた名刺を取りあげた。「名はジョサイア・アンバリー。画材製造業者のブリックフォール・アンド・アンバリー社の共同経営者だったそうだ。絵具箱でよく見かける社名だよ。そこそこ儲《もう》けて金を貯め、六十一歳で引退。ルイシャムに家を買い、働き詰めだった人生の仕上げに毎日のんびり過ごすことにした。普通に考えれば、余生は安泰だろう」

「ああ、まさしく」

ホームズは封筒の裏に走り書きした文字を見やった。

「引退したのは一八九六年で、翌一八九七年の初めに自分より二十歳も若い女性と結婚した。写真が正直なら、なかなかの器量よしだ。充分な資産を持ち、妻がいて、余暇もたっぷりある——幸福な未来が開けていそうじゃないか。ところが、二年も経たないうちに落ちぶれて、いまじゃあのとおり日陰がお似合いのみじめな男に変わってしまった」

「なにがあったんだい？」

「よくある話さ、ワトスン。友人の裏切りと妻の心変わりだよ。アンバリーには以前から熱中している趣味がひとつある。それがチェスだ。ルイシャムの家から遠からぬところに、やはりチェスの愛好者である若い医者が住んでいる。ここに書き留めておいたんだが、名はレイ・アーネスト博士。アーネストはたびたび訪ねてきて、いつの間にかアンバリー夫人とねんごろになった。まあ、自然な成り行きだろう。あの不運な依頼人ときたら、内面にどんな長所があろうと、外見はあまりぱっとしないからね。先週、その男女は連れ立って出奔した——行方は杳《よう》として知れない。しかも、不実な妻は身の回り品のほかに夫の証書保管箱まで持って逃げた。そこには老人が一生かけて築いた財産のほとんどが入っていた。妻を捜しだせないだろうか、金を取り戻してもらえないだろうか。これが依頼内容だ。経緯《いきさつ》を聞いたかぎりではありふれた出来事だが、ジョサイア・アンバリーにしてみれば驚天動地の一大事というわけだ」

「きみはどうするつもりだい？」

「いまの状況を考えると、それは僕の質問だな。きみはどうするつもりだい、ワトスン？　僕の代役を引き受けてくれるとありがたいんだが。知ってのとおり僕は目下、〝二人のコプト人長老事件〟で手いっぱいでね。今日あたり正念場を迎えそうだから、ルイシャムまで出かけていく時間はない。とはいえ、現地で集める情報はなにより重要だし、あの老人にもどうか来てほしいと熱心に頼まれた。僕は無理だと断ったんだが、代役が行けば歓迎されること間違いなしだよ」

「いいとも、引き受けよう」私は答えた。「たいして役に立てないかもしれないが、精一杯頑張るよ」

そういうわけで、ある夏の午後、私はルイシャムへ出かけていった。その事件のせいで一週間と経たないうちに国じゅう大騒ぎになるとは夢にも思わずに。


ベイカー街に戻って任務の報告をしたのは、その晩遅くなってからだった。ホームズはいつもの椅子に痩《や》せた身体を沈め、パイプからつんとする煙草の煙をゆっくりと立ちのぼらせていた。うつろな目でまぶたを半ば閉じ、眠っているように見えるが、そうでないことは時折示す反応で明らかだった。私の話が途切れたりあやふやになったりすると、そのたびにまぶたをわずかに開け、剣のように鋭く光る灰色の眼で私をじっと見るのだ。

「ジョサイア・アンバリー氏の家は安楽《あんらく》荘と名付けられている。面白いだろう、ホームズ？ いかにもうらぶれた没落貴族のような風情じゃないか。あの周辺はくたびれた郊外の街道筋で、似たようなレンガ造りの家が並ぶ単調な通りばかりだが、その中心に浮かぶ、いにしえの文化を伝える安らぎの小島が、この安楽荘というわけだ。周囲にめぐらされた雨ざらしの高い塀は、シダでまだらに覆われ、苔《こけ》をかぶり、いうなれば――」

「詩情は不要だよ、ワトスン」ホームズがぴしゃりと言う。「要するに、高いレンガの塀なんだろう？」

「ああ、そうだ。道端で一服していた通行人に尋ねなかったら、どれが安楽荘なのかわからなかったよ。その通行人について説明しておこう。長身で色が浅黒く、濃い口ひげをたくわえた軍人風の男だ。顎《あご》をしゃくって安楽荘のほうを示しながら、こちらを胡散臭《うさんくさ》そうに見たが、ぼくはその男を少しあとに思い出すことになる。

門を入ったとたん、私道の向こうからやって来るアンバリー氏の姿が見えた。今朝ちらっと見かけたときも変わった人物だと思ったが、明るいところでよく見たら、ますます異様な感じだった」

「僕はむろん自分の目で観察しているが、きみの目にどう映ったかも大いに興味があるよ」

「心労の重さに背中が曲がってしまった男、というところだな。文字どおり重荷を背負っているような曲がり方だからね。とはいえ、最初に見たときほど弱々しい印象ではなかった。肩も胸もがっしりしている。ただ、下に行くにつれ細くなって、脚は小枝みたいだったが」

「左の靴にはしわがあったが、右にはなかった」

「気づかなかったよ」

「きみならそうだろうね。あれは義足じゃないかな。まあいい、先を続けてくれ」

「目についたところを挙げると、古ぼけた麦わら帽子の下からはみだした、蛇のようにくねっている灰色の髪と、荒々しい興奮の表情、それから深いしわの寄った顔だな」

「上々の出来だ、ワトスン。で、きみになんて言ったんだい？」

「自分の不幸な身の上について不平を唱え始めたよ。庭の小道を並んで歩いていたんだが、ぼくは彼の話を聞きながら、抜かりなくあたりの様子をうかがった。それにしても、あそこまで手入れが悪いのも珍しいね。庭は荒れるにまかせていて、草も木も伸び放題。庭園じゃなくて、まるでそのへんの雑木林だよ。まともな奥方なら、あんな状態に我慢できるわけないんだが。家に入れば、そこもまたかなりの荒れよう。あの気の毒な男もさすがに気になったのか、修繕を試みていたようだ。ホールの真ん中に緑色のペンキが入った大きな壺《つぼ》が置いてあったし、彼自身も左手に太い刷毛《はけ》を持っていたからね。木部の塗装に取りかかっていたらしい。

薄汚れた彼の私室へ通されて、そこで長々と話につき合わされるはめになった。言うまでもなく、訪ねてきたのがきみじゃなくてがっかりしていたよ。

『まあ、無理もない。わたしはこのとおりのしがない老人で、しかも財産を根こそぎ持ち逃げされたあとだ。シャーロック・ホームズさんのような有名な方に依頼する資格なんぞ、はなからなかったんですよ』

それを聞いてぼくは、依頼人の財力など問題じゃないときっぱり言い返した。

すると、今度はこうだ。『ええ、わかってますとも。あの方にとって肝心なのは、〝芸術のための芸術〟（『シャーロック・ホームズ最後の挨拶』所収の「赤い輪」を参照のこと）とやらでしたね。だが、犯罪の芸術面を追求したいなら、ここでもなにかしら収穫があったでしょうに。人間の本性についても調べられますしね、ワトスン博士――まったく、恩知らずな最低の連中め！　妻の頼みをわたしが一度でも拒んだことがあったか？　あれほど甘やかされていた女はいませんよ！　それに、あの若造の医者――わたしの息子でもおかしくないような年齢だ。目をかけて、うちに自由に出入りさせてやってた。それなのに、恩を仇《あだ》で返すとは！　ああ、ワトスン博士、なんて嘆かわしい。世の中とは恐ろしいものですな！』

そんな調子で、一時間以上にわたって延々と愚痴や泣き言を聞かされた。どうやら妻の密通にまったく気づかなかったらしい。夫婦二人きりの暮らしで、通いのメイドは一人いるが、夕方六時に帰ってしまうそうだ。問題の出来事が起きた晩、アンバリー氏は奥さんを喜ばせようとヘイマーケット劇場の三階桟敷《さじき》席を二人分予約してあった。ところが、間際になって奥さんが頭痛がひどいから行かないと言いだし、老人はしかたなく一人で出かけた。どうやら嘘偽りのない事実のようだ。奥さんのために用意した未使用の切符を見せてくれたからね」

「それは興味深い――非常に興味深いよ」ホームズの関心はますます高まったらしい。「続けてくれ、ワトスン。きみの話はすこぶる面白い。その切符を細かく見たかい？　まさか座席番号までは覚えていないだろう？」

「ところが、覚えているんだ」私は得意になって答えた。「たまたま自分の昔の学籍番号と同じ三十一だったから、目にしっかり焼きついている」

「でかしたぞ、ワトスン！　じゃあ、あの男の席は隣の三十番か三十二番だな」

「そういうことになる」私は澄ましてつけ加えた。「B列のね」

「ほう、ますます感心した。ほかにはどんな話をしたんだい？」

「本人が金庫室と呼んでいる部屋を見せてもらった。本物だったよ――銀行にあるような金庫室で、鉄の扉とシャッターがついていた。泥棒よけに厳重に造ったそうだ。ところが、奥さんが合鍵《あいかぎ》を持っていたらしく、若い医者と二人で総額七千ポンドにのぼる現金と有価証券を持ち去った」

「有価証券？　どうやって処分するつもりだろう」

「警察にリストを渡しておいたから、二人には換金できないはずだと言っていたよ。彼は真夜中近くに劇場から帰ってきて、異変に気づいた。ドアも窓も開けっぱなしで、二人は逃げたあとだった。置き手紙のたぐいは一切なし。その後もまったく連絡なし。警察にはただちに通報したそうだ」

ホームズはしばらく考えこんだ。

「ペンキを塗っていたんだったね。どこを？」

「廊下だったと思う。さっき話した金庫室の扉と木部は塗り終わっていた」

「こういう状況でペンキの塗り替えとは、妙じゃないか？」

「『気をまぎらわすために、なにかせずにはいられんのだ』と本人は言っていた。確かに妙だが、もともと変わり者なんだから、奇矯なふるまいをしても不思議はないよ。激昂《げっこう》して、ぼくの目の前で奥さんの写真をびりびりに破り捨てたくらいだしね。『いまいましい！　こんな顔は二度と見たくない！』と甲高い声で叫んで」

「ほかにはどうだい、ワトスン？」

「まあ、一番びっくりしたのはやっぱりあれだろうな。馬車でブラックヒース駅まで行って、帰りの列車に乗りこんだときのことだ。発車間際に男が一人、隣の車両に飛び乗るのが見えた。ぼくは普段から人の顔をすぐに覚えるだろう、ホームズ？ あの長身で浅黒い顔の男は、ぼくが安楽荘への道を尋ねた相手と同一人物だった。ロンドン・ブリッジ駅でまた見かけたが、人込みにまぎれてすぐに消えてしまった。あれは絶対にぼくを尾行していたんだよ」

「きみの言うとおりだ！ そうにちがいない！」とホームズ。「長身で色が浅黒くて、濃い口ひげをたくわえているんだったね。灰色のサングラスをかけていただろう？」

「ホームズ、きみは魔法使いみたいだな。さっきは言わなかったが、そのとおりだ。灰色のサングラスをかけていた」

「フリーメイソンのネクタイピンもつけていた」

「ホームズ！」

「簡単なことだよ、ワトスン。それより、実際的な話に移ろう。僕は当初、今回の事件をばかばかしいほど単純で、本腰を入れて取り組むほどのものではないと思っていた。ところが、にわかにまったく異なる様相を呈してきた。残念ながら、きみは任務のあいだ肝要な点をことごとく見落としたが、きみの目にも留まったほど顕著な事柄だけでも、この事件を真剣に検討すべき根拠としては充分だ」

「ぼくがいったいなにを見落としたんだい？」

「気を悪くしないでくれ。僕が何事にも感情を交えない性分なのは知っているだろう？　きみはそれでもうまくやったほうだよ。ほかの人間が行っていたら、目も当てられない結果だったはずだ。しかし、そのきみでも有益な手がかりをもろもろつかみそこねたのはまぎれもない事実だ。たとえば、アンバリーなる男とその妻のことを近所の人たちはどう見ているか。これは特に重要だよ。アーネスト医師のことはどうか。彼は本当にいいかげんな女たらしなのか？　ワトスン、きみの生まれ持っての強みを活《い》かせば、どんな女性も味方になってくれるし、協力もしてくれる。郵便局の娘さんや食料雑貨店のおかみさんなど、情報の仕入れ先はいくらでもあったんじゃないか？　きみがブルー・アンカー亭の妙齢の女性に甘い言葉をささやいて、うまいこと耳寄りな話を聞きだす場面が目に浮かぶようだ。ところが、実際にはそういうことをひとつもやらなかった」

「これからやればいいだろう？」

「僕がもうやっておいたよ。電話とスコットランド・ヤードの協力があれば、この部屋にいながら重要な情報がやすやすと手に入る。結果的に今回得た情報はアンバリーの話をだいたい裏付けるものだった。あの男の地元での評判は、妻を邪険に扱う冷酷な吝嗇家《りんしょくか》。例の金庫室とやらに大金をしまっていたことは確かだ。若い独身のアーネスト医師がアンバリーとよくチェスをしていたのも事実で、アンバリー夫人にちょっかいを出したのもおそらく本当だろう。ふむ、ここまでは特に不審な点はなさそうだ。一見ありふれた出来事に思える。だが、しかし！　現実にはそうじゃないんだ！」

「どこが引っかかるんだい？」

「いや、僕の思い過ごしかもしれないから、いったん棚上げにしよう、ワトスン。仕事漬けの無味乾燥な世界からいっとき抜けだして、音楽鑑賞といこうじゃないか。今夜はアルバート・ホールでカリーナが歌うんだ。めかしこんで食事を楽しむ時間くらいはまだ充分ありそうだよ」

翌朝、私は早めに起床したが、テーブルの上のトーストのくずと卵二個分の殻で、ホームズはもっと早起きだったのだと知った。そのテーブルに走り書きのメモが残されていた。

ワトスンへ

ジョサイア・アンバリー氏に関して確証を得るため、一、二点じかに調べたいことがある。それが済めば、この事件にも解決のめどが立つかもしれない――まだなんとも言えないがね。きみに頼みたいのはひとつだけだ。午後三時頃、家にいてほしい。手伝ってもらうことになるから。

S・H

ホームズはなかなか戻ってこなかったが、当人がメモに書いていた時刻にようやく帰宅した。難しい顔をして、どこかうわの空の近寄りがたい態度で。そういうときの彼は放っておくにかぎる。

「アンバリーは来たかい？」

「いや」

「まあ、じきに現われるだろう」

果たして予想どおりになった。間もなく例の御仁が険しい顔にひどく心配そうな当惑の表情を浮かべて訪ねてきた。

「ホームズさん、こんな電報が届いたんですが、さっぱりわけがわかりませんよ」アンバリーはそう言って一通の電報を差しだした。

それを受け取ったホームズが内容を声に出して読む。

至急お越しください。貴殿の失《う》せ物に関する情報があります。

牧師館にて　エルマン

「発信元はリトル・パーリントン、時刻は午後二時十分」とホームズ。「リトル・パーリントンはエセックス州で、確かフリントンからさほど遠くない距離です。もちろん、すぐに出発なさったほうがいい。相手は教区牧師ですから、責任ある立場のまっとうな人物ですしね。『クロックフォードの聖職者名簿』はどこかな？　ああ、あった。ふむ、ちゃんと名前が載っている。J・C・エルマン、文学修士、ムスモア＝リトル・パーリントン合併教区の聖職禄《ろく》か。ワトスン、鉄道の時刻表を調べてくれ」

「リヴァプール・ストリート駅発午後五時二十分の列車がある」

「ちょうどいいね。きみも同行したまえ、ワトスン。アンバリーさんに助けが必要になるかもしれない。事件はいよいよ佳境を迎えたようだ」

ところが、当の依頼人は腰を上げようとしない。

「ばかげてますよ、ホームズさん。この人物が事件のことなんぞ知ってるわけがない。時間と金の無駄だ」

「本当に知らなかったら、電報なんかよこすわけないでしょう。急いで行くと先方に返信してください」

「行く気はありませんな」

ホームズは恐ろしく険悪な顔つきになった。

「アンバリーさん、これだけ有力な手がかりが現われたのに無視を決めこむつもりですか？　警察も僕もさすがに気分を害しますよ。本当は捜査にあまり乗り気ではないのかと疑いたくなる」

そう指摘され、依頼人は急におろおろしだした。

「めっそうもない。そこまでおっしゃるなら、行きますよ。普通に考えれば、この牧師がなにか知ってるなんて、ばかばかしくて信じる気になれませんが、あなたがそうお考え——」

「ええ、そう考えています」ホームズが断言した。それで決まりだ。アンバリーと私はともに旅をすることになった。部屋を出る際、ホームズは私を脇へ呼んで注意を与えた。それだけこの件を重視している証拠だろう。「現地に着くまで、あの男をしっかり見張るように。もし途中で姿をくらましたり引き返したりしたら、最寄りの電話局に飛びこんで、『逃げた』と一言知らせてくれ。どこにいても必ず連絡がつくよう手配しておく」

リトル・パーリントンは支線の駅なので、たどり着くのは容易ではない。そのうえ、楽しい思い出になるような旅にはほど遠かった。その日はうだるような暑さで、列車はのろのろとしか進まず、連れは不機嫌そうに黙りこくって、たまに口を開いても、どうせ無駄足だと皮肉交じりに文句を垂れるだけ。ようやく目的地の小さな最寄り駅で下車したが、さらにそこから二マイルも馬車に揺られて、やっとのことで牧師館に到着した。書斎で私たちを迎えたのは、尊大でもったいぶった態度の大柄な牧師だった。彼の前にはこちらが打った電報が置かれていた。

「さて、お二方、ご用件をうかがいましょう」

「あなたの電報を受け取ったので、訪ねてきました」と私は説明した。

「わたしの電報？　覚えがありませんな」

「いえ、ジョサイア・アンバリー氏宛てに打っておられますよ。彼の奥さんとお金の件で」

「冗談だとしても質《たち》が悪い。度が過ぎていますぞ」牧師は憤然と言った。「そんな人の名前は一度も聞いたことがないし、電報なんぞ誰にも打っていない」

依頼人と私はびっくりして顔を見合わせた。

「では、なにか手違いがあったんでしょう」私は言った。「たとえば、この地区にもうひとつ牧師館があるとか。ご覧ください、これがその電報です。発信人は牧師館のエルマンとなっています」

「牧師館はここだけ、牧師も一人だけです。その電報は偽物だ。いったい誰のしわざか警察に徹底的に調べてもらわなければ。いずれにせよ、もう話し合いを続ける理由はどこにもありません。お引き取り願いましょう」

そうしてアンバリー氏と私は追いだされ、路上にたたずんだ。イギリスのどこを探しても、ここ以上に辺鄙《へんぴ》な村はないかもしれない。電報局へ向かったが、すでに閉まっていた。幸いなことに、レイルウェイ・アームズ亭という小さな宿屋に電話があったので、ホームズに連絡した。旅の予期せぬ結果を聞いて、ホームズも私たち同様にびっくりした。

「それは不思議だ！」電話の向こうから遠い声が聞こえる。「なんとも珍しい事態に遭遇したね！　気の毒だが、ワトスン、今夜はもう帰りの列車はないだろう。まさかこんなことになるとは思わなかったので心苦しいが、寂しい田舎の宿で一晩過ごしてもらうしかない。素朴な自然を旅のお供に——ああ、ジョサイア・アンバリーもいたね。この際だから、素朴な自然とアンバリーの双方とじっくり心を通わすといい」くっくっと笑う声を残して、電話が切れた。

連れの男の吝嗇家という評判は本当だったと、じきにつくづく思い知らされた。旅費のことでは最初から不平を唱えどおしで、行きも三等車にすると言って譲らなかったのだが、宿泊代の支払いも渋りに渋った。翌朝、ようやくロンドンに帰り着いたときは、二人とも不機嫌なことにかけてはいい勝負だった。

「せっかくですから、ベイカー街に立ち寄ってはいかがです？」私は言った。「ホームズからなにか新しい助言があるかもしれません」

「昨日と似たようなものだったら、またこんな目に遭うだけで、ちっとも助けにならんでしょうな」アンバリーは顔をしかめて恨み言を言いながらも、私について来た。ホームズには電報で到着時間を知らせておいたのだが、ベイカー街に戻ると彼の置き手紙に迎えられ、私たちをルイシャムで待っているとのことだった。なぜだろうと驚いたが、ルイシャムの依頼人の家に行って、その何十倍も驚いた。居間で私たちを待ちかまえていたのは、ホームズだけではなかった。彼の隣にもう一人、いかめしい顔つきの男が無表情で座っていたのだ。灰色のサングラスをかけて大きなフリーメイソンのネクタイピンをつけた、例の色の浅黒い男だった。

「こちらは友人のバーカー氏です」ホームズがその人物を紹介した。「彼もこの事件に興味をお持ちなんですよ、ジョサイア・アンバリーさん。これまでは別々に行動してきましたが、バーカー氏も僕もあなたに尋ねたいことはただひとつです！」

アンバリーは椅子にどさっと腰を下ろした。切迫した空気を感じ取ったのだろう、目に緊張が走って、顔がぴくぴくとひきつっている。

「なんでしょう、ホームズさん？」

「死体をどうしましたか？」

かすれた悲鳴とともに、アンバリーが急に立ちあがった。口をくわっと開け、骨ばった両手で空《くう》をつかむ姿は、さながら猛禽類《もうきんるい》のようだった。一瞬、ジョサイア・アンバリーの正体が見えた気がした。肉体だけでなく、魂までゆがみきった醜い悪魔。彼はぐったりと椅子に腰かけ、咳《せき》をこらえようとするかのように口を手でふさいだ。そのとたんホームズが虎のごとく飛びかかり、アンバリーの顔を床のほうへねじ曲げた。あえいでいる老人の唇から白い丸薬がひとつ、ぽとりと落ちた。

「抜け道は許さないぞ、ジョサイア・アンバリー。〝しかし、すべてを適切に、秩序正しく行いなさい〟と聖書にもあるだろう？（訳注：新約聖書『コリントの信徒への手紙一』十四章四十節より）行儀よくそれを守ってもらう。バーカー、どうしようか？」

「外に辻《つじ》馬車を待たせてある」むっつりした男がようやく口を開いた。

「署までほんの数百ヤードだ。同行しよう」とホームズ。「ワトスン、きみはここにいてかまわないよ。三十分くらいで戻ってくる」

元絵具屋のがっしりした体軀《たいく》はライオン並みに強靭《きょうじん》だったが、こういう場面に慣れている二人の男の前では無力に等しかった。身をよじったりもがいたりしながら、抵抗むなしく馬車へ引きずられていき、不吉な家の留守番を私がたった一人で引き受けることになった。ありがたいことに、ホームズは予定よりも早く、有能そうな若い警部を連れて戻ってきた。

「バーカーには署で形式的な手続きを進めてもらっている」ホームズは言った。「そういえば、バーカーが何者かはまだよく知らなかったね、ワトスン。このサリー州では僕の強力な好敵手なんだ。長身で色の浅黒い男ときみから聞いて、すぐにぴんと来たよ。彼は難事件で何度も手柄を立ててきた。そうだったね、マキノン警部？」

「たびたび割りこんできたことは事実です」奥歯に物がはさまったような返答だった。

「僕と同じで、彼のやり方は型破りなんだよ。だが知ってのとおり、型破りのほうが役立つ場合もある。きみは職務上、容疑者にあらかじめ警告する義務があるだろう？〝あなたの発言はすべてあなたに不利な証拠として使われることがある〟と。今回のように悪党にはったりをかけて、自白も同然の言動を引きだす方法は断じて使えない」

「そのとおりです。しかし、われわれ警察はそれでも最後は同じ成果を挙げられます。今回の事件で警察にはなんの見通しもなく、いつまで経っても犯人逮捕には至らなかった、などと決めつけないでください。こう言ってはなんですが、突然しゃしゃり出てきたあなたに、警察にとって禁じ手の技で手柄を横取りされては、腹が立たないわけないでしょう」

「そんな盗《ぬす》っ人《と》じみたまねはしないよ、マキノン君。ご心配なく、でしゃばるつもりはないから。バーカーだって、僕が頼んだこと以外はなにもやっていないんだ」

警部は見るからにほっとした顔になった。

「度量の大きい方なんですね、ホームズさん。しかし、新聞はうるさく書き立てるに決まっています。あなたなら賞賛されようが非難されようがびくともしないでしょうが、警察はちがいます。質問攻めに遭うのは目に見えていますよ」

「それはそうだが、新聞はどっちみちいろいろ訊《き》いてくるから、事前に答えを考えておいたほうがいい。たとえば、気骨のある優秀な記者にこう訊かれたとしよう。具体的にどういう点を不審に思って、真相を解明できたのか、と。さあ、どう答える？」

警部は困った顔をした。

「警察は真相を完全に解明できているわけではありません、ホームズさん。あの男は三人の目撃者の前で自殺を図ったから、妻とその愛人を殺した罪を自白したも同然だ、ということですが、ほかにどんな証拠をつかんでおられますか？」

「家宅捜索の手配は？」

「巡査三名でじきに取りかかります」

「じゃあ、すぐになによりも明確な証拠が見つかるだろう。死体は遠くへは行けない。まずは地下室と庭だね。怪しい場所を掘るだけだから、たいして時間はかからないよ。この家は水道管が普及するよりも前に建てられている。どこかに使われていない古井戸があるはずだ。ひとつ運試しをしてはどうかな」

「なぜそこまでご存じなんですか？　犯行はどうやって行なわれたんです？」

「最初に事件全体の流れを追って、そのあとに詳しく解説しよう。警部にも、初めから終わりまで献身的に働いてくれた僕の辛抱強い相棒にも、きちんと説明すべきだからね。まず、犯人の精神状態に関する見解を述べておこう。間違いなく正気じゃない——終着点は絞首台よりブロードムア精神科病院のほうがふさわしいと思うくらいだよ。

あの男には、現代のイギリス人より中世のイタリア人に近い気質が高濃度で混じっているようだね。見下げ果てたけちんぼうで、あんまりしみったれているものだから妻はすっかり愛想を尽かし、女たらしの誘惑にいつ負けてもおかしくなかった。そこへ現われたのが、チェス愛好家の若い医者というわけだ。アンバリーはチェスが強かった。策略に長《た》けた人間のひとつの特徴だよ、ワトスン。吝嗇家《りんしょくか》のご多分に漏れず、嫉妬《しっと》深い性格でもあり、その嫉妬心は常軌を逸するほどに燃えあがった。事実か誤解かはわからないが、アンバリーは医者と妻の密通を疑った。そこで復讐《ふくしゅう》を決心し、狡猾《こうかつ》な頭で腹黒い計画を練った。では、ついて来たまえ！」

ホームズは私たちを先導して、まるで自宅にいるかのような勝手知ったる様子で廊下を進み、例の金庫室の開いた扉の前で止まった。

「うわっ！　ペンキの匂いがきつい！」警部は声を張りあげた。

「これが第一の手がかりだった」とホームズが言う。「ワトスン博士の観察力に感謝しないとね。彼がそこから推論をなにも導きだせなかったのは残念だが。とにかく、僕はここを起点に考えた。なぜあの男は、こんなときに家じゅうにきついペンキ臭をまき散らしたのか。むろん、都合の悪い別の匂いを隠すためだ——疑いを招くであろう犯罪の匂いを。次に思いあたったのは、いまわれわれの目の前にある、鉄の扉とシャッターで密閉された部屋の存在だった。これら二つの事実を足して出てくる答えとは？　正解を手に入れるには、自分でこの家を調べてみるしかない。これが重大事件であることはもう疑いようがなかった。ヘイマーケット劇場の切符売り場で確認したところ――これもワトスン博士のおかげだが――あの晩、三階桟敷《さじき》席のB列は三十番も三十二番も空席だったんだ。つまり、アンバリーは劇場に行っていない。アリバイは崩れた。妻のために取った座席の番号を洞察力の鋭い我が親友に見せるとは、あの男もうかつだったな。残る問題は、どうすればこの家を調べられるかだ。僕は思いつくかぎりで一番辺鄙《へんぴ》な村へ使いを送り、その日のうちには戻ってこられない時間にアンバリーを電報でおびき寄せた。手違いのないようワトスン博士に付き添わせて。拝借した善良なる牧師の名前は『クロックフォードの聖職者名簿』で見つけた。ここまでは理解してもらえたかな？」

「さすがです」警部の声には畏敬《いけい》の念がこもっていた。

「邪魔が入る心配がなくなったので、あとはこの家に忍びこむだけだ。そういうことはお手の物でね。僕はその気になればいつだって強盗に鞍替《くらが》えできるし、その道でも成功するだろう。じゃ、戦利品をお目にかけよう。壁の下の幅木に沿ってガス管が通っているね。そう、それだ。壁の角で上に曲がり、ここの隅にガス栓がある。ガス管は金庫室の内部へ引きこまれ、見てのとおり天井の中央にある石膏《せっこう》でできた薔薇《ばら》の装飾のところで終わっている。先端部分は装飾に隠れて見えないが、実はガス管の口が開いたままなんだ。部屋の外にあるガス栓をひねれば、いつでもガスが室内に充満する仕掛けになっている。扉とシヤッターを閉めた状態でガス栓が全開になれば、こんな狭い部屋だから、閉じこめられた者は二分と持たずに意識がなくなるだろう。どんなずる賢い手を使ったのかは知らないが、部屋に誘いこんだが最後、生かすも殺すもあの男次第というわけだ」

警部は興味深げにガス管を調べた。「そういえば、警官の一人がガスの匂いがすると言っていましたが、そのときは窓も扉も開け放ってあり、すでにペンキ塗りが始まっていたんです。アンバリーによれば、前日から塗り始めたんだとか。で、ホームズさん、その続きは？」

「なんと、僕にとっても予想外の出来事が起こってね。明け方に食料貯蔵室の窓からこっそり出ていこうとしたら、いきなり襟首をむんずとつかまれて、『ごろつきめ、ここでなにをしていた？』とすごむ声がしたんだ。後ろへ首をねじると、サングラスをかけた我が好敵手、バーカー氏の顔があるじゃないか。妙なところで会ったものだと、お互いにやりとしたよ。彼のほうはレイ・アーネスト医師の家族の依頼で調べるうちに、僕と同じくこれは犯罪だという結論に達したらしい。数日前からこの家を見張っていて、訪ねてきたワトスン博士に疑わしい人物として目をつけたが、逮捕に持ちこむ決め手が見つからずにいた。そんな折、食料貯蔵室の窓から這《は》いでてきた男を見つけたものだから、矢も楯《たて》もたまらず行動に出たそうだ。言うまでもなく僕は事の成り行きをすべて話し、合同で捜査を続けることになった」

「なぜ彼と？　われわれ警察がいるにもかかわらず」

「さっきのちょっとした実験をやりたかったからなんだ。それができたおかげで、願ってもない結果を得られた。警察にはあそこまでやるのは無理だったろう」

警部はにやりとした。

「確かに無理だったでしょうな。ところで、先ほどのお話では、ホームズさんはもう事件の表舞台から退場して、手柄はそっくりわれわれに譲ってくださるとのことでしたね」

「もちろんだとも。僕はいつもそうしているよ」

「では、警察を代表してお礼を申しあげます。ご説明どおり事件の全容は明らかになったようですし、遺体捜索にもさほどてこずらないでしょう」

「もうひとつ、薄気味悪い証拠をお目にかけよう」ホームズは言った。「アンバリー自身はまだ気づいていないだろうね。警部、事件捜査の秘訣《ひけつ》を授けるよ。つねに他者の立場に立って、自分だったらどうするだろうと考えてみるんだ。それなりに想像力を要するが、やっただけの甲斐《かい》はあるよ。さっそく例題だ。この狭い金庫室に閉じこめられて、生きられる時間はあと二分しかないとしよう。扉の向こうできみをあざ笑っている悪人になんとかして一矢報いたい。さあ、どうする？」

「なにか書き残します」

「そのとおり。自分がなぜ死ぬのか皆に知らせたい。ただし、紙に書いても無駄だ。すぐに見つかってしまう。だが壁に書けば、犯人が見過ごして、のちに誰かが気づいてくれるかもしれない。ほら、ここを見たまえ！　幅木のすぐ上に、消えない紫の色鉛筆で殴り書きした文字がある。〝わたしたち――わたしたちは――〟これだけだがね」

「どういうことでしょう」

「そうだな、床からわずか一フィートの位置だから、かわいそうに、これを書いたときはすでに倒れて絶命寸前だったんだろう。最後まで書き終わらないうちに失神してしまった」

「きっと、〝わたしたちは殺された〟と書きたかったんでしょうね」

「僕もそう思うよ。死体のどこかから色鉛筆が見つかれば――」

「見つけてみせます、必ず。任せてください。それはそうと、有価証券はどこへ行ったんでしょう？　盗まれてなどいなかったわけですし、アンバリーが実際に所有していたことは警察のほうで確認済みです」

「あの男が安全な場所に隠しているにちがいない。妻たちの逐電騒ぎのほとぼりが冷めたら、思いがけなく手元に戻ってきたことにするつもりだったんだろう。逃げた二人が後ろめたくなって送り返してきたとか、途中で落としていったとか、自分に都合のいい理由を吹聴《ふいちょう》して」

「ホームズさんはどんな難題を出されても、びくともしないんですね」警部が言った。

「あの男にすれば、警察には通報しないわけにいかなかったんでしょうが、なぜあなたを引きこんだのか理解に苦しみます」

「慢心だよ！」とホームズは答えた。「自分の悪だくみに惚《ほ》れ惚《ぼ》れして、絶対につかまりっこないとうぬぼれていた。たとえ近所から疑いの目を向けられても、〝ほれ見ろ、警察だけじゃなくシャーロック・ホームズにまで相談してるんだぞ〟と言って潔白を主張できる」

警部が声をあげて笑った。

「シャーロック・ホームズにまでとは恐れ入りましたよ。警察は形無しですが、そうおっしゃるだけの活躍ぶりでした。これほど見事な芸当は初めて見ましたよ、ホームズさん」

それから数日後、ホームズが隔週刊の〈ノース・サリー・オブザーバー〉紙を私のほうへひょいと放った。〝安楽荘の恐怖〟に始まり、〝警察の妙々たる働き〟に終わる派手派手しい見出しの下に、活字をぎっしり詰めこんだ記事がある。事件の顚末《てんまつ》を知らせる最初の詳報だった。しめくくりの一節を見れば、ほかの部分がどんな調子かは推して知るべしだろう。

　ペンキの匂いひとつから、ガスのような別の匂いを隠そうとする意図を察知したマキノン警部は、まさしく慧眼《けいがん》の士である。金庫室が処刑室に用いられたとする大胆な推理にも脱帽させられた。それに続く、犬小屋で巧妙に隠されていた古井戸からの遺体発見も含め、今回の一連の捜査は犯罪史上に輝かしい足跡を刻み、専門家の知恵を結集した我らが警察の優秀さを長く世に伝えていくであろう。

「まあ、良しとするか。マキノンは好人物だからね」ホームズは寛大にほほえんで見せた。

「これを僕らの事件簿の記録に加えておくといいよ、ワトスン。いつか真相を語る日が来るかもしれない」

ヴェールの下宿人

シャーロック・ホームズ氏が現役で活動していた二十三年間のうち、十七年間は私も協力し、彼の探偵としての功績を記録する役目まで仰せつかっていたので、言うまでもなく事件簿の執筆に必要な材料には事欠かない。

難しいのはつねに、材料を見つけることではなく選ぶことだった。年ごとに仕分けした記録で本棚が丸ごとひとつ埋まっているうえ、書類で満杯の文書箱がいくつもあるから、その道の研究者にとっては垂涎《すいぜん》の的だろう。ヴィクトリア朝後期の犯罪にかぎらず、社交界や官界の醜聞に至るまで、幅広い資料がそろっている。

その醜聞に関してひとつ断っておくと、一族の評判や家名を傷つけないでほしいと訴えかける書状を送ってきた方々には、心配無用と申し伝えたい。我が友人は分別に富む、高い職業倫理を持った男で、回想録の選択には良識をもってあたり、いかなる相手の信頼も裏切ることはないと断言できる。にもかかわらず、最近これらの記録文書を奪って破棄しようとする許しがたき企てが発覚した。誰の指図なのかはわかっている。今度また同じことが繰り返されれば、政治家と灯台と鵜飼《うか》いにまつわる件の全貌《ぜんぼう》をホームズの許可のもとに公表する。少なくとも読者のなかの一人には、それがどういうことか心当たりがあるはずだ。

　私はこれまでの回想録で、ホームズに生まれつき卓越した勘と観察力がそなわっていることを折に触れて書き記してきたが、すべての事件に彼がその才能を発揮する機会があったわけではない。惜しまぬ努力がようやく実を結んだこともあれば、思いがけず成果が転がりこんできたこともある。いずれにせよ、ホームズの出番がほとんどなかった事件には、しばしば痛切きわまる人間の悲劇がからんでいた。これから語る話もそのひとつだ。事件の性質上、人名と地名は若干変更するが、それ以外はすべてありのままの事実である。

　ある日の午前――一八九六年の後半だった――私はホームズから手紙で至急の呼び出しを受けた。ベイカー街の家に着くと、ホームズは煙草の煙がもうもうと立ちこめた部屋に座っていて、向かいの椅子には下宿のおかみさんといった風情の丸々太った親切そうな女性の姿があった。

「こちらはサウス・ブリクストンにお住まいのメリロー夫人だ」ホームズは手振りをまじえて私に紹介した。「煙草を吸ってもかまわないそうだから、ワトスン、きみも悪習にふけりたければご自由に。メリローさんは興味深い話を聞かせてくださっているんだが、このあとさらに面白い展開が待っているようだから、きみにも同席してもらったほうがいいと思ってね」

「もちろん、ぼくでよければぜひ――」

「かまわないでしょう、メリローさん？　ロンダー夫人のところへうかがうことになる場合は、立会人を一人連れていきたいのです。先方の了承を得られるよう事前に取り計らっていただけますね？」

「どうぞお気遣いなく、ホームズさん。あの人はどうしてもあなたに会いたいはずですから、教区の全員を引き連れていっても文句は言いませんよ」

「では、午後の早い時刻にうかがうとしましょう。その前に事実関係を正確につかんでおきたいので、ワトスン博士に事情をのみこんでもらうためにも初めからおさらいさせてください。さっきうかがった話では、ロンダー夫人はお宅に下宿して七年になるが、あなたが彼女の顔を見たのはたった一度だけということでした」

「見なかったほうが、どんなによかったことか！」とメリロー夫人。

「損傷の激しい状態だったんですね？」

「ホームズさん、あれはもう顔じゃありませんよ。そうとしか言いようがないんです。前に一度、あの人が上の階の窓から顔をのぞかせているのを、うちに来た牛乳配達人が偶然見かけましてね。びっくりして牛乳缶を倒したもんですから、前庭一面びちゃびちゃになりましたよ。それほどむごいありさまなんです。わたしも不意打ちのような形でたまたま見てしまったんですが、あの人は慌てて顔を隠して、こう言いました。『メリローさん、わたしが絶対にヴェールを取らないわけがおわかりになったでしょう』と」

「その方の身の上についてご存じのことは？」

「なにもありません」

「最初に来たとき、紹介状を持っていましたか？」

「いいえ。でも、下宿代は現金で気前よく払ってくれました。四半期の三ヵ月分をぽんと前金で出して、条件についてとやかく言ったりもしませんでした。きょうび、わたしのような貧しい女には、そういう願ってもない話を断る余裕なんかありませんよ」

「お宅を選んだ理由について話しましたか？」

「うちは街路からだいぶ引っこんだところにあって、ほかの家よりうんと静かです。それに下宿人は一人しか置かないし、わたしに家族はいません。よそも何軒かあたってきて、うちが一番理想に近いと思ったんでしょう。あの人が望むのは一人きりのひっそりとした暮らしで、そのためならいくらでも払う気なんですよ」

「一度きりの偶然を除いては、これまでずっと顔を見せなかったわけですか。なるほど、興味をそそりますね。実に不可解な話だ。あなたが事情を探ってほしいと思われるのも当然です」

「いいえ、探ってほしいわけじゃないんです、ホームズさん。下宿代をきちんといただきさえすれば、それで充分ですし、あんなに静かで手のかからない下宿人はそうそう見つかりませんので」

「では、相談にいらした理由は？」

「彼女の健康状態ですよ、ホームズさん。目に見えて弱っていきますし、なにか深刻な悩みを抱えているようなんです。『人殺し！』って叫ぶんですから。『人殺し！』って。『この汚らわしいけだもの！　人でなし！』っていうのも一度聞いたことがあります。あのときは夜中で、家じゅうに声が響き渡って、こっちは生きた心地がしませんでしたよ。それで翌朝、あの人のところへ行って言いました。『ロンダーさん、なにか心配事があるんなら、牧師さんがいますよ。警察もね。相談に行って、助けてもらったらどうですか？』そうしたら、あの人の答えはこうでした。『警察なんて、行けっこないわ！　牧師さんも過去を変えられるわけじゃありません。でも、死ぬまでにせめてどなたかに本当のことをわかってもらえれば、少しは気持ちが楽になるでしょう』

『だったら、警察でも牧師さんでもない、本でおなじみの探偵さんはどうです？』わたしはそう言ってみました。勝手にすみません、ホームズさん。でも、あの人はたいそう乗り気になりましてね。『それがいいわ！　どうしてもっと早く思いつかなかったのかしら。メリローさん、その方をここへ連れてきていただけません？　もし断られそうになったら、わたしは猛獣使いのロンダーの妻だと伝えてください。アッバス・パーヴァという地名も添えて。いま紙に書きましょう』これがその紙です。『わたしの思っているとおりの方なら、これをお見せすれば必ずいらっしゃいます』とのことでした」

「予想は的中です」ホームズは言った。「うかがいますとも、メリローさん。その前にワトスン博士と簡単に打ち合わせをしておきたいので、昼食の時間まで出られそうにありません。三時頃にブリクストンのお宅でまた会いましょう」

客がよちよちと――メリロー夫人の歩く姿を表現するのにそれ以上ぴったりの言葉はないだろう――出ていくなり、ホームズは部屋の隅に積みあげられている備忘録の雑記帳に飛びつき、それらを一心不乱に調べ始めた。しばらくのあいだページをめくる規則正しい乾いた音が続いたあと、満足げな低い声が聞こえた。どうやら探していたものが見つかったらしい。興奮のあまり立ちあがるのも忘れ、床の上で風変わりな仏像よろしく胡坐《あぐら》をかいたままだ。まわりには大きな雑記帳が散乱し、膝《ひざ》にも一冊広げてある。

「この事件には当時ずいぶん悩まされたよ、ワトスン。ほら、余白に残っている書き込みがその証拠だ。正直言って、まったく歯が立たなかったんだが、検死官が間違っていることだけは確信していた。きみは覚えていないのかい、アッバス・パーヴァの悲劇を？」

「覚えていないよ、ホームズ」

「あのときはきみもここにいたんだがね。もっとも、僕の記憶にも表面的な印象しか残らなかった。考察のよりどころになるものがなにもなかったし、関係者の誰からも調査を依頼されなかったからね。この資料に目を通してみるかい？」

「要点だけ教えてもらえるとありがたいんだが」

「お安い御用だ。きっと聞いているうちに思い出すだろう。あの頃、ロンダーといえば世に聞こえた名前で、全盛期には当代随一の興行師であるウームウェルやサンガーと並び称されたほどの人物だった。だが、酒に溺《おぼ》れたせいで本人も彼の興行もすっかり落ちぶれてしまう。ちょうどその時期だよ、前代未聞の恐ろしい悲劇が起こったのは。問題の晩、街道沿いにウィンブルドンへ向かっていた彼の一座は、途中にあるバークシャー州の小さな村、アッバス・パーヴァで野営していた。そのような極端に人の少ない土地では採算が合わないため、興行せず単に泊まっていただけだった。

サーカスの目玉となっていたのが北アフリカの立派なライオンで、サハラ・キングと名付けられていた。客の前でロンダー夫妻が二人ともライオンの檻《おり》に入って、芸を披露するのが恒例だった。見てごらん、これが演技中の写真だ。ロンダーは巨大な豚のような男で、妻のほうはとびきりの美女だ。検死審問での証言によると、そのライオンにはすでに危険な徴候が現われていたそうだが、世の習いで慣れから油断したんだろう、もしもの場合に備えていなかった。

毎晩、ロンダーか妻のどちらかがライオンに餌をやっていた。どちらか一人のときもあれば、二人一緒のときもあったが、ほかの者が行くことは禁じられていた。いつも夫妻が餌を運んでやっていれば、ライオンは恩を感じて二人に危害を加えることはないだろう、との考えからだった。ところが、七年前の運命の晩、二人そろって行ったにもかかわらず、世にも恐ろしい凄惨《せいさん》な事件が起きた。細部はいまだ謎に包まれている。

判明している事実は次のとおりだ。真夜中近く、ライオンの咆哮《ほうこう》と女の悲鳴で一座の全員が目を覚ました。飼育係やらなんやらがテントから飛びだしてカンテラを手に駆けつけると、光のなかに浮かびあがったのは、なんともむごたらしい光景だった。後頭部がつぶれ、頭皮に深い爪痕《つめあと》が走ったロンダーが、扉の開いた檻から十ヤードほどのところに横たわっていたんだ。扉のそばではロンダー夫人が仰向《あおむ》けに倒れ、ライオンがその上にのしかかって激しくうなり声をあげていた。

夫人は猛獣の爪に顔をずたずたに裂かれていて、すでに事切れているように見えた。怪力男のレオナルドと道化師のグリッグズを先頭に、団員数人が長い棒で突くと、ライオンは夫人から離れてさっと檻のなかへ戻った。すかさず扉を閉めて施錠した。なぜ扉が開いたままだったのかはわからない。推測では、夫妻が檻に入ろうと扉を開けた瞬間、猛獣が飛びかかってきたんだろうとのことだった。ほかには特に不審な点はないが、強いて挙げるなら、意識が混濁していた夫人のうわごとだろう。夫妻の寝起きする幌馬車《ほろばしゃ》へ運ばれていくあいだ、『卑怯《ひきょう》者！　卑怯者！』と口走っていたそうだ。彼女が法廷で証言できるくらいまで回復した六ヵ月後、ようやく検死審問が開かれたが、事故死という当たり前の評決が下された」

「ほかに考えようがあるのかい？」と私。

「きみならそう言うだろうと思ったよ。だけどね、バークシャー州警察の若いエドマンズが首を傾げた点も二、三あったんだ。彼は切れ者だったよ！　のちにインド北部のアラハーバードへ赴任した。そもそも僕がこの事件を知ったのは、彼がひょっこり訪ねてきて、パイプをふかしながら語ってくれたのがきっかけだ」

「黄色っぽい髪の痩《や》せた男だね？」

「そのとおり。どうやら思い出してくれたようだね」

「彼が首を傾げた点というのは？」

「彼だけでなく、僕もだよ。頭のなかで事件を再現しようとしても、矛盾にぶつかってうまく行かないんだ。ライオンの立場で考えてみよう。檻から解放された。次にどうした？ ロンダーのところまで五、六歩跳ねた。背を向けて逃げだしたロンダーに――ライオンの爪痕が後頭部にあったからね――襲いかかった。ところがそのあと、遠くへ逃走するのではなく、檻のそばへ戻って夫人を押し倒し、顔を食いちぎった。例の夫人のうわごとも、助けに来てくれない夫への恨み言に受け取れるが、よく考えると妙じゃないか？ 先に襲われてばったり倒れたロンダーに、妻を助けることなどできっこない。これらがさっき言った矛盾というやつだよ」

「なるほど」

「もうひとつある。いま思い返しているうちに気づいたんだが、ライオンの吠《ほ》え声と女の悲鳴が聞こえたのと同時に、恐怖にひきつった男の叫び声があがったそうなんだ」

「むろん、夫のロンダーだろう」

「いや、頭をつぶされていたのに声なんか出せるわけないさ。しかも、男の叫び声が女の悲鳴にまじって聞こえたと証言する者が少なくとも二人はいた」

「すでに一座全体が大騒ぎになっていたはずだから、叫び声があがってもおかしくないだろう？ ひとつ目の矛盾についても、説明できそうだよ」

「ぜひ聞かせてもらおう」

「ライオンが檻から逃げたとき、十ヤードほど離れた場所には夫と一緒に妻もいたんだ。夫は後ろを見せて襲われた。妻のほうは檻に入って扉を閉めようと考えついた。ほかに避難場所はない。だが檻に逃げこむ寸前、追ってきたライオンが跳びかかり、地面に押し倒されてしまった。背を向けて猛獣を刺激した夫を恨まずにはいられなかったろう。二人とも毅《き》然《ぜん》と前を向いていれば、ライオンを命令に従わせることができたかもしれない。『卑怯者！』と叫んだのはそれが理由だ」

「お見事、ワトスン！　完璧《かんぺき》と言いたいところだが、ひとつだけ難点がある」

「どんなところが？」

「二人とも檻から離れた場所にいたなら、ライオンはどうやって外へ出たんだい？」

「夫妻に悪意を抱く敵がいて、わざとライオンを放ったんじゃないか？」

「普段は二人になついていて、檻のなかで一緒に芸をするほどだったライオンが、いきなり容赦なく襲いかかったのはなぜだろうね」

「ライオンを放ったやつが、怒らせるようなことをしたんだろう」

ホームズはしばらく黙って考えこんだ。

「そうだ、ワトスン、きみの説の裏付けになりそうな話を思い出したよ。ロンダーには敵が多かった。バークシャー州警察のエドマンズによれば、酒が入ると手がつけられなくなったらしい。横暴な大男が、まわりにいる者を相手かまわずののしったり鞭《むち》で打ったりしていたわけだ。メリロー夫人が夜中に聞いたという下宿人の〝けだもの〟うんぬんの叫びは、死んだ夫を思い出してうなされたせいだろう。とはいえ、詳しい事実をつかむまでは、僕らがあれこれ考えても憶測の域を出ない。ワトスン、そこの食器棚にヤマウズラの冷肉とモンラッシェ（訳注：ブルゴーニュ産の白ワイン）が一瓶ある。まずは腹ごしらえをして、活力満点で出かけようじゃないか」

奥まった場所にあるメリロー夫人宅の前で辻《つじ》馬車を降りると、質素だが静けさに包まれた家の玄関で、ふっくらした女主人が開いたドアをふさぐようにして立っていた。大事な下宿人を失うはめになることだけは避けたいのだろう。私たちを上階へ案内する前に、好ましくない結果を招くような言動はくれぐれも控えてほしいと頼みこんできた。どうかご安心くださいとなだめてから、私たちは彼女のあとについて粗末な絨毯《じゅうたん》を敷いたまっすぐな階段をのぼり、謎めいた下宿人の部屋へ通された。

部屋にこもりっぱなしだから当然だが、室内はかび臭くて空気が淀《よど》んでいた。下宿人がこうして狭い場所に閉じこめられているのは、獣を檻に閉じこめていた過去の報いだろうか。その女性は隅の暗がりで壊れた肘掛《ひじかけ》椅子に座っていた。長年、抜け殻も同然で生きてきたのだろう、体形はゆるんでしまっていたが、以前は美しく引き締まっていたにちがいない。いまも豊満ななまめかしさの名残が感じられる。顔に垂らした分厚い黒のヴェールは上唇のあたりまで覆い、その下には理想的な形の口元と優美な丸みを帯びた顎《あご》。確かにこれなら、抜群の美貌《びぼう》を誇っていたことだろう。声も魅力的で、うっとりと聞き惚《ほ》れてしまうほどだった。

「わたしの名前をご記憶だったんですね、ホームズさん」彼女は言った。「もしそうなら、きっと来てくださると思っていました」

「おっしゃるとおりです。ただ、あなたの事件に僕が興味を持っていたことを、なぜご存じだったんでしょう？」

「怪我から回復して、州警察のエドマンズ刑事さんに事情聴取を受けたとき、あなたのことを聞いたのです。わたし、刑事さんには嘘をつきました。真実を話すべきだったんでしょうけれど」

「どんな場合であれ、真実を話すほうが賢明です。しかし、なぜ嘘を？」

「ある人の運命がかかっていたからです。同情する値打ちなどない男だとわかってはいても、わたしの手で破滅に追いこむのはどうしても忍びなくて。彼とは——とても親しい間柄でしたから！」

「いまはもう、その足かせがはずれているのですね？」

「はい。彼は亡くなりました」

「それでもなお、警察にすべてお話しにならないわけはなんですか？」

「もう一人、守ってやらなければならない者がいます。それは、わたし自身です。警察が乗りだせば、世間は大騒ぎになるでしょう。わたしにとっては生き地獄です。もう先は長くありませんが、せめて死ぬときは静かに眠りにつきたいのです。わたしが世を去ってから真実が明るみに出るよう、どなたか分別のある公正な方にこの忌まわしい経験を聞いていただければ、もう思い残すことはありません」

「そういう人物と見込んでいただいて光栄です。しかし、真実を知れば、僕にも責任が生じます。お話をうかがって、警察に通報する義務があると判断するかもしれませんよ」

「その心配はないと思っています、ホームズさん。何年も前からご活躍を拝見してきて、あなたのお人柄もお仕事ぶりもよくわかっているつもりです。読書は不幸な身の上のわたしに残された唯一の楽しみですから、肝心なことはなにひとつ見逃していません。いずれにしても、わたしの悲劇を知ったあとであなたがどうなさるかは運に任せます。お話しすれば、少しはわたしの心が休まるでしょう」

「では、友人も僕も慎んで聞かせていただきます」

彼女は立ちあがると、抽斗《ひきだし》から一枚の写真を取りだした。写っているのは一目でプロの曲芸師とわかる筋骨たくましい男だった。盛りあがった胸の前で太い腕を組み、ふさふさの口ひげの下から満足げな笑みをのぞかせている——多くの者をつき従わせてきた征服者の笑みだ。

「レオナルドです」

「目撃証言を行なった怪力男のレオナルドですね？」

「はい。それから、これが——わたしの夫です」

もう一枚の写真には不快きわまりない顔が写っていた——人間というより豚、いや、猪に近いだろうか。野獣めいた凶暴性をみなぎらせている。下卑た口がいまにも怒りに歯嚙《はが》みし、泡を噴きそうだ。残忍そうな小さな目はどんな相手にも敵意しか向けないだろう。乱暴者、ごろつき、けだもの——顎の角張った顔は、そう呼ばれて当然の人相だった。

「この二枚の写真でお察しいただけるでしょう。わたしはおがくずの床で育った哀れなサーカスの娘。十歳にもならないうちから輪抜けの芸をさせられ、年頃になるとこの男に見染められました。あれは愛情ではなく欲情と呼ぶほうがふさわしいでしょうけれど、不運なことにあの男の妻になってしまいました。

それが地獄の始まりでした。悪魔のような夫にむごい仕打ちを受ける毎日。そのことは一座全体に知れ渡っていました。妻をないがしろにして何人も愛人を作り、わたしが少しでも愚痴をこぼすと、縛りあげて馬鞭《ばべん》で打ちすえました。仲間は皆、わたしに同情していましたし、あの男を憎んでもいましたが、なにもできませんでした。誰もがあの男を恐れていたのです。無理もありませんわ。もともと粗暴な性格で、そのうえお酒に酔うと人を殺しかねないほど荒れ狂うのですから。暴行や動物虐待で訴えられたことも数知れませんが、お金はたんとあるので、罰金をどれだけ払わされても一向に懲りないのです。腕のいい曲芸師たちは残らず座を去り、ショーの人気は落ちていくばかりでした。それを必死に支えていたのがレオナルドとわたし——それから、小さな道化師のジミー・グリッグズでした。哀れなジミー。これといって秀でた芸は持っていませんでしたが、なんとかしようと頑張ってくれました。

そうこうするうちに、レオナルドの存在がわたしにとって大きくなっていきました。写真でご覧になったとおりの外見です。体格は立派でも心はみすぼらしいといまはわかっていますが、当時は夫に比べれば大天使ガブリエルのように思えました。彼はわたしを哀れみ、支えてくれて、いつしかわたしたちは恋人同士になりました——ずっと夢見てきたけれど、わたしには縁がないとあきらめていた、果てしなく深い情熱的な恋でした。夫が疑っているのはわかっていましたが、乱暴者なのに根は臆病《おくびょう》だったのでしょう、怖くてレオナルドにだけは手出しできなかったようです。その腹いせに、わたしをますます虐待しました。ある晩、わたしの悲鳴を聞いたレオナルドが幌馬車《ほろばしゃ》の前まで駆けつけてきて、もう少しで殺し合いになるところでした。じきにレオナルドもわたしも、それはもう避けられないことだと悟りました。夫は生きている価値のない人間です。この世から葬り去ろうと二人で決めました。

レオナルドは奸智《かんち》に長《た》けていて、策略を練るのが得意でした。計画したのは彼です。責任を押しつけているのではありません。初めから終わりまで一緒にやり遂げるつもりでしたから。ただ、わたしにはとてもあんなことは思いつかなかったでしょう。用意したのは棍棒《こんぼう》でした——レオナルドが作ったのですが、鉛の頭の部分に長い鉄釘《てつくぎ》を五本取りつけました。とがったほうを外に向け、ライオンの前足の爪とぴったり合う幅に広げて。夫に致命傷を与えるための凶器です。ライオンを檻《おり》から放つことになっていましたので、その凶器で傷痕《きずあと》を残せば、ライオンのしわざに見せかけられます。

闇夜の晩、いつものとおり夫とわたしは生肉を入れた亜鉛のバケツを持って、ライオンに餌をやりに行きました。檻へ行くときは必ず大きな幌馬車の前を通ります。レオナルドはその陰で待ち伏せしていたのですが、もたついているうちにわたしたちは通り過ぎてしまいました。でも、後ろからこっそり追ってきたらしく、いきなり耳元ですさまじい音が聞こえました。棍棒が夫の頭を砕く音でした。わたしは安堵《あんど》に胸をなでおろしながら、急いで檻へ走り、扉の錠を開けました。

そのときです、身の毛もよだつ出来事が起こったのは。ご存じかと思いますが、猛獣は嗅覚《きゅうかく》が鋭くて、人間の血の匂いにたちまち興奮する習性があります。そういう不思議な本能が働いたのか、ライオンは人が殺されたことを一瞬で察したようでした。閂《かんぬき》をはずしたとたん飛びだしてきて、あっと思ったときにはわたしを押し倒していました。でも、レオナルドならわたしを助けられたでしょう。即座に駆けつけて棍棒で殴れば、ライオンはひるんだかもしれません。それなのに、あの人は急に怖気《おじけ》づいたのです。悲鳴をあげて、一目散に逃げていく姿が見えました。

それと同時にライオンの牙《きば》がわたしの顔を食い破りました。熱くて臭い息を吐きかけられたかと思うと、もう意識が薄れかかって、痛みさえもほとんど感じませんでした。それでも、蒸気を発しているような血まみれの大きな顎を両手で力いっぱい押しのけ、必死に助けを求めました。まわりがざわつき始めて、男の集団がそばに来たのをぼんやり覚えています。レオナルドやグリッグズたちです。彼らがわたしを獣の足の下から引きずり出してくれました。それきり記憶は途絶え、何カ月ものあいだ生死の境をさまようことになります。

「意識が戻って、鏡で自分の顔を見たときは、ライオンを憎みました——憎んでも憎みきれないほどに！　きれいな顔をめちゃくちゃにされたからではありません。ひと思いに殺してくれなかったからです。残された望みはひとつきりでしたわ、ホームズさん。それをかなえるだけのお金があったのは幸いです。誰にも見られないよう顔を隠し、知り合いに見つからない場所でひっそりと暮らしたい、ただそれだけでした。そうすることしかできませんでしたし、これまでそのようにしてきました。巣穴にもぐりこんで、ひたすら死を待つ哀れな手負いの獣。それがユージニア・ロンダーのたどった哀れな末路です」

　不幸な女性の痛ましい身の上話が終わると、私たちはしばらく沈黙のなかで座っていた。やがてホームズが長い腕を伸ばして、彼女の手をそっと叩《たた》いた。私でさえほとんど見たことのない、深い哀れみに満ちたしぐさだった。

「お気の毒に！」とホームズは声をかけた。「本当にお気の毒です。運命とはまったくもって理解しがたい。これから先、もしもなんの埋め合わせもないならば、人生は残酷な悪夢でしかありませんよ。レオナルドという男のほうは、その後どうなったのですか？」

「二度と会うことはありませんでした。便りも来ませんでした。恨んでみてもしかたないのでしょう。あの人にしてみれば、ライオンの食べ残しなど相手にするくらいなら、巡業仲間の見世物の女とでもねんごろになったほうがよっぽど楽しいはずです。でも、そうはわかっていても、女の恋心は簡単には断ち切れません。猛獣の爪に組み敷かれたわたしを、助けようともせず置き去りにした男なのに、絞首台へ送る気にはどうしてもなれなくて。自分はもうどうなろうとかまいませんでした。この現実以上に苦しいことなどあるでしょうか？　せめてレオナルドは運命の手から逃れられるよう、わたしが盾になろうと心に決めたのです」

「で、彼は死んだのですね？」

「はい。先月、マーゲイトの近くで泳いでいる最中に溺《おぼ》れて。新聞の死亡記事で知りました」

「彼は五本爪の棍棒をどうしたんでしょうね。お話のなかで、その凶器に関するくだりは非常に独創的で、とりわけ印象深かったのですが」

「わかりません、ホームズさん。あの晩の野営地のそばには白亜《はくあ》坑《こう》があって、底は深い緑色の池になっていました。もしかしたら、そこに沈んでいるのでは――」

「まあ、いいでしょう。いまとなっては取るに足らないことです。事件はもう終わったのですから」

「そうですね。もう終わりました」

私たちは辞去しようと立ちあがったが、いまの口調が気にかかったのだろう、ホームズは彼女のほうをさっと振り向いた。

「あなたの人生はあなた一人のものではありません。解放してやりなさい」

「それが誰かのためになります？」

「ならないとは言い切れませんよ。辛抱の足りない世間にとって、苦しみに耐え忍ぶ姿そのものがなにより貴重な手本でしょう」

それに対して、女性は思いもよらぬ答えを返した。顔のヴェールを上げると、光のなかへ歩みでてきたのだ。

「あなたはこれでも耐えられるのかしら」

なんという悲惨なありさま。私には彼女の顔を形容する言葉が見つからない。顔そのものがなくなっていたのだ。無残に崩れた肉の塊。そのなかから悲しげにこちらを見つめる、生気を宿した二つの美しい茶色の瞳《ひとみ》が、いっそう凄《すご》みを加えていた。もうけっこうと言うように、ホームズは同情をこめて片手をあげた。私たちはそろって部屋を出た。

二日後、ベイカー街の家を訪ねたときのことである。ホームズが暖炉の上の青い小瓶を得意げに指差したので、私はそれを手に取って眺めた。毒物を示す赤いラベルが貼ってある。蓋《ふた》を取ってみると、アーモンドに似た匂いがした。

「青酸だね？」

「ああ、そうだ。郵便で届いた。〝わたしを誘惑していたものは手放すことにいたしました。あなたのご助言に従って生きてまいります〟というメッセージが添えられていた。これを送ってきた勇気ある女性が誰なのかは、言うまでもないだろう？」

ショスコム荘

シャーロック・ホームズはさっきからずっと倍率の低い顕微鏡をのぞきこんでいた。いまようやく上体を起こし、得意満面で私を振り向いた。

「膠《にかわ》だよ、ワトスン」と彼は言った。「明らかに膠だ。見てごらん、ここに散らばっている物体を！」

私は接眼レンズの上にかがみこんで、焦点を合わせた。

「毛のように見えるのはツイードのコートの繊維だ。不ぞろいな灰色の塊は埃《ほこり》。左のほうには鱗《うろこ》状の上皮細胞があるね。で、中央にある茶色いしみに似たものは間違いなく膠だ」

「ほう」私は笑った。「わかったよ、きみの言葉を信じるとしよう。で、それがどうかしたのかい？」

「鉄壁の物的証拠だよ。例のセント・パンクラス事件を覚えているだろう？　警官の死体のそばで見つかった遺留品の帽子だけどね、被疑者は自分のではないと言い張っているが、その男の仕事は額縁製造なんだ。日頃から膠を扱っている」

「あれもきみの事件なのかい？」

「そうじゃないんだが、スコットランド・ヤードの友人のメリヴェールにちょっと調べてくれと頼まれてね。贋金《にせがね》づくりの事件で、僕がカフスの縫い目にはさまった亜鉛と銅のやすりくずから、犯人を追いつめたことがあったろう？　あれをきっかけに、スコットランド・ヤードも顕微鏡の重要性が少しはわかったらしい」ホームズはそう言ってから、焦《じ》れた様子で時計を見た。「新しい依頼人が来るはずなんだが、遅いな。それはそうと、ワトスン、競馬には詳しいかい？」

「詳しくならざるを得ないよ。傷病年金の半分は競馬に注ぎこんでいるからね」

「じゃあ、僕専用の『競馬便覧』として重宝しそうだな。まず、サー・ロバート・ノーバートンについて教えてもらおう。この名前から、なにか思い浮かぶかい？」

「ああ、いくつかね。住まいはショスコム・オールド・プレイスだ。あのあたりは夏に滞在したことがあるのでよく知っている。以前、ノーバートンはきみの領分に踏みこみかけた」

「というと？」

「ニューマーケット競馬場でカーゾン街の有名な高利貸し、サム・ブルーワーを馬鞭《ばべん》で叩きのめしたんだ。危うく殺すところだった」

「ほう、一筋縄ではいかない人物だな！　普段からそんな具合だったのかい？」

「凶暴な男で知られているよ。イングランドきっての勇猛な騎手で、数年前のグランド・

ナショナルではその向こう見ずな戦いっぷりで二着に入ったほどの実力なんだがね。生まれる時代を間違えたんだろうな。摂政《せっしょう》時代なら、肩で風を切る伊達男《だておとこ》といったところか。ボクシングもたしなむスポーツ愛好家、競馬では怖いもの知らずの勝負師。そのうえ大の女好きで、麗しいご婦人をとっかえひっかえ。借金がかさんで首が回らなくなっているという噂だ」

「お見事、ワトスン！　心憎い人物寸描だ。おかげでどういう男かよくわかった気がするよ。住まいのショスコム荘については？」

「場所はショスコム・パークの中心で、有名なショスコム種馬飼育場と調教場もあるということくらいだな」

「そこの調教主任はジョン・メイスンだ」ホームズが言った。「驚かなくてもいいよ、ワトスン。どうして知っているかというと、いま開封しているのはその男からの手紙なんだ。それより、ショスコムのことをもっと聞かせてくれ。豊かな鉱脈を掘りあてたらしいぞ」

「ショスコム・スパニエルがいるよ。犬の品評会でおなじみの、イギリス最高級と謳《うた》われる純血種だ。ショスコム荘の女主人にとっては一番の自慢の種でね」

「サー・ロバート・ノーバートンの奥方か！」

「サー・ロバート・ノーバートンはまだ独身だよ。幸いにも、と言うべきだろうね。将来の見通しを考えると。彼は現在、夫を亡くした妹のレディ・ビアトリス・フォールダーと一緒に暮らしている」

「妹が兄のもとに身を寄せているんだろう？」

「いや、そうじゃないんだ。あの地所は妹の亡き夫、サー・ジェイムズのものだった。ノーバートンにはなんの権利もない。妹が持っているのも生涯不動産権だから、死後は亡き夫の兄弟に所有権が戻る。彼女は生きているあいだだけ、毎年の地代を受け取れるわけだ」

「その地代を、兄のロバートが使いこんでいるんだね？」

「そういうことだ。あれはどうしようもない男だから、妹にとってお荷物でしかないだろう。それでも聞くところによると、妹は兄をたいそう大事にしているらしい。ところで、ショスコムでなにがあったんだい？」

「僕が知りたいのも、まさにそこなんだ。おや、疑問に答えてくれる人物が来たようだ」

ドアが開いて、給仕が客を案内してきた。ひげを生やしていない背の高い男で、馬や使用人を監督する立場の者に特有のいかめしい表情だった。ジョン・メイスン氏は実際に馬も使用人もたくさん抱えているし、その職務を果たせるだけの力量は充分ありそうだ。彼は冷ややかなほど落ち着いた態度でお辞儀をすると、ホームズに促されるまま椅子に腰を下ろした。

「手紙は読んでいただけましたね、ホームズさん？」

「ええ。しかし、あれでは事情がまったくわかりません」

「繊細な問題なので、詳しくは書けなかったんですよ。複雑な問題でもありますから、お会いしてじかに話すことにしました」

「そうですか。では、どうぞ」

「ホームズさん、単刀直入に言いますと、雇い主のサー・ロバートは正気じゃありません」

ホームズは眉《まゆ》を上げた。「ここはベイカー街であって、専門医の居並ぶハーリー街ではありませんよ。とりあえず、お話をうかがいましょう。なぜそう思われたんです？」

「そりゃあ、おかしな行動も一度や二度だったら、なにか意図があってのことかもしれませんが、わけのわからない行動ばかりとなりゃ、ただごとじゃありません。きっとショスコム・プリンス号とダービーのせいで、頭がどうかなってしまったんでしょう」

「あなたが世話をしている若い牡馬《ぼば》のことですね？」

「イギリス随一の競走馬ですよ、ホームズさん。それはわたしが誰よりもよく知ってる。あなたは立派な紳士でいらっしゃるから、外に漏らしたりしないと信じて、率直にお話しします。サー・ロバートは今度のダービーでどうしても勝たなくてはなりません。にっちもさっちも行かない状態で、これが最後のチャンスなんです。借金やらなんやらで方々から金をかき集めて、全部その馬に賭《か》けてますし、賭け率がまたとんでもない数字で！　現在は四十倍ですが、あの人が賭け始めたときは百倍近かったんですよ」

「高いですね。そんなにいい馬なのに、なぜ？」

「いい馬だってことを世間は知らないからです。サー・ロバートは巧妙に予想屋の裏をかいてきました。プリンス号の腹違いの兄弟馬を人前で走らせて。二頭は見分けがつかないほどよく似てますが、全速力で競走させると一ハロンの距離で二馬身もの差がつきます。

あの方はもう、プリンス号とダービーのことしか考えられなくなってる。人生のすべてがかかってますからね。金貸しどもにはレース当日まで返済を延ばしてもらってるんです。もしプリンス号が負けたら、あの方はおしまいだ」

「確かに無謀な賭けのようですが、正気じゃないとおっしゃる理由は？」

「そりゃあもう、見ただけでわかります。あれじゃあ、夜も寝てないでしょうね。朝から晩まで厩舎《きゅうしゃ》から離れないんですよ。目が異様にぎらぎらして、明らかに神経が壊れてます。おまけに、レディ・ビアトリスに対するあのふるまい！」

「ほう、どんな？」

「これまでは友達同士のような仲の良いご兄妹《きょうだい》だったんです。共通の趣味をお持ちで、妹さんのほうも兄と同じくらい馬を愛しておられました。毎朝決まった時間に馬車で馬を見に来られたほどです。一番のお気に入りはプリンス号でした。プリンス号のほうも、砂利道から車輪の音が聞こえると耳をぴんと立てて、馬車に駆け寄ってはご褒美の角砂糖をもらってました。いまはもう、それもなくなりましたが」

「なぜ？」

「どういうわけか、レディ・ビアトリスは馬への興味を完全に失ってしまったようなんです。この一週間ばかり、馬車は厩舎を素通りして、おはようの言葉さえかけてくださいません」

「ご兄妹が仲たがいしたとお考えなんですね？」

「はい、かなり激しくて辛辣《しんらつ》な、悪意むきだしの喧嘩《けんか》だったんじゃないかと。そうでもなけりゃ、妹のかわいがってたスパニエル犬を取りあげたりしませんよ。三マイル離れたクレンダルにグリーン・ドラゴン亭という宿屋があるんですが、サー・ロバートはそこの亭主のバーンズ爺《じい》さんに犬をやってしまったんです」

「なるほど、腑《ふ》に落ちませんね」

「レディ・ビアトリスは心臓が悪くて水腫《すいしゅ》も患ってるんで、兄妹でお出かけになるってわけにはいきません。でもその代わり、毎晩サー・ロバートが部屋を訪ねていって、二時間ほど一緒に過ごすのが習慣でした。サー・ロバートにとって妹はかけがえのない大切な友人でしたから、喜んでそうしてたはずです。ところが、いまはそれもやめてしまいました。妹には近寄ろうともしないんです。レディ・ビアトリスはそのせいで心を痛めていらっしゃるんでしょう。がっかりして、ふさぎこんで、深酒をなさる始末——浴びるように飲んでおられます」

「兄妹仲が悪くなる前も酒を飲んでいたんですか？」ホームズが訊《き》く。

「ええ、しかし量が全然ちがいます。一晩にせいぜいグラスに数杯だったところが、いまじゃボトル一本だそうですよ。執事のスティーヴンズからそう聞きました。なにもかも変わってしまったんです。土台が腐って崩れ落ちたみたいに。妙なことはそれだけじゃありません。サー・ロバートは深夜に古い礼拝堂の納骨所で、なにをしてるんでしょう？ あそこで会ってる男はいったい何者でしょう？」

ホームズは両手をこすり合わせた。

「続けてください、メイスンさん。ますます面白くなってきた」

「あの方が外へ出かけるのを見たのは執事でした。夜の十二時に、土砂降りのなかを。次の晩はわたしも屋敷で待機してたんですが、サー・ロバートはまたもや出かけていきました。スティーヴンズと一緒にあとをつけたものの、こわごわでしたよ。もし気づかれたら、こっぴどい目に遭うでしょう。あの方はかっとなるとすぐに暴力をふるうし、相手が誰だろうと手加減なしですからね。用心して近づきすぎないようにしましたよ。それでも、なんとか見失わずに済みました。サー・ロバートが向かったのは呪われた納骨所で、男が一人、待ちかまえてました」

「呪われた納骨所とはどういうところですか？」

「地所の庭園に廃墟《はいきょ》のような礼拝堂が建ってまして、あまりに古いので、いつ頃のものかは誰も知りません。その礼拝堂の地下が問題の納骨所なんですが、呪われた場所だと地元で噂されてます。昼間でも暗い、じめじめした寂しい場所ですから、夜にそこへ近づく度胸のある者は一人もいないでしょう。ただし、サー・ロバートは例外です。生まれつき怖いものなしですからね。それにしても、夜中にあんなところでいったいなにをやってるんだか」

「ちょっと待った！　そこには男がもう一人いたということでしたね。あなたの厩舎の者か、屋敷の使用人にちがいない。捜しだして、事情を説明させたらいかがです？」

「見知らぬ男でした」

「そう言い切る理由は？」

「顔をはっきり見たんですよ、ホームズさん。その二晩目のときに。サー・ロバートはこっちへ戻ってきて、目の前を通り過ぎました――スティーヴンズとわたしは茂みに隠れてたんですが、あたりは月明かりにぼんやり照らされてたんで、見つかるんじゃないかと子ウサギみたいにびくびくしてました。そいつのほうはべつに怖くないですから、サー・ロバートが行ってしまうと、わたしたちはこっそり茂みから出て、その男のほうへ近づいていきました。素知らぬ顔で、月夜の散歩としゃれこんでる最中《さなか》に偶然出会ったふりをして。『やあ、きみ！　どなたかな？』わたしは後ろから声をかけました。男はわたしたちの足音に気づかなかったんでしょう、肩越しに振り返った顔は、地獄から来た悪魔でも見たような表情でしたよ。わっと叫ぶなり、猛然と暗闇へ逃げていきました。びっくりするような俊足で！　まったくたいしたもんだ。あっという間にいなくなって、足音も消えました。そんなわけで、何者だったのかはわからずじまいです」

「それでも、顔は月明かりではっきり見えたんですね？」

「ええ、黄色っぽい顔でした。けちなごろつきといった感じです。サー・ロバートはどうしてあんなやつと会ってたんでしょうね」

ホームズはしばらく考えにふけった。

「レディ・ビアトリス・フォールダーのそばには誰がついていますか？」ホームズがおもむろに尋ねる。

「メイドのキャリー・エヴァンズです。五年前から身の回りの世話をしてます」

「では、忠実なんでしょうね」

メイスン氏はためらったあと、言いにくそうに答えた。「忠実ですとも。誰に、とは言いませんが」

「おやおや！」とホームズ。

「内輪の秘密を漏らすわけにはいきません」

「重々承知しています、メイスンさん。あなたからうかがうまでもなく、事情は明らかですよ。ワトスン博士によるサー・ロバートの人物評から考えれば、どんな女性も彼には抗《あらが》えないでしょう。兄妹のいさかいも、そのあたりが原因だとは思いませんか？」

「さあ、どうですか。メイドのことはずいぶん前から噂になってましたが」

「だが、妹の耳には入っていなかったのかもしれない。最近になって突然気づいたとしましょう。妹はメイドを追いだしたいが、兄はそれに反対する。心臓病を患っていて自由に動きまわれない身では、強引に事を進めるわけにもいかず、レディ・ビアトリスは嫌いなメイドをそばに置き続けるしかなかった。そのせいで気が滅入《めい》って口をきかなくなり、酒に溺《おぼ》れる。怒ったサー・ロバートは妹から愛犬を取りあげて、遠くへやってしまう。これなら話のつじつまは合うでしょう？」

「まあ、そうですね——そこまでは」

「おっしゃるとおり！　問題はそこから先です。サー・ロバートが夜な夜な古い納骨所を訪れている事実と、どんなつながりがあるのか。この部分はまだ全体の筋書きにうまく組みこめていません」

「そうですね。組みこめない事柄はほかにもあります。サー・ロバートはなぜ死体を掘り起こしたのか」

ホームズがさっと背筋を伸ばす。

「それに気づいたのは、つい昨日のことでして——ホームズさんに手紙を出したあとです。昨日、サー・ロバートはロンドンへ出かけたので、スティーヴンズと例の納骨所に下りてみました。特に異状はなかったんですが、隅に死体の一部が転がってました」

「警察には知らせたんでしょうね？」

客は鼻で笑った。

「いいえ。知らせたところで、警察が乗り気になるとは思えませんでしたから。ミイラの頭と骨が少々、それだけです。死後千年は経ってるでしょうね。ただ、以前はそんなものはありませんでした。誓って本当です。スティーヴンズも証人になってくれますよ。隅にまとめて、上に板をかぶせてあったんですが、そこにはもともとなにもなかったんです」

「それをどうしました？」

「そのままにしておきましたが」

「賢明なご判断です。サー・ロバートは昨日、外出したとおっしゃいましたね。もう帰っていますか？」

「今日お戻りの予定です」

「サー・ロバートが妹の犬をよそへやったのはいつですか？」

「ちょうど一週間前です。朝、犬が古い井戸小屋の外でしつこく吠《ほ》えてたんです。そうしたら、癇癪《かんしゃく》持ちのサー・ロバートは犬を乱暴にひっつかみましてね。その場で殺しかねない剣幕でしたが、結局は騎手のサンディ・ベインに渡して、二度と見たくない、グリーン・ドラゴン亭のバーンズ爺さんにくれてやれ、と命じました」

ホームズはしばらく黙って思案した。一番古い、使いこんだ傷だらけのパイプに火がついていた。

「メイスンさん、いまひとつわからないんですが」とホームズが前置きする。「具体的に、この件で僕になにをしてほしいんですか？　もっとはっきりおっしゃっていただかないと」

「これを見てもらえれば、はっきりすると思います、ホームズさん」

客はそう言ってポケットから紙を取りだし、慎重に広げた。そこから現われたのは、黒焦げになった骨のかけらだった。

ホームズは興味津々でそれを調べた。

「どこでこれを？」

「レディ・ビアトリスの部屋の下は地下室になっていて、セントラル・ヒーティング用の炉があります。しばらく使ってなかったんですが、サー・ロバートが寒いとおっしゃるので久しぶりに火を入れたんです。

炉の番を任されたのは、わたしの下で働いてるハーヴィーという若者です。今朝、ハーヴィーがわたしのところへこれを持ってきました。炉の燃え殻を掻《か》きだしてるときに見つけて、気味が悪かったそうです」

「確かに気味が悪いですね」とホームズ。「きみはどう思う、ワトスン？」

真っ黒に焦げていたが、解剖学上の意味は明らかだった。

「人間の大腿骨《だいたいこつ》の顆《か》部《ぶ》だな」

「ご明察！」ホームズは真剣な顔つきになった。「その若者はどれくらいの時間、炉の番をしているのですか？」

「毎晩火を入れたら、あとは放っておきます」

「では、夜間は誰でも炉に近づけたわけですね」

「そういうことになります」

「地下室には外から入れるんですか？」

「はい、外に通じるドアがひとつあります。もうひとつのドアからは、階段をのぼって廊下を進めば、レディ・ビアトリスの部屋へ行けます」

「この問題は根が深そうですね、メイスンさん。深いだけでなくねじれてもいる。昨晩、サー・ロバートは屋敷にいなかったんでしょう？」

「ええ」

「ということは、骨を燃やしたのはサー・ロバートではない」

「そうですね」

「さっき話に出た宿屋の名前はなんだったかな」

「グリーン・ドラゴン亭です」

「バークシャー州のあのへんには、いい釣り場がありますか？」

正直な調教師の顔にうんざりした表情がくっきりと浮かんだ。悩み事ばかりの人生だというのに、おかしな男をもう一人相手にするはめになったと言いたげに。

「ええと、水車の近くの水路で鱒《ます》、庭園内のホール湖でカワカマスが釣れると聞いてますが」

「ほう、それは楽しみだ。ワトスンと僕は無類の釣り好きでしてね。そうだろう、ワトスン？　当分、僕らの連絡先はグリーン・ドラゴン亭になります。今夜には向こうへ着くでしょう。むろん、会いに来てほしいと言っているのではありませんよ、メイスンさん。手紙で充分です。用があれば、こちらから訪ねていきますので。事情をもう少し探ってから、僕の意見をお話しするつもりです」

こうして五月の心地よい夕方、ホームズと私はほかに誰も乗っていない一等車で鉄道の旅に出て、ショスコムのひなびた〝事前の申し出があれば停車する駅〟を目指した。頭上の網棚には、釣り竿《ざお》やリールや魚籠《びく》などがごちゃごちゃと乱雑にのせてあった。駅に降り立つと、そこから少しのあいだ馬車に揺られて、目的地の古風な宿屋に到着した。さっそく二人で近辺の魚をごっそり釣りあげる計画を立てていると、釣りに目がない亭主のジョサイア・バーンズが話に加わってきて、熱心に相談に乗ってくれた。

「ホール湖はどうかな。カワカマスが釣れるだろうか」ホームズがそう話を向けると、亭主は顔を曇らせた。

「やめといたほうがいいですよ、旦那《だんな》。魚が釣れる前に自分が湖に沈んじまうかもしれない」

「へえ、どうして？」

「サー・ロバートですよ、旦那。競馬の予想屋が近づかないよう神経質に目を光らせてるんで、自分の調教場のそばを見慣れない人間が二人もうろついてたら、ただじゃおかないでしょうよ。あの人は手加減ってものを知りませんから」

「ダービーに自分の馬を出走させるという話だが」

「そうなんですよ。あれは本当にいい馬だ。わしらも有り金全部賭《か》けさせられたが、サー・ロバートご自身に至っては全財産を注ぎこんでる。おっと――」宿屋の亭主は警戒する目つきになった。「お客さんたち、まさか競馬関係者じゃないでしょうね？」

「ちがいますよ。二人ともバークシャーのうまい空気を目当てにやって来た、ただのくたびれたロンドン市民です」

「だったら、ここはぴったりの場所ですな。うまい空気はそこらじゅうにたっぷりあって吸い放題だ。ただし、さっきも言ったとおり、サー・ロバートには気をつけたほうがいい。問答無用で拳骨《げんこつ》を食らわされちまう。あの人の庭園には決して近づきなさんな」

「ご忠告痛み入ります、バーンズさん！　せいぜい気をつけますよ。ところで、玄関でくんくん鳴いていたスパニエル犬、見事な毛並みですね」

「そりゃどうも。高級なショスコム・スパニエルの純血種なんですよ。あれ以上のはイギリスのどこを探してもいないでしょうな」

「僕も愛犬家でね」ホームズが言った。「だからつい気になるんだが、ああいう貴重な犬はどれくらいの値段なんだい？」

「わしにはとうてい払えない金額ですよ、旦那。実を言うと、サー・ロバートからもらい受けましてね。それで、ああやってつないでおかなきゃならんわけです。放し飼いにしたら、一目散に屋敷へ戻っちまうでしょうから」

　亭主のバーンズがいなくなってから、ホームズが言った。「手札が次々と増えていくね、ワトスン。簡単な勝負ではないが、一両日中に道筋が明らかになるだろう。ところで、サー・ロバートはまだロンドンにいるそうだ。今夜だったら例の聖域に足を踏み入れても、拳骨を食らわずに済むかもしれないぞ。ちょっと確認したいことがあるんだ」

「もう仮説ができているのかい、ホームズ？」

「ああ、ひとつだけ。一週間ほど前、ショスコム荘の暮らしが根底から覆されるような事態に陥った。いったいなにが起きたのか？ そこから派生したいくつかの出来事をもとに推測するしかないが、ありがたいことにいろいろな要素が奇妙にからみ合って、変化に富んでいる。おかげで大いに参考になるよ。特色のない平板な事件のほうが手こずらされるものだからね。

手元にある材料を吟味していこう。兄は仲の良かった病弱な妹の部屋を訪ねなくなった。兄は妹の飼い犬をよそへやってしまった。かわいがっていた愛犬をだ、ワトスン！ こうした事柄から、なにか思いつかないか？」

「兄は性格が悪いってことくらいだな」

「まあ、そうかもしれないが――ほかにもあると思うよ。それはさておき、兄妹喧嘩《きょうだいげんか》とやらが起こって以降の状況をおさらいしよう。実際に喧嘩したのかどうかは不明だがね。レディ・ビアトリスは部屋に閉じこもって、それまでとは習慣ががらりと変わる。姿を見せるのは、メイドと一緒に馬車で出かけるときだけ。その際も、厩舎《きゅうしゃ》に寄ってお気に入りの馬に挨拶《あいさつ》することはしなくなった。明らかに酒に溺《おぼ》れている。これで全部かな？」

「納骨所の件を除けばね」

「それは別に扱おう。思考の線は二本あるから、こんがらがるといけない。第一の線はレディ・ビアトリス関連だが、なんとなく不吉な匂いがしないか？」

「いや、べつに」

「それじゃ、第二の線のサー・ロバートについて考えてみよう。サー・ロバートはダービーでなにがなんでも勝とうと血眼になっている。高利貸しからの借金で首が回らず、いつ財産を競売にかけられるかわからない。厩舎を差し押さえられるのは時間の問題だ。気が短くて向こう見ずな性格だから、破れかぶれになっているだろう。収入源は妹頼み。妹のメイドを意のままに操れる。ここまでは正しく把握できているんじゃないか？」

「だが、やはり納骨所が気になる」

「もちろん、納骨所の件は見過ごせない！　そこでワトスン、人聞きの悪い話だが、議論のたたき台としてこう仮定してみよう。サー・ロバートが妹を殺した、と」

「ホームズ、あり得ないよ」

「まあね。サー・ロバートは名家の生まれだから。だが、鷲《わし》の群れにハシボソガラスが一羽まじっていることもまれにある。とりあえず、この仮定のもとに少し議論してみようじゃないか。サー・ロバートは逃亡したくても、大金が手に入るまで身動きがとれない。一《いっ》攫《かく》千金をねらってショスコム・プリンス号をダービーに出走させることになっているし、それが金儲《かねもう》けの唯一のチャンスだ。よって、逃げも隠れもできないが、ここにとどまるには殺した妹の遺体を処分しなければならない。当分のあいだ妹の替え玉を演じる人物も必要だ。メイドを手なずけてあるなら、やってやれないことはないだろう。遺体はいったん、めったに人の来ない納骨所へ運び、夜中にこっそり暖房用の炉で焼却した。僕らが見せられた燃え殻がその物的証拠だ。どうだい、ワトスン？」

「そうだな、どれも筋が通っているよ。前提になっている荒唐無《む》稽《けい》な仮定を認めるならばね」
「明日《あした》、真相につながる光明を求めて、ちょっとした実験をやるつもりだ。それまではきみも僕もロンドンから来た釣り好きのふりを続ける。宿の亭主には彼のところの酒をふんだんにおごって、ウナギやウグイを話題に心ゆくまで語り合うとしよう。あの男の機嫌を取るにはそれが一番の近道だろう。興が乗れば、参考になる地元の噂話を気前よくしゃべってくれるかもしれない」

翌朝、カワカマス用の疑似餌《え》を用意していないことにホームズが気づき、その日は釣りに行かなくて済んだ。代わりに十一時頃、散歩に出かけた。ホームズが亭主に許可をもらっていたので、元はレディ・ビアトリスが飼っていた黒いスパニエル犬を連れていくことになった。

ショスコム荘を囲む庭園の入口まで来ると、紋章のグリフィンをてっぺんにのせた二本の門柱が高々とそびえていた。「ここだよ」とホームズが言う。「バーンズの話によれば、レディ・ビアトリスは正午頃に馬車で出かけるんだが、門を開けているあいだ馬車はいったん速度を落とす。そこでワトスン、門から出て再び速度を上げる前に、適当になにか話しかけて御者を引き止めてくれないか？　僕のことはおかまいなく。この柊《ひいらぎ》の茂みに隠れて、どうなるかじっくり見届けるよ」

長くは待たなかった。十五分もすると長い並木道の向こうから、幌《ほろ》をたたんだ大きな黄色いバルーシュ型馬車（訳注：幌付きの四人乗り四輪馬車）が現われた。足を高く上げて威勢よく走る、美しい葦毛《あしげ》の馬二頭に引かれている。ホームズは犬を連れて茂みの陰にしゃがんだ。私はのんきそうにステッキを振り振り、路上に立っていた。走りでてきた門番が、てきぱきと門扉を開く。馬は速度をゆるめて常歩《なみあし》になり、馬車に乗っている人たちがよく見えた。左の席には、ふてぶてしそうな血色の良い亜麻色の髪の若い女性。その隣には、背中を丸めて顔から肩までショールですっぽり覆った、見るからに病弱そうな老婦人。馬が街道に出てくると、私はもったいぶって片手を上げた。思惑どおり御者が手綱を引きしぼったので、近寄ってサー・ロバートはご在宅かと尋ねた。

　と、そのとき、ホームズが現われてスパニエル犬を放した。犬は嬉《うれ》しそうに一声吠《ほ》えると、まっしぐらに馬車へ駆け寄って、ステップに跳び乗った。ところが、それまで大喜びだったのが嘘のように突然怒りだし、頭上の黒いスカートにがっと嚙《か》みついた。

「馬車を出しなさい！　早く！」甲高く鋭い声が命じる。御者が馬に鞭《むち》を入れると、馬車は道に立っている私たちを残して走り去った。

「よし、ワトスン、うまく行ったぞ」ホームズはまだ興奮している犬の首に引き紐《ひも》をつけた。「大好きな女主人だと思って飛んでいったが、実際にはまったくの別人だと気づいた。犬は間違えない」

「だが、あれは男の声だったぞ！」私は驚きを抑えられなかった。

「そうとも！　手札がもう一枚増えたんだよ、ワトスン。とはいえ、この勝負、まだまだ気は抜けない」

日中はもうホームズが計画していることはなかったようで、二人とも水車のそばへ行って役柄にふさわしく釣り糸を垂れ、首尾よく夕食に鱒《ます》料理をつけ加えた。ホームズに再び活動開始の気配が見えたのは、その夕食後のことだった。私たちは昼間と同じ庭園の門に通じる道を歩いていた。すると、背の高い人影が門の前で待っていた。ロンドンで会った調教師のジョン・メイスン氏だ。

「お二人とも、こんばんは。ホームズさん、手紙は読みました。サー・ロバートはまだ戻っておられませんが、今夜のうちにご帰還の予定と聞いています」

「納骨所は屋敷からどれくらいの距離ですか？」ホームズが訊《き》く。

「ゆうに四分の一マイルはありますね」

「じゃあ、彼に気づかれる心配はなさそうだ」

「あいにく、わたしはおつきあいできないんですよ。サー・ロバートが帰宅すれば、わたしのところへショスコム・プリンス号の調子を尋ねに来るでしょうから」

「なるほど！　そういう事情なら、あなたのお供なしで決行するしかありませんね、メイスンさん。では、納骨所までの案内だけお願いします。あとは二人でやりますので」

月のない闇夜だった。メイスンに先導されて草原を進んでいくと、目の前に黒々とした大きなものがぬっと立ちはだかり、古い礼拝堂が姿を現わした。崩れた正面玄関の隙間から内部へ入って、ぐらぐらする瓦礫《がれき》の山に足を取られながら、建物の隅にたどり着いた。

そこからは急な階段を下り、いよいよ納骨所に足を踏み入れた。メイスンの擦ったマッチが、その陰々とした場所を照らしだす――不快な臭いが漂う薄気味悪い空間だ。粗削りの石を積んだ、古い崩れかけた壁に囲まれている。片側に積みあげられた鉛や石の棺《ひつぎ》は、アーチが交差する天井にまで届き、私たちの頭上をふさぐ闇の奥に消えている。ホームズが持ってきたカンテラに火をつけると、鮮やかな黄色い光のトンネルが物寂しい堂内を貫いた。死者たちは栄光をまとって黄泉《よみ》の国へ旅立ったのだろう、光を反射した棺のプレートは大半がこの名家のグリフィンと冠の紋章に飾られていた。

「骨を見つけたというお話でしたね、メイスンさん。お別れの前に見せてもらえますか？」

「こちらです」調教師は大股《おおまた》で隅のほうへ歩いていったが、カンテラの光がそこを照らしたとたん無言で立ちすくんだ。「なくなってる」

「思ったとおりです」ホームズはくすくす笑った。「きっといま頃は灰になっていますよ。ほかの部分を焼いた例の炉でね」

「しかし、いったいなぜ千年も前に死んだ人間の骨を焼いたんです？」ジョン・メイスンが訊く。

「それをここで探りだそうというわけです」ホームズが答える。「時間がかかるでしょうから、これ以上はお引き止めしません。朝までには答えを手に入れてみせますよ」

ジョン・メイスンが行ってしまうと、ホームズは納骨所の棺を順にじっくり調べ始めた。まずは中央にあるサクソン人のものとおぼしき大昔の棺。次はノルマン人のユゴーやオドーなどの長く続いた血筋。それがひととおり済んでから、十八世紀のサー・ウィリアム・フォールダーとサー・デニス・フォールダーに移る。ようやく入口付近の鉛の棺に取りかかったときには、すでに一時間以上が経過していた。やがて、ホームズが満足げに小さく一声叫んだ。急《せ》いてはいるが迷いのない着実な動きを見るに、どうやら宝を掘りあてたらしい。拡大鏡で重い蓋《ふた》のへりをしばらく熱心に観察したあと、ポケットから取りだした短い鉄梃《かなてこ》を細い隙間に突っこんで、蓋をこじ開けにかかった。二個の金具だけで留めてあるらしい蓋は、めりめりと盛大な音を立ててはがれ始めた。ところが、もうじき中身が見えそうだというとき、予期せぬ事態に邪魔された。

何者かが上の礼拝堂を歩いている。しっかりとしたすばやい足取りは、よく知っている場所へ確固たる目的でやって来たことを物語っていた。光の筋が階段の上から射した直後、ゴシック様式のアーチにその人物の姿が浮かびあがった。全身に敵意をみなぎらせた巨漢だ。正面に持った大きな廏舎《きゅうしゃ》用のカンテラが、濃い口ひげの猛々《たけだけ》しい顔と怒りにぎらつく目を下から照らしている。男は納骨所を端から端までねめつけ、最後にホームズと私を鋭い視線で突き刺した。

「誰だ、おまえたちは」怒鳴り声が飛ぶ。「わたしの土地でなにをしている？」ホームズが黙っていると、二、三歩前に出て重そうなステッキを振りあげた。「返事をしろ。何者だ？　ここでなにをしている？」ステッキが宙で震えていた。

ホームズはひるむどころか、前に進みでて男と正面から向き合った。「こちらも訊きたいことがあります、サー・ロバート」かなり険しい口調だ。「これは誰なんです？　なぜこんなところにいるんですか？」

　そう尋ねるなりホームズは後ろを向き、さっきの棺の蓋を一気に引きはがした。カンテラのまぶしい光のなか、頭から爪先《つまさき》までシーツにくるまれた遺体が現われた。不気味な面《めん》貌《ぼう》はまるで魔女のようだった。布の端から鼻と顎《あご》が突きだし、変色して崩れかけた顔からどんよりした目がこちらを恨めしげに見つめている。

　准男爵はあっと叫んでよろよろと後ずさり、石棺にもたれて倒れそうな身体を支えた。

「なぜわかったんだ？」と訊いたあと、高飛車な態度に戻った。「おまえの知ったことか」

「僕の名はシャーロック・ホームズ。聞き覚えがあるのでは？　おまえの知ったことかとおっしゃいましたが、善良なる市民の義務として、僕は法を守らねばなりません。あなたには答えるべき質問がたっぷりあると思いますが」

　サー・ロバートはしばらくこちらをにらみつけていたが、ホームズの沈着冷静な態度に最後は圧倒された。

「ホームズさん、神かけて非道は犯していない。わたしに不利な状況なのは承知している。だが、ほかにどうしようもなかったんだ」

「僕もそう思えるといいんですが、警察へ行って申し開きするしかないのでは？」

　サー・ロバートががっしりした肩をすくめる。

「まあ、しかたないな。そうせざるを得ないならば。館《やかた》まで来ていただこうか。ありのままの事実をご自身の目で判断なさるといい」

十五分後、私たちは由緒ある旧家の一室に案内された。ガラス扉の向こうに磨きこまれた銃が何列も並んでいるので、おそらく銃器室だろう。ゆったりとくつろげる調度の部屋だ。そこに私たちを残して、しばらくどこかへ行っていたサー・ロバートが、二人の男女を連れて戻ってきた。一人は馬車に乗っていた血色の良い若い女性。もう一人はこそこそした怪しげな態度のネズミに似た小男。二人とも面食らっている様子なので、どうやら准男爵は状況が一変したことをまだ説明していないらしい。

「こちらはノーレット夫妻だ」サー・ロバートは身振りをまじえて紹介した。「奥さんのほうは旧姓のエヴァンズの名で、何年間もメイドとして妹の身の回りの世話をしていた。二人を連れてきたのは、ホームズさんに本当のことを打ち明けるにあたって、わたしの話を証明してもらうためだ。それができるのはこの人たちしかいないのでね」

「そんな必要があるんですか、サー・ロバート？　本気でおっしゃってるんですか？」女が声を張りあげる。

「言っときますが、こっちにはなんの責任もありませんぜ」夫も口をはさむ。

サー・ロバートは男のほうを軽蔑《けいべつ》の目で見やった。「責任はすべてわたしが取る。それではホームズさん、正真正銘の事実をお話ししよう。

すでにきみはこちらの内情を見抜いておられるようだ。そうでなければ、ああいう場所で顔を合わせるわけがないからな。むろん、わたしがダービーに秘蔵の愛馬を出走させることや、その勝負に命運を預けていることもご存じだろう。勝てば万々歳。負ければ——いや、どうなるかは考えたくもない！」

「事情は承知しています」とホームズ。

「わたしは妹のレディ・ビアトリスに頼りきって生活している。だが、皆が知っているとおり、この地所における妹の所有権は本人が生きているあいだしか効力がない。わたしのほうは高利貸しに首根っこを押さえられている始末。連中のことだから、妹の身にもしものことがあれば、禿鷹《はげたか》の群れのごとく襲いかかって来るだろう。ここにあるものはすべて——わたしの厩舎も大事な馬も、片っ端からひとつ残らず差し押さえるにちがいない。ところがホームズさん、そのもしものことが起きてしまったのだ。一週間前、妹は世を去った」

「それを誰にも言わなかったとは！」

「言えるわけがない。破滅の危機にさらされているときに。あと三週間だけ先延ばしにできれば、万事解決する。妹のメイドの夫は——この男だが——俳優でね。突然、名案を思いついた——頭にぱっとひらめいたんだ。短いあいだなら彼に身代わりが務まるんじゃないかと。メイド以外は誰も妹の部屋に入らないから、妹に扮《ふん》するのは一日一回、馬車で出かけるときだけでいい。実行するのは難しくなかった。妹は長いこと患っていた水腫《すいしゅ》がもとで死んだ」

「死因を決めるのは検死官でしょう」

「妹の主治医がいるから、ここ数ヵ月で症状が悪化して、いつ急変してもおかしくなかったと証言してくれるだろう」

「そのあと、どうなさったんです？」

「死体を放っておくわけにはいかない。最初の晩にノーレットと二人で、いまは使われていない古い井戸小屋へ運びこんだ。ところが、妹のかわいがっていたスパニエル犬がついてきて、戸口でうるさく吠《ほ》えるものだから、もっと安全な隠し場所が必要になった。それで犬を遠くへやったあと、礼拝堂の地下の納骨所に妹の遺体を移したのだ。死者を冒瀆《ぼうとく》するようなまねはしていない。然《しか》るべく葬ったと思っているよ、ホームズさん」

「言い訳の立たない行為だと思いますがね、サー・ロバート」

准男爵はいらだたしげにかぶりを振った。「説教するのは簡単だ。きみもわたしの立場に立てば、そうは思わなかっただろう。成功を目前にして希望も計画もすべてついえようとしているのに、手をこまねいているわけにはいかない。あの納骨所はいまも神聖な場所には変わりないんだから、妹に少しのあいだ夫の先祖の棺で眠ってもらえば、多少は安らげるだろうと考えたのだ。そこで棺のひとつを開け、なかに入っていたものを取りだし、ご覧になったとおり代わりに妹を納めた。古い遺体のほうは納骨所の床に置いたままではまずいから、二人で運びだし、夜中にノーレットが暖房用の炉で燃やした。わたしの話はこれで全部だ、ホームズさん。いったいどんな手を使ったのか知らんが、きみに真相を嗅《か》ぎつけられなかったら、こうしてなにもかも打ち明けることはなかったろうよ」

　ホームズはじっと座って、考えにふけった。

「サー・ロバート、あなたのお話にはひとつ不備がありますね」しばらくして、ホームズが言った。「たとえ債権者に全財産を差し押さえられたとしても、レースの賭《か》けと、そこに託した将来の希望はなくならなかったはずです」

「あの馬も差し押さえの対象になるだろう。連中にすれば、わたしの賭けなど知ったことじゃない。ダービーには出走させないと言うに決まっている。運の悪いことに、筆頭債権者は因縁の敵なんだ――サム・ブルーワーという血も涙もない男で、以前ニューマーケット競馬場でわたしに鞭《むち》を食らわされて恨んでいるはずだ。そんなやつがわたしを助けたがると思うかね？」

「さてと、サー・ロバート」ホームズは立ちあがりながら言った。「この件は警察の手に委《ゆだ》ねなければなりません。僕はここで退場するとしましょう。真相を究明することが僕の務めであって、あなたの行為について道徳や良識をうんぬんする立場にはありませんので。ワトスン、もう真夜中だ、そろそろ僕らのささやかな宿へ引き揚げようじゃないか」

　いまでは周知の事実だが、この奇異な物語はサー・ロバートの身勝手な行為には釣り合わない幸福な結末を迎えた。ショスコム・プリンス号はダービーで勝利をおさめ、大金を賭けていた馬主はめでたく八万ポンドを獲得したのである。レースが終わるまで静観していた債権者たちは貸付金を全額回収でき、そのあとでもかなりの大金がサー・ロバートの手元に残った。生活を立て直して、そこそこの暮らしを営んでいくには充分だろう。警察も検死官も寛大に取り計らったため、サー・ロバートはレディ・ビアトリスの死亡を速やかに届け出なかった点を軽くとがめられただけで済んだ。かくして幸運な馬主は、尋常ならざる窮地をつつがなく脱したのだった。すでに過去の汚点も世人の記憶から消え、このまま悠々自適な老後を送って人生をまっとうすることだろう。

訳者あとがき

サー・アーサー・コナン・ドイル（一八五九―一九三〇）による『シャーロック・ホームズの事件簿』The Case-Book of Sherlock Holmes（以下、『事件簿』）の全訳をお届けします。長編四、短編五十六からなる全六十編のホームズ物語（以下、正典）は、第五短編集の『事件簿』で終幕を迎えることとなります。

この短編集はストランド誌に発表された十二編をまとめたもので、イギリス版（ジョン・マレイ社）、アメリカ版（ジョージ・H・ドーラン社）とも一九二七年六月十六日に刊行されました。なお、本書では作品を発表順に並べてあります。ストランド誌の掲載号と事件発生時期は次のとおりです。

「マザリンの宝石」　一九二一年十月号／事件発生：一九〇三年夏
「ソア橋の事件」　一九二二年二・三月号／事件発生：一九〇〇年十月
「這う男」　一九二三年三月号／事件発生：一九〇三年九月
「サセックスの吸血鬼」　一九二四年一月号／事件発生：一八九六年十一月
「三人のガリデブ」　一九二五年一月号／事件発生：一九〇二年六月

「高名な依頼人」　一九二五年二・三月号／事件発生：一九〇二年九月
「三破風館」　一九二六年十月号／事件発生：一九〇三年五月
「白面の兵士」　一九二六年十一月号／事件発生：一九〇三年一月
「ライオンのたてがみ」　一九二六年十二月号／事件発生：一九〇七年七月
「引退した絵具屋」　一九二七年一月号／事件発生：一八九八年七月
「ヴェールの下宿人」　一九二七年二月号／事件発生：一八九六年十月
「ショスコム荘」　一九二七年四月号／事件発生：一九〇二年五月
（事件発生時期はウィリアム・S・ベアリング＝グールドの説を参考）

『事件簿』の特徴についてご紹介しましょう。これより先、本書やほかの正典の内容に触れますので、未読の方はご注意ください。

＊語り手

シャーロック・ホームズとジョン・H・ワトスンが出会ってから最初の事件となる第一作『緋色の研究』以降、「最後の挨拶《あいさつ》」を除いて、ホームズの伝記作者であるワトスンが冒険譚《たん》の語り手を務めていますが、本書には例外の作品がさらに三つ含まれています。
まず、「マザリンの宝石」は「最後の挨拶」と同じく三人称です。戯曲「王冠のダイヤモンド」を原作としているからかもしれませんし、「ソア橋の事件」の冒頭でワトスンが、

〝私が不在、あるいは出番が極端に少ないため、三人称で語るしかないものもある。〟と述べていますので、実際にはワトスンが書いたと受け取ることもできます。

次に、「白面の兵士」と「ライオンのたてがみ」はホームズによる一人称です。後者は引退後でワトスンとはごくたまにしか会えなかったため不承不承、前者は自分で書いてはどうかとワトスンにせっつかれたため、やはり不承不承。この「白面の兵士」では常日頃ワトスンの文章を皮相的だの、読者に迎合しているだのとけなしていたホームズが、書き始めて早々に相棒の手法が正しかったと潔く認めています。やはりワトスンは抜きんでた文才の持ち主なのでしょう。両事件ともワトスンは登場しませんが、〝こういうときにワトスンがいてくれたら〟などと文中でホームズが何度も言及しており、晩年になってもワトスンを唯一無二の相棒として大切に思っていたことがひしひしと伝わってきます。

＊謎の運び手

「ソア橋の事件」ではブラジル、「サセックスの吸血鬼」ではペルー、「三人のガリデブ」ではアメリカ、「高名な依頼人」ではオーストリア、「三破風館」ではスペインと、いずれも外国に関わりのある人物が事件の鍵《かぎ》を握っています。さらに「白面の兵士」における病気や、ダーウィンの進化論ともからむ「這う男」の血清も含めると、外から入ってきた不可解な存在が洗練された強固な世界を脅かす、という構図が浮き彫りになります。

これは正典全体にあてはまるもので、多くの植民地を従える大英帝国の繁栄が永遠に揺るがないようにとの願いを映しているといえます。もっとも、ホームズが登場したヴィクトリア朝後期のイギリスはすでに不況下にあり、とりわけ大都市ロンドンは犯罪や貧困などの深刻な問題にあえいでいました。だからこそ、世の犯罪を暴き、悪人を追いつめるホームズの活躍が熱い人気を呼んだのでしょう。

犯罪学がまだ体系化されていなかった時代に現われ、世界に先駆けて科学捜査に取り組んだホームズ。本書では持ち前の観察力を活《い》かした推理法や変装術を発揮しているだけでなく、新たな発明品である蓄音機や電話を自在に使いこなしています。エドワード朝の名探偵の姿にもぜひご注目ください。

＊ホームズの探偵人生

共通の知人を介して出会ったホームズとワトスンがベイカー街二二一Bで同居を始め、「緋色の研究」に二人して臨むところから正典は出発しますが、本書全体を眺めると、二人が一緒に暮らしている時期と離れ離れになっている時期が混在しています。たとえば、「這う男」には、ワトスンがホームズに〝都合が良ければすぐに来い――悪くても来い〟という電報でベイカー街へ呼び出される有名な場面があります。「高名な依頼人」のワトスンの記述からも、当時彼がクイーン・アン街に居を構えていたことが明らかです。また、「ヴェールの下宿人」冒頭の、〝シャーロック・ホームズ氏が現役で活動していた二十三年間のうち、十七年間は私も協力し、彼の探偵としての功績を記録する役目まで仰せつかっていたので、〟というくだりが気になった方や、「三人のガリデブ」でワトスンが綴《つづ》る海よりも深い二人の友情に触れ、彼らの人生がどう交差したかあらためて興味が湧いた方も多いでしょう。これらの点を中心に、諮問探偵ホームズの大まかな年表を載せておきます。紙幅の都合上、事件名は大部分を割愛しましたので悪しからずご了承ください。

一八七四年七〜八、九月……大学時代、「グロリア・スコット号」の事件を解決。同級生の父親に、〝これはあなたの天職だ〟と探偵になることを勧められる。

一八七七年春……ロンドンのモンタギュー街で開業。

一八八一年一月……ベイカー街でワトスンと共同生活を開始。三月に「緋色の研究」。

一八八六年十一月……ワトスンが結婚と開業によりベイカー街を去る。

一八八七年十二月……ワトスンが妻と死別、ベイカー街に戻る。

一八八九年五月……ワトスンは「四つの署名」で知り合ったメアリー・モースタンと再婚し、ベイカー街を離れてパディントン街へ。

一八九一年四月……「最後の事件」が発生し、宿敵モリアーティ教授とライヘンバッハの滝で対決。滝壺《たきつぼ》の底に沈んだと思われた。

一八九一年五月〜一八九四年四月……世間から姿を消す。いわゆる大空白時代。

一八九四年四月……「空き家の冒険」で復活。五月には妻との別離で独り暮らしだったワトスンもベイカー街に戻る。
一九〇二年七月……ワトスンがクイーン・アン街へ移り、十月に三度目の結婚。
一九〇三年十月……探偵業を引退。サセックス州サウス・ダウンズで隠居生活に入り、
養蜂《ようほう》業と執筆に勤《いそ》しむ。
一九〇七年七〜八月……「ライオンのたてがみ」。
一九一四年八月……「最後の挨拶」でワトスンと久々に再会。
（ウィリアム・S・ベアリング＝グールドの説を参考）

＊最後のご挨拶

角川文庫のシャーロック・ホームズ正典新訳シリーズは、本書をもって完結します。石田文子氏訳の『シャーロック・ホームズの冒険』を皮切りに、拙訳による『シャーロック・ホームズの回想』、『緋色の研究』、『四つの署名』、『バスカヴィル家の犬』、『シャーロック・ホームズの帰還』、『シャーロック・ホームズ最後の挨拶』、『恐怖の谷』、そして本書『シャーロック・ホームズの事件簿』と、約十年にわたってお届けしてまいりました。こうして最終目的地に漕《こ》ぎ着けられたのは、読者の方々の支えがあってこそとしみじみ感じております。まことにありがとうございました。

ご承知のとおり、ホームズとワトスンの物語はいまなお文芸や舞台、映像など幅広い分野で愛されています。今後、皆様がそうした作品と親しんだり創作活動に励んだりする際

に、当シリーズを楽しいお伴として手に取っていただければ幸いです。

本書の翻訳にあたっては、株式会社ＫＡＤＯＫＡＷＡの小川和久氏と校閲の方々に大変お世話になりました。記して感謝いたします。

二〇二一年七月

駒月雅子

本書は、訳し下ろしです。

シャーロック・ホームズの事《じ》件《けん》簿《ぼ》

コナン・ドイル　駒《こま》月《つき》雅《まさ》子《こ》＝訳

令和３年　９月25日　初版発行
令和６年　11月25日　７版発行

発行者●山下直久

発行●株式会社KADOKAWA
〒102-8177　東京都千代田区富士見2-13-3
電話　0570-002-301（ナビダイヤル）

角川文庫 22839

印刷所●株式会社KADOKAWA
製本所●株式会社KADOKAWA

表紙画●和田三造

●お問い合わせ
https://www.kadokawa.co.jp/（「お問い合わせ」へお進みください）
※内容によっては、お答えできない場合があります。
※サポートは日本国内のみとさせていただきます。
※Japanese text only

ISBN 978-4-04-111384-4　C0197

◆◇◇

角川文庫発刊に際して

角川源義

第二次世界大戦の敗北は、軍事力の敗北であった以上に、私たちの若い文化力の敗退であった。私たちの文化が戦争に対して如何に無力であり、単なるあだ花に過ぎなかったかを、私たちは身を以て体験し痛感した。西洋近代文化の摂取にとって、明治以後八十年の歳月は決して短かすぎたとは言えない。にもかかわらず、近代文化の伝統を確立し、自由な批判と柔軟な良識に富む文化層として自らを形成することに私たちは失敗して来た。そしてこれは、各層への文化の普及滲透を任務とする出版人の責任でもあった。

一九四五年以来、私たちは再び振出しに戻り、第一歩から踏み出すことを余儀なくされた。これは大きな不幸ではあるが、反面、これまでの混沌・未熟・歪曲の中にあった我が国の文化に秩序と確たる基礎を齎らすためには絶好の機会でもある。角川書店は、このような祖国の文化的危機にあたり、微力をも顧みず再建の礎石たるべき抱負と決意とをもって出発したが、ここに創立以来の念願を果すべく角川文庫を発刊する。これまで刊行されたあらゆる全集叢書文庫類の長所と短所とを検討し、古今東西の不朽の典籍を、良心的編集のもとに、廉価に、そして書架にふさわしい美本として、多くのひとびとに提供しようとする。しかし私たちは徒らに百科全書的な知識のジレッタントを作ることを目的とせず、あくまで祖国の文化に秩序と再建への道を示し、この文庫を角川書店の栄ある事業として、今後永久に継続発展せしめ、学芸と教養との殿堂として大成せんことを期したい。多くの読書子の愛情ある忠言と支持とによって、この希望と抱負とを完遂せしめられんことを願う。

一九四九年五月三日

角川文庫海外作品

シャーロック・ホームズ 絹の家

アンソニー・ホロヴィッツ
駒月雅子＝訳

ホームズが捜査を手伝わせたベイカー街別働隊の少年が惨殺された。手がかりは、手首に巻き付けられた絹のリボンと「絹の家」という言葉。ワトソンが残した新たなホームズの活躍と、戦慄の事件の真相とは？

モリアーティ

アンソニー・ホロヴィッツ
駒月雅子＝訳

ホームズとモリアーティが滝壺に姿を消した。現場を訪れたアメリカの探偵とスコットランド・ヤードの刑事は、モリアーティに接触しようとしていたアメリカ裏社会の首領を共に追うことに――。衝撃的ミステリー

007 逆襲のトリガー

アンソニー・ホロヴィッツ
駒月雅子＝訳

ゴールドフィンガー事件の後、ボンドは任務先でロケット開発に対するソ連の妨害行為を察知。スメルシュと接触する韓国人実業家のシンに目をつけ、米国の記者と名乗る美女・ジェパディと共に調査を開始する。

1984

ジョージ・オーウェル
田内志文＝訳

ビッグ・ブラザーが監視する近未来世界。過去の捏造に従事するウィンストンは若いジュリアとの出会いをきっかけに密かに日記を密かに書き始めるが……人間の自由と尊厳を問うディストピア小説の名作。

Xの悲劇

エラリー・クイーン
越前敏弥＝訳

結婚披露を終えたばかりの株式仲買人が満員電車の中で死亡。ポケットにはニコチンの塗られた無数の針が刺さったコルク玉が入っていた。元シェイクスピア俳優の名探偵レーンが事件に挑む。決定版新訳！

角川文庫海外作品

新版人生論

トルストイ
米川和夫＝訳

「人生とはなにか？」「いかに生きるべきか？」。この終生の課題に解答、結論を下した書として、全世界でいちばん多く読まれている人生読本。深遠な哲理が、やさしくわかりやすく書かれている。

華麗なるギャツビー

フィッツジェラルド
大貫三郎＝訳

途方もなく大きな邸宅で開いたお伽話めいた豪華なパーティー。デイジーとの楽しい日々は、束の間の暑い夏の白昼夢のようにはかなく散っていく。『失われた時代』の旗手が描く〝夢と愛の悲劇〟。

ラスト・タイクーン

フィッツジェラルド
大貫三郎＝訳

貧しい育ちを乗り越え映画界で活躍する大プロデューサーの主人公がハリウッドを舞台に繰り広げる愛と友情、栄光と破局、そして死——未完の最高傑作と名高い、フィッツジェラルドの遺作。

夜はやさし（上）（下）

フィッツジェラルド
谷口陸男＝訳

精神科医ディック・ダイヴァーは、患者でもあり妻でもある美しいニコルと睦まじい結婚生活を送っていたが、若き女優ローズマリーとの運命の出逢いが彼の人生を大きく変えてしまう——。

ベンジャミン・バトン
数奇な人生

フィッツジェラルド
永山篤一＝訳

生まれたときは老人だったベンジャミン・バトン。彼は時間の経過と共に徐々に若返っていく。彼を最後に待つものは——（「ベンジャミン・バトン」）。フィッツジェラルドの未訳の作品を厳選した傑作集。

角川文庫海外作品

囮たちの掟 Forsyth Collection Ⅱ

フレデリック・フォーサイス
篠原　慎＝訳

タイ・バンコク発ロンドン行きの飛行機中と、ヒースロー空港の税関を舞台に密かに繰り広げられる麻薬取引を巡る攻防を描く表題作ほか、著者初挑戦のラブストーリー「時をこえる風」を収録。傑作短編集第2弾。

アヴェンジャー　(上)(下)

フレデリック・フォーサイス
篠原　慎＝訳

弁護士デクスターの裏稼業は、「人狩り」。世界中に逃げた凶悪犯を捕らえ、法の手に引き渡すまでが彼の仕事だ。今回の依頼人は財界の大物で、ボスニアで孫を殺した犯人を捕まえてほしいというものだった……。

ダ・ヴィンチ・コード　(上)(中)(下)

ダン・ブラウン
越前敏弥＝訳

ルーヴル美術館のソニエール館長が館内のグランド・ギャラリーで異様な死体で発見された。殺害当夜、館長と会う約束をしていたハーヴァード大学教授ラングドンは、警察より捜査協力を求められる。

天使と悪魔　(上)(中)(下)

ダン・ブラウン
越前敏弥＝訳

ハーヴァード大の図像学者ラングドンはスイスの科学研究所長からある紋章について説明を求められる。それは十七世紀にガリレオが創設した科学者たちの秘密結社〈イルミナティ〉のものだった。

デセプション・ポイント　(上)(下)

ダン・ブラウン
越前敏弥＝訳

国家偵察局員レイチェルの仕事は、大統領へ提出する機密情報の分析。大統領選の最中、レイチェルは大統領から直々に呼び出される。NASAが大発見をしたので、彼女の目で確かめてほしいというのだが……。